途经爱情的忧伤
A sentimental love story

刘小欧 ◎ 著
LIU XIAO OU

中国青年出版社

（京）新登字083号

图书在版编目（CIP）数据

途经爱情的忧伤 / 刘小欧著 . —北京：中国青年出版社，2012.3
ISBN 978-7-5153-0556-1

Ⅰ.①途… Ⅱ.①刘… Ⅲ.①长篇小说 – 中国 – 当代
Ⅳ.① I247.5

中国版本图书馆 CIP 数据核字 (2012) 第 017332 号

途经爱情的忧伤

作　　者	刘小欧
责任编辑	侯庚洋
策划编辑	一　航
文字编辑	吕　晶
视觉指导	李俏丹
版式设计	谢　滨

出　　版	中国青年出版社
社　　址	北京东四十二条21号
邮政编码	100708
网　　址	www.cyp.com.cn
发　　行	中国青年出版社
电　　话	（010）57350370
经　　销	新华书店
印　　刷	三河市君旺印装厂
规　　格	700毫米×1000毫米　1/16
字　　数	140千字
印　　张	13
版　　次	2012年3月北京第1版
印　　次	2012年3月北京第1次印刷
书　　号	ISBN 978-7-5153-0556-1
定　　价	19.80元

本图书如有印装质量问题，请与出版部联系调换
联系电话　（010）57350337

Contents 目录
A sentimental love story

第一章　一封告别信　/ 005
第二章　借宿修道院　/ 008
第三章　突然的自由　/ 020
第四章　我要做你的唯一　/ 032
第五章　四月宝贝儿　/ 049
第六章　得意忘形　/ 061
第七章　东窗事发　/ 076
第八章　走投无路　/ 087
第九章　摊牌　/ 098
第十章　玛丽安得了抑郁症　/ 114
第十一章　想要和你牵手　/ 123
第十二章　谁的儿子　/ 131
第十三章　一条短信　/ 140
第十四章　看着你幸福　/ 151
第十五章　何飞归来　/ 161
第十六章　新的男友　/ 166
第十七章　幸福在哪里？　/ 190

第一章 一封告别信

八月中旬的一个下午,白花花的太阳毫无遮拦地照着卡勒姆小城,一个身材中等,穿白色吊带裙的中国女人推着一辆婴儿车疾步走在马路上,像是要甩掉烤人的太阳。那条白色 Etam 亚麻吊带裙非常合体地衬托出她窈窕的身姿,在疾步行走中,额头微微冒出晶莹的汗珠。她微皱着眉,脸庞白净、清淡,眼神的流转中透出一丝妖媚。

不多时,婴儿车里的孩子动了起来,想必是在小车里坐久了感到疲乏,他用力地伸展着胳膊、腿,同时嘴巴一瘪,发出一阵似哭非哭的挣扎声。

女人蹲下去哄他,口中讲着法语。这是罗伯特对她和孩子提出的唯一要求,罗伯特认为法语是世上最高贵的语言,尽管他自己不会讲,但这孩子一定得会讲。琳达在这点上完全听从了罗伯特。

琳达就是这个女人的英文名字,她的中国名字叫向林珊,这会儿是刚从幼儿园接了孩子回家。

向林珊推着儿子终于拐到了一条阴凉的小街上,这才放缓了脚步,也放松了心情。

卡勒姆小城安静、美丽。每条街巷每个角落都像是公园一般,都有一份美丽值得入镜。这是几年前刚刚到卡勒姆时向林珊发自心底的感慨,现在,还有一个星期她就要带着儿子和罗伯特一起离开卡勒姆了,这几天收拾着行李,心里不仅对小城生出了些许留恋,更有一种难过的情绪笼罩在心头,她想起了一个人,一个她曾经对不起的人,一个让她想起来就再也放不下的人,在离别在即的日子里,她忽然想见见她,这种愿望一日强似一日，可是，她不知道她还在不在卡勒姆。

晚上，哄孩子睡觉后，她终于在邮箱里找到了顾安仪的信箱地址，给她写了一封不长的信。

安仪，你好。

很久没有联系了，不知你还在不在卡勒姆，过得还好吗？

我这个周末就要离开卡勒姆市去波兰了，我上个月已经和一个波兰人结婚，我希望生活从此能安定下来，想到这点我就很开心。

我在卡勒姆市生活的这六年中，一直都在挣扎，我早已感到筋疲力尽，做梦都想离开这个地方，可现在真的要走了却又生出十分不舍。我常常回想起刚来的时候，也就想起了你，给你写信因为在过去的这几年里，我对你时时怀着愧疚，也许你现在还在恨我，我没有怨言，可我还是想将这封信写给你，希望你看完它。不管你怎么想，我心底里还是当你是朋友，我会时时为你祈祷，愿上帝祝福你。

我周末就要离开了，不敢奢求你祝福我，但是我希望你一切都好，生活如意。

向林珊

2008年8月20日

随后，她就热切地等待，盼望能收到她的只言片语。她自己也奇怪怎么会突然眷恋起顾安仪来，也许是因为要离开了吧，就像人之将死。

她等了七天，直到她离开的前夜，她都没能收到顾安仪的回信，看来顾安仪至此都不能原谅她，她也只能带着遗憾离开了。

卡勒姆的最后一夜，向林珊心绪复杂，既想着顾安仪，又忧虑着今后未知的生活，彻夜难眠。

第二天上午，向林珊带着孩子和罗伯特坐上了远行的火车。

火车沿着蜿蜒的轨道一路奔驰，罗伯特就要回到久别的家乡，而孩子则带着对陌生地方的好奇，两个人都兴高采烈地看着疾驰而过的窗外的风景，只有向林珊脑海里还在翻腾着过去的一幕幕，所有经历过的人和事，此时仿佛约好了一般，拥挤在她的脑海中，那段散落在卡勒姆城的时光，永远无法挥去。

向林珊又想起了顾安仪，她的不原谅，让林珊难过不已。曾经有一段时间，向林珊和顾安仪是亲密的姐妹，互相分享着彼此的喜怒哀乐；也曾经有一段时间，向林珊是顾安仪痛苦的源头，人们对向林珊的每一句议论都在无声地撕扯着她的心，在那一段时间里，她们都迷失了自己。

列车员过来查票，向林珊前面座位上的女孩正和朋友聊得开心，对突然微笑着站在面前的列车员没有思想准备，更一时想不到车票放在了哪里，她站起来在包里和衣袋里快速地翻找着，那副狼狈样子一下子就让林珊想起了多年前使馆门前的顾安仪。

那是她们第一次见面。

那一天使馆门前办理签证的人和发放各种小广告的人一如既往的多，和男朋友天没亮就赶到了使馆门口的向林珊看着不停被人群挤出队伍的顾安仪既尴尬又无助的样子深感同情，她悄悄塞给了顾安仪一张纸条，那是早到的人私下排的号。

顾安仪站在了向林珊的背后，两个人做过自我介绍后，向林珊也把自己的男朋友何飞介绍给了顾安仪。三个人聊了起来才知道，原来大家都是要去同一个学校的，兴奋又激动地互相留下了联系方式。

向林珊就这样带着对顾安仪的回忆去了异乡。

然而就在她离开的当天，顾安仪才看到她的信，在经过了困惑和震惊后，顾安仪平静、礼貌地给向林珊回了信，算是为这件事画上一个句号。可是，往事并不如烟，向林珊留给顾安仪的回忆也同样是沉重的。

她们回忆的起点都是绿树掩映、人头攒动的使馆门口。自那天起，三个人便密切联系起来。不知是什么原因，向林珊和何飞先拿到了签证，于是早顾安仪一步到了卡勒姆。

第二章　借宿修道院

　　卡勒姆是欧洲内陆的一个古老小城，漫步在城里的大街小巷，随处都可找到一两座百年历史的建筑。这里没有大工厂的嘈杂，却处处洋溢着青春的活力；这里没有隐居地的孤独，却充满着远离尘嚣的宁静。来自不同国家的年轻留学生们使这座古城生气勃勃。

　　然而向林珊和何飞到来的时机并不好，邻近开学，房子不好租，加之他们没能够事先租好房子，就计划到了卡勒姆后两人先找旅馆住下，然后再找房子，两个人乐观地认为只要人到了当地就什么都好说了。

　　到达的当天，他俩按计划去找旅馆，可是当何飞将住宿费换算成人民币后吃惊得好一阵没说出话来。他悄悄将林珊拉到一边，低声地说："太贵了，我们再想想别的办法吧。"

　　"现在能有什么办法？不住旅馆就住大街上去！"向林珊走累了，想住下来休息，不愿再到街上漫无目的地寻找。

　　何飞舍不得花这么多钱，劝她说："这家太贵了，说不定人家看我们初来乍到敲诈我们，我们再找别家吧，不能当冤大头。"

　　向林珊留恋地看了一眼旅馆前台，满心怨气地跟着何飞出去了。

　　两人在街上寻找着便宜的旅馆，看门面装饰得豪华的何飞就拉着林珊不进去，走了几条街后，终于找到了一家很不起眼的旅店，要不是向林珊看得仔细，何飞险些就走过去了。

　　"就是这家了，多少钱都住！你要不住你走，我可走不动了，坐了十几个小时的飞机后，又走了这么多路，何飞，你就忍心看着我这么受罪？"

向林珊站在旅馆门前不肯再挪动半步。

何飞无奈，只得说："好吧好吧，进去问问吧。"

两人拉着行李来到前台，询问了价钱，虽然这家比前面的便宜了一点，可何飞还是不愿意承受，此后的生活还是未知数，他觉得应该精打细算。看了一眼向林珊，向林珊正傲然地仰头看着别处，他知道这回是不可能带她离开的。就试探着问那个一直带微笑看着他们的接待员："我们是刚来这里的学生，可不可以给个打折价？"

女接待员依然笑容满面地说："很抱歉，我们这儿不能打折。"

何飞嘟哝了一句："太贵了。"惹得向林珊狠狠瞪了他一眼，在这个接待员面前她觉得丢脸死了。

女接待员看何飞犹豫不决的样子，就说："如果你们觉得住旅馆贵，可以住到修道院去，那里只收极少的费用。"

何飞忙问："修道院在哪里？"

接待员说："在城外，你们得坐公共汽车去。我给你写下地址。"

接待员飞快地写下了修道院的地址和乘车路线，何飞不停地感谢，接待员又叮嘱说："修道院只提供暂时住宿，你们还是得自己租房子去。"

"好的，我们知道了，谢谢你！"何飞拉着向林珊就走，心想只要能暂时有个缓冲的时间，他会尽快找好房子的。

向林珊非常不高兴，一路都在抱怨何飞小气，从机场到卡勒姆城不到一个小时的车程，这么短的距离能花多少钱？可何飞就是不愿意叫出租车，坐公共汽车兜兜转转来到了市区，累得她浑身酸疼，就想尽快躺到旅馆舒适的床上，可是这会儿又要奔波去什么修道院。她一点也不愿意住到修道院去。何飞因为省下了一笔钱，心中暗喜，任向林珊怎么抱怨，自己老实承受，也不搭腔。

向林珊一路撅着嘴来到了修道院门前，不过一在修道院里住下，向林珊很快就高兴了起来。

圣乔治修道院坐落在城边的坡地上，那里是一片青翠开阔的草地，四周林木环绕，一条蜿蜒的小河从修道院旁流过，透过林木的空隙远望，可见起伏的山峦。此处环境幽雅，向林珊一下子就喜欢上了这里。

自从住到了这里，修道院后面的草场就成了向林珊每天散步的好去处，也使得每天散步成了她的习惯。向林珊喜欢散步，倒不是她有着温柔而向往自然的情调，恰恰相反，她无拘无束的性格在这里得到了尽情的发挥。

　　有时候，她会走过草场，走进那片浓郁的树林里去。深秋时节，林中撒满落叶，层层落叶覆盖了林间崎岖的小路，向林珊心情振奋，探险一般地，用脚步试探着，找到一条路。落叶被她踩得喳喳作响。她一直往树林的深处走去，浓密的树木变得稀疏，几棵核桃树出现在她面前，球形的果实还没有成熟，包着一层黑绿的外皮。向林珊在附近找了一根干树枝，奋力朝结着果实的核桃树枝上抽打，随着"啪、啪"的声响，七八个核桃落了地。她在落叶丛中捡起核桃，高兴地回来找何飞。

　　这是他们到卡勒姆后第一次感到快乐。因为没有合适的工具，两个人费了好长时间，才把八个核桃剥开。核桃有些涩，清有余而香不足，他们不住地咧着嘴巴，又看看彼此被染得黑绿的手指，哈哈大笑。

　　何飞很少会陪她一起出来，因为绝大多数时间何飞都在四处联系找房子，或者干脆待在房间里，初到举目无亲的异乡，让他产生了很多生活上的忧愁，心情沮丧，他感到他们正经历着从未经历过的生活磨难，无法理解向林珊在这种艰难的情况下怎么还能够表现得如此无忧无虑。

　　每次向林珊拉他出去玩的时候他都会拒绝。眼前的处境无疑是何飞没有预料到的，但向林珊的心中却充满了对未来的期望。一个下雨的夜晚，何飞占着房间里仅有的一张桌子看书，林珊则靠在床头静听着窗外唰唰的雨声，看样子雨下得很急。

　　她听了一会儿，若有所思地问何飞："你说我们什么时候能有像我表姐家那样的一栋带游泳池的房子住啊？"

　　一句话触动了何飞心中的郁闷："哼！"何飞鼻子里哼出一股冷气，"连个住的地方都没有，还想别墅呢！"

　　向林珊瞪了他一眼，轻蔑地说："你就是没志气！没听我表姐说在国外住别墅不是什么难事吗？只要你有工作。"

　　"那也要有工作，有收入啊。现在，我们有什么？像你这样天天四处瞎转，不想点正经事，永远也住不上别墅。"

向林珊更加不高兴了,瞪着眼对何飞叫道:"何飞,你是不是男人?你要我去找工作挣钱啊?你干什么去?"

"我也不想住别墅啊,只要能赶紧找到房子,随便什么样都行,我就满足了。"

向林珊又鄙夷地说:"你这人就是没出息,大事不想,总在一些小破事上纠缠,你急着找房子干吗?我们又没露宿街头,不用急着找房子,我们住在这里费用很低,很合算的。"

"可是,人家只答应我们住到这个月的月底啊。以后怎么办,你怎么不想想呢?"

"能拖就拖,这是修道院,我们实在找不到别的住处他们也不会把我们赶到街上去。你看那个神甫多和气呀,是个很好说话的人。"

何飞只好无奈地叹口气,在他眼里,没有租到自己的房子前,蓝天白云青草地,一样都提不起他的兴趣。

向林珊有自己的想法,修道院只收极低的住宿费,免费提供早餐,多好啊!这样的便宜多占一天是一天;可何飞却认为这样的生活很不安心,他希望尽早找到自己的住房安顿下来,准备好好读书。

两个人常常为此事争论不休。

阿尔伯神甫经常笑眯眯地在一旁看着这两个年轻人争执。

一个细雨濛濛的早上,何飞吃过早餐就催促向林珊跟他一起进城去。前几天阿尔伯神甫帮他们在市区里找了一处小公寓,和房东约好了今天上午去看房子。

向林珊看了看外面的天气,懒洋洋地不肯出门。她建议何飞打电话推掉约会,理由是天气不好不便出门。何飞不同意,向林珊也不再说什么,索性躺回到床上,像是有意和何飞唱对台戏,一边拉过一条毛毯盖在身上,一边自言自语地说:"下雨天,睡觉天。"何飞见她如此这般,气愤难当,将几天来的怨气一股脑都发泄了出来,两人又轰轰烈烈地吵了一架,最后何飞懊恼地抱怨说:"我们出门在外,有事为什么不能两个人一起分担?你看你现在,不仅什么也不做,而且还和我吵架。"

向林珊猛地坐起身,冲着何飞喊道:"是你自己非要出国的,还拉着我跟你四处奔波受苦，要不是你，我正在家过舒服日子呢！"

何飞气得没了言语，怒视林珊良久后，一转身重重摔上门，一个人气冲冲地出去看房子了。

心情不佳，看房子的时候也有些心不在焉，阿尔伯神甫好心提示的几条注意事项，他因无法集中注意力也没想起几个，向林珊的吵闹责怪却一直在脑子里盘踞，后来竟被折磨得有些精神恍惚。

房东看着他的样子，疑惑地问道："这个房子你还满意吗？"

"啊。"何飞努力定了定神，又环视了一遍这个小房间，该有的设施都有了，便说，"好的，我租了吧。"

签合同的时候他又想到了向林珊，是否要和她商量一下呢？可是一想到早上她的态度，分明就没把找房子的事情放在心上，和她商量她又能说出什么呢？说不定又惹一肚子气，何飞断然打消了这个念头，毫不犹豫地在合同上签上了自己的名字。

房子目前是空的，签了合约马上就可以入住。终于可以搬出修道院了，何飞放下了心中的包袱，感到一丝轻松。

回修道院的路上，雨停了，太阳也出来了。不远处的修道院在雨后清新中少了几分肃穆，多了几分柔美。何飞的心情畅快多了，这一带的风景真的很迷人，难怪向林珊那么喜欢。想到向林珊，何飞的心里又多了些隐隐的忧愁，他没想到刚刚出国两个人就开始吵架。他的心情又沉重起来了——自己自作主张地签下了合同，一会儿见到她不知又会有什么反应呢？

回到修道院他们的那间小屋里，向林珊的表现让何飞如同坠入了云雾里。

见何飞回来，向林珊表现得非常兴奋，关切地问他出去的时候淋到雨没有？那个地方好找吗？

何飞闷声说道："还行。我把房子租下了，没来得及和你商量。"

"没事没事，你看着合适我就没意见。你休息一会儿吧，我去找阿尔伯神甫借厨房用下，给你煮包方便面，加个鸡蛋吧，好吗？"说着她拉开了行李箱，拿出他们带来的方便面。

向林珊的态度较之早晨不知转了几个一百八十度，看着她离去的背影何飞痴痴地发起呆来，真觉得撞见鬼了。

出去不大一会儿，向林珊便端进来一碗面，递到何飞面前说："好了，快吃吧。跑了一上午，累了吧？吃完你睡会儿，我收拾东西，我们什么时候搬呢？"

"当然越快越好，明天就搬吧。现在房子已经是空的了，房东问还需要不需要再打扫一遍，我说不必了，我们争取明天晚上就不住这里了，早点搬过去心里踏实，你看住在这里用厨房都不方便。"说罢何飞低头吃面，出去了大半天他真觉得饿了，急急地吃过几口后，又带着些满意和遗憾继续说道，"住的地方总算有着落了，就是小点儿。"

"没关系，够我们俩住就行，出门在外嘛，就得克服一些困难。"

何飞此时不光对自己的眼睛产生了怀疑，也开始不相信自己的耳朵了。如果自己不是在梦中就是眼前的向林珊被施了魔法，总之两个人中得有一个不正常。

"你干吗这样看着我啊？"向林珊笑着问，"快吃饭啊。"

何飞说："你简直像变了一个人，突然这么通情达理了，我不习惯。我才离开一个上午的时间啊。"

"人家本来就是通情达理的嘛！我这几天心情不好也是因为房子的事情着急啊，你别生我的气。"

向林珊还想解释，何飞却把她搂在了怀里，他是一个大男人，也并不想她跟着自己受苦，这几天他自己的态度也不好，也不能全怪向林珊。

何飞在完成了找房子的这件大事后人也随之变得自信宽容起来，对向林珊重新焕发了爱的热情，就像桌上的那碗面，汩汩地向外冒着热气。

只一顿饭的工夫，何飞便发现向林珊的善解人意不过是雨过天晴后心情变好了的缘故。

午饭后她赖在床上不起来，问何飞是否陪她出去玩，不出去她要睡觉了。何飞诧异地问："你不是说收拾东西吗？怎么又要睡觉了？"

"我的东西在外面的不多，就几件衣服和洗漱用具，到时候一兜就走了。你的东西你收，谁让你拿那些破书出来的，拿出来你也没看多少，装腔作势！"

何飞一想确实没必要这么急着收拾，两个人知道在这里不过是暂时的，只有简单的用具在外面，走的时候拿上就好了。

"那好吧，你愿意睡觉就睡吧。不过你最好看看书，很快开学了，或者你到外面走走，熟悉下路，方便以后生活。"

向林珊说："我们现在在郊外，你让我熟悉什么路？进城去不要花公交车的钱啊？马上就要搬到城里了，到时候再熟悉也不迟啊。"

"你就是懒！"

见向林珊已经躺了下去，何飞不再言语，他顺手拿起一本书在床围坐下来看，没看几分钟忽然想到了顾安仪，随口问道："不知道顾安仪拿到签证没有？"

向林珊正迷迷糊糊地要睡去，被吵醒了，没好气地嘟哝道："你少操点心吧！"

何飞想起几天前曾给顾安仪写过一封信。"她肯定已经回信了。"他想道。他很想去看看她都说了些什么，可惜要上网得去找阿尔伯神甫。用别人的电脑他不习惯，更不愿意开口求人。"还是再忍几天吧，到了自己的住处就好了。"他这样安慰了自己后，便把顾安仪的事儿放到了一边，思索起他自己以后的事情来。

第二天早餐过后，一转眼向林珊就不见了，何飞在房间里等得不耐烦了，正想去跟阿尔伯神甫告别，却见向林珊和神甫一起走了过来。她向他招着手说："快点，把箱子都拿出来，阿尔伯神甫开车送我们。"

何飞稍一迟疑，转身进屋拉行李箱，向林珊也随着他进了屋。"我们把箱子拉到院子里，神甫去开车了。"

"是你让他送我们的？"

"不是我还有谁？你以为我也像你那么傻乎乎的，就知道出死力气？一句话的事嘛，早跟你说了阿尔伯神甫很好说话的。"林珊得意地晃着头说。

何飞笑着说："你行！我真不好意思向他开口。"

向林珊白了他一眼，不屑地说："不开口你就自己受累，你忘了我们来的时候拖着行李从机场坐公共汽车过来时的情景了？累死我了，我可不想再受那份罪了。"

有阿尔伯神甫开车相送,这次搬家自然既快又轻松。阿尔伯神甫将他们送到公寓楼下,搬下车里的行李就回去了。向林珊扶着箱子仰头观察起这栋公寓楼来。第一眼就让她不满意,没有任何风格的一栋建筑,历经多年的风吹雨打,墙体灰暗、陈旧,林珊立刻拉长了脸,心里不停地埋怨何飞——他们一路过来见到满大街都是漂亮房子,何飞怎么就偏偏选中了这里?

外面已经很糟糕了,林珊希望里面能别有洞天。随着何飞走进了属于他们的那间小屋后,向林珊心里的那一点希望彻底破灭了。她更觉得心堵得难受——房子小得超出她的想象!她没有数字概念,看不出这间屋子有多少平方米,房间里只有一张比单人床宽一点,但也绝称不上双人床的一张木床靠着右侧墙壁,床的对面是一张带两个抽屉的长形桌,何飞已经把电脑摆在了上面,剩下的靠近门的地方有一个洗手池,洗手池的旁边立着一个窄窄的书架。这些简单的陈设,占去了房间的绝大部分空间,剩余的地方,两个人要侧身过。待到熟悉了楼上楼下的环境后林珊不由得撅起了嘴,心中郁闷极了。

何飞见了问道:"怎么,你不满意吗?你不是说能住就行吗?"

向林珊恨恨地瞪了他一眼,吵着说:"你急着搬出修道院就为了这么一间破房子?这和修道院那间屋子有什么区别?房租还贵了两倍!"

"住修道院不是长久之计啊。"

"住这里就是长久之计了?这下好了,这么一间小屋要长久地住下去,你多安心啊!"

"我没说永远住下去啊,我只租了一年。"

"一年还短吗?三百六十五天天天在这里,告诉你,我要是被闷出病来了,你得负责。"

"这里无非就是睡个觉,我们以后白天要去上课,要去打工……"

"什么?你还要我去打工?何飞,你可说过要好好照顾我,不让我吃苦的啊,这么快就忘了?!"

何飞没有忘,他的确说过这样的话,可是说这话的时候他们都在家里过着衣来伸手、饭来张口的好日子。出国了自然一切都不一样了,可这话何飞不敢说,在向林珊咄咄逼人的攻势下,他只感到理屈词穷,他明白避免争吵的好办法就是干活。他尽量表现出忙忙碌碌顾不上答话的样子，留林珊独自躺床上生闷气。他接好网线后，迫不及待地打开了邮箱。

顾安仪的信安安静静地躺在他的邮箱里。

何飞张了张嘴，没说出话，扭头看向林珊，观察是否还在生气。

她皱着眉躺在床上。

何飞笑着走过去坐在她身旁，讨好地说："还生气呢？我知道这里条件不好，可是便宜啊。我们初来乍到的，还不知以后会发生什么事情，所以要节俭。等我们以后有了收入就换好一点的房子，好不好？"

"哼！"向林珊坐了起来，"我看在这个城里找不出比这更破的房子了，你真讨厌，让我出来跟你受罪。"

"都是暂时的，你忍一忍啊。"

事已至此，不忍还能怎样？向林珊心里明白，嘴上却对何飞说："你可说了是暂时的啊，我等着你给我的好日子了。"

何飞点点头，又装作不经意地说："对了，顾安仪来信了。"

向林珊吃惊地叫着："真的？我看看，我看看。"

顾安仪信里高兴地告诉他们拿到签证了，很快她就能和他们见面了。

"咦？她怎么不给我写信却给你写信呢？"向林珊看完信盯着何飞喃喃地说。

女人的小心眼让向林珊颇费了几分钟的时间，待搞清楚顾安仪先前给她写过信后，心里这才坦然了许多。

"她向我们讨建议？"向林珊沉思片刻跟何飞说，"我们也才安顿下来，能有什么建议给她呢？我先给她回信吧,问问她定下来哪天过来没有。"

何飞忙说："好吧，你回吧。"

何飞和向林珊搬过来一个多星期之后，一天向林珊见隔壁的门上贴着一张纸条：此房间出租，面积二十平方米，有独立的卫生间和厨房，每月租金二百六十欧元，联系人就是向林珊他们现在的房东。

向林珊现在对独立的卫生间、厨房非常敏感，看了这样一条招租启示眼馋得很，虽然房间也不大，却是一间麻雀虽小五脏俱全的房间，她埋怨何飞说："都是你，偏要急着搬出修道院，错过了这么好的机会，那个房间有独立的卫生间和厨房呢，只比我们的贵四十欧元，我们这间房租得真亏，做饭、洗澡都要排队，太不方便了。"

何飞心里也有些悔意，若是这时候退租肯定会有一笔损失，还是省了这份心吧，他安慰向林珊说："我们现在没有收入，能省则省嘛，再说天气越来越冷了，浴室就不会这样紧张了，以后就不会排队了。若现在我们退租是要扣押金的。"

向林珊心有不甘地哼了一声，或许想到会被扣押金也就不再坚持了。何飞忽然想起了顾安仪，就对林珊说："不知道顾安仪对这房子是否满意，要不我们问问她，替她租下来吧，我看这个房子性价比不错。"

向林珊刚想反驳，转念一想也便答应了下来，很爽快地说："好啊，我现在就给她写信问问，机不可失啊。"

顾安仪对向林珊的热心非常感动，更何况林珊在信中告诉她现在临近开学，房子不好租，她担心自己出去后人生地不熟，若在去之前就能落实房子的问题真是再好不过了，爸爸妈妈更是同意她答应下来，否则到了那边再找房子多被动？

于是林珊便替顾安仪租下了房子。每次在这个房间门口经过的时候，林珊心里既失望又有几分窃喜，失望的是自己没能租到这间房子，喜的是租下这间房子的是顾安仪而不是别的陌生人，她偶尔来借用下厨房或过来洗个澡想必顾安仪是不会拒绝的。

九月底，卡勒姆城正进入最宜人的季节。此时消去了暑热的卡勒姆小城向人们展现了它最美丽的一面，随处可见绿草茵茵，林木苍苍，气温也相当舒适。何飞和向林珊在完成了入学手续后彻底地放松了下来，两个人流连于城里的大街小巷，尽情享受着优美的大自然带给人们的美妙情感，向林珊唯一感到不快的是，他们确实没有再见到比他们的公寓更破旧的房子。不过这点遗憾只是他们快乐生活中的一点点调味剂，他们仍然对这个古老而又生机勃勃的城市充满了期待，也预感到未来他们会在这里过上愉快的生活。

在这一段悠闲的日子里，何飞和向林珊共同的爱好便是结交朋友。学校的中文网站成了他们最初的平台。论坛上一个叫 Big bird 的人引起了何飞和向林珊的兴趣。

Big bird 对卡勒姆市的生活好像无所不知，被留学生们称为"生活指导"，在学生中小有威信。何飞、向林珊和他的相识，是在中秋聚会上。Big bird 发帖说中秋在他家聚会，愿意参加的同学各带一个菜或一种食品。何飞和向林珊一商量，当即决定参加这次聚会。

按照 Big bird 私下发给他们的地址，中秋节的那天傍晚他们很容易找到了他的家。开门的是一个身材不高，体格健壮的光头男人。

何飞迟疑地问是不是 Big bird，随后也说了自己的网名。那人哈哈笑着，领何飞和向林珊进屋。向林珊迅速打量了房间，是一套单人的公寓房。Big bird 把他们带来的食品放到厨房，笑着说："叫我钟家浩吧。Big bird，哈哈，私下不要叫了。"

三个人互通了真实姓名。向林珊问："今天有多少人啊？"

钟家浩的目光停在向林珊脸上，瞬间得出一个结论：她是卡勒姆城最漂亮的中国学生。他呵呵笑着说："今天运气不好，中秋节赶上了周末，大部分同学都打工去了，不然会来很多人的。"

何飞说："你人缘好，乐于助人，朋友肯定多。"

"呵呵，比你们早来几年嘛，知道得多些，你们这些学生初来乍到，又没钱，我就帮帮忙吧。"

今天的聚会除了何飞两个果真没有别的学生来，钟家浩心里有些不快，更对何飞、向林珊充满感激，对他们格外热情起来。

三个人吃饭、聊天。钟家浩在何飞和向林珊近于崇拜的目光中得到了满足，和他们谈起了自己的传奇。

钟家浩是福建人。三年前冒着生命危险偷渡出来，几经辗转，到了卡勒姆城。刚到的时候，他被安排在一家中餐馆里做黑工，每天辛苦干活的同时，还得时刻提防警察的突然出现。他不仅付出了体力，更有无尽的精神折磨，终日提心吊胆，在餐馆里苟且偷生。钟家浩对这一段一带而过，他喜欢跟人讲的是他在中餐馆的一年后。

钟家浩运气好，一年后赶上这个国家大赦，幸运地完成了一次颜色转换——由黑变成了白，得以重见天日。又在中餐馆里做了半年多，有了一点自己的积蓄，便离开了，现在在一家装修公司上班。虽是蓝领，生活倒也舒服。尤其是来自留学生们的求助、崇拜，让钟家浩觉得自己也成了知识分子。

中秋的月，升起在异国的天空，孤零零的，透着无人欣赏的落寞。水一般的光影，透过树木的间隙洒落。何飞和向林珊就踩在一处又一处的光影上，没有去感受人在异乡的第一个中秋的月与夜，他们的心还在钟家浩那里。何飞只顾不停地和向林珊感叹着钟家浩充满了传奇色彩的人生。偷渡时的惊险、做黑工时的辛苦以及大赦时的幸运，对何飞来说那是一个完全陌生的世界，但对他却有强大的吸引力。这一切都让何飞感到振奋，他紧握着向林珊的手说："我们也要努力奋斗！"

向林珊不以为然地说："你又不会有像他这样的经历。"

"但我们以自己的方式努力啊。努力学习，努力打工。你没听见我让他帮我介绍工作啊，我想平时上课学习，课余时间打工，让自己苦一点，以后的日子就好过了。"

向林珊最反感的就是"吃苦"："我们又没到那份上，要自找苦吃是你自己的事儿，我可不陪着。"

不管向林珊是什么态度，何飞的心里有着跃跃欲试的冲动，认识钟家浩是他这段时间里最大的收获。

打工、学习，这就是何飞给自己定的人生目标。尽管这目标肤浅，目前的情况何飞的头脑里也容不下别的。他视钟家浩为最好的朋友。

在一个陌生的地方，最初交往的那些人将会引领你的人生之路。

那天聚会过去好几天了，何飞找工的热情仍然高涨，向林珊对此不以为然。

第三章　突然的自由

一天，何飞开玩笑说："你没听说吗，不打工的留学生活是不完整的。"

"屁话！谁愿意没事找累啊？别人能过着优哉游哉的生活，凭什么我就得去打工？"

"咱们不能和别人比啊。咱们不打工就是坐吃山空。"

"顾安仪不是坐吃山空？人家怎么不一天到晚叫着去打工啊？你天生就这么没出息！"

顾安仪已经到这里三天了，住在向林珊的隔壁，三个人天天在一起。

每次何飞提到打工，顾安仪只微笑着听，从不多说什么。向林珊本来就不喜欢打工，看到顾安仪的态度，更生气何飞整天开口闭口的打工，她甚至从顾安仪的笑意里看出了嘲讽。

"胡说！顾安仪哪是那种人，你别小人之心。"

"你了解她多少？还说我是小人，你怎么这么维护她？"

"好了，我只是说她没这个意思，你别多想。"何飞顿了顿又说，"我们和她不一样，她看上去家庭条件挺好的。"

"我们就不好了？谁说我们家庭条件不好了？"

见向林珊剑拔弩张，何飞赶紧偃旗息鼓。但何飞打工的心思没变，找机会他就对向林珊苦口婆心，晓之以理，一再向林珊解释坐吃山空的危害，可林珊依然充耳不闻，还是认为实在没有打工的必要。国外全新的环境、全新的生活给了她不一样的感受，物质生活虽不及在国内时丰富，但精神上的安逸也是在国内体会不到的，这样也很好，林珊认为要好好享受当下的生活才算对得起自己。劝了何飞几次，见他不听，向林珊也就不再坚持，如果何飞一定要去打工，对她来讲也不是没有好处。

顾安仪到来后没几天，学校就开学了。

顾安仪、向林珊、何飞三个人同校不同专业，学校在课程安排上也特别符合向林珊的心意。顾安仪和何飞的课程多，每天都有课，只有向林珊本学期的课最少，每星期有三天的空闲。可她却常常抱怨上课听不懂，每次去上课都万般不情愿，看着何飞和顾安仪忙忙碌碌的，心里有些得意自己的清闲。

但是何飞看不惯向林珊懒洋洋的样子，对她说："既然你不愿意打工就必须好好学习。你去上个语言班吧，去提高一下语言能力，不能总是上课听不懂啊。"

向林珊就去找顾安仪，希望她也能去上语言班，她说："你知道我这个人懒，我们俩一起去你就能督促点我。"

顾安仪倒是很愿意去提高语言能力，可是时间又不允许。想了想就对林珊说："我先不去了，我的课多，作业多，每天都很累的，再去上语言班，我怕哪个也学不好。课上听不懂的地方我就自己多下工夫吧。"

见顾安仪不去，向林珊也没多少动力了，但是何飞却坚持要她去。带她到语言班报名，语言班的学费不便宜，一个学期要近两百欧元。向林珊本就不想上，知道何飞小气，便在学费上大做文章，学费太贵得不偿失，她平时勤奋点，多和当地人接触同样可以提高语言。哪知何飞听了却说："你别找借口，你勤奋？我信吗？我跟你说，这钱不能省，你想想，我们出国是留学来了，如果学不好以后有什么出路啊？"

何飞差不多是强行给向林珊报了名。

向林珊除了要在大学里上研究生的课，还要每周上两个晚上语言班的课。生活渐渐走上了忙碌的轨道。何飞见向林珊每天也在学习，做作业，就开玩笑地说："干脆我们分一下工，你好好读书，负责延续身份，我呢，多花些时间去打工挣钱，这样我们的生活很快就能改善了。"

向林珊看着何飞没说话，只有她自己心里知道自己是多么厌恶学习。

每周三的上午，卡勒姆市中心的广场上都有一个露天大市场，来自不同地方的商贩汇集在此，卖各种肉类、蔬菜、水果，甚至衣服、日常用品，与生活相关的物品应有尽有。刚好向林珊这天没课，何飞要她每个周三的上午去市场买些鸡肉、猪肉回家，市场上的鸡肉和猪肉要比超市里的便宜很多。

"顾安仪要你也帮她买点，她要上课没时间去。"何飞说。

"哎呀，你倒是挺照顾她的！你舍得让我去出苦力？"

何飞笑了，说："买点东西就是出苦力？你爱买不买，我不管这事儿了。"

这个星期三早上向林珊照例去了市场，不过去得要比以前晚了些，买鸡翅的摊位已经排了队，向林珊跟在后面排了没多久，身后又站了一个中国女人。快轮到向林珊的时候后面那个人轻轻碰了一下林珊，客气地问："你想买多少鸡翅呢？""一公斤。我家冰箱小。"

"哦，"那人笑着说，"我也是买一公斤，你看广告牌上写着一公斤一点七欧元，两公斤是三欧元，我们俩能不能合着买？这样便宜些。""行啊。"

向林珊买了两公斤鸡翅，转身问道："我们怎么分呢？"

"哎哟，你刚才应该让他给你分着称，每个袋子一公斤就好了。你是不是刚来语言不好，说不清楚啊？"向林珊一阵脸颊发热，那人忽又大度地说："也没关系，我家有个弹簧秤，一会儿买完了其他东西去我家吧，我们就约在这个路口见，我家就在附近。"说完之后俩人各自去买自己需要的东西，大约过了半个多小时，她们在路口见了面。那人问了许多向林珊的情况，得知她没有奖学金，男朋友正在四处找工作后，态度随即冷淡了下来。向林珊问她叫什么名字时，她只犹豫地说姓方。到了她家楼下，她说："你在这里等我一下，我上楼去拿弹簧秤，顺便带个袋子下来。"说罢转身离开。

向林珊一天的好心情都被这个姓方的女人破坏掉了，暗骂她狗眼看人低，心中气愤不已。等到何飞下午回家的时候她终于找到了发泄的对象。

"都是你没本事，害我被人家瞧不起！人家连名字也不告诉我，连家都不让我进！"

何飞问清楚到底发生了什么事情后也非常气愤："这种势利小人不要理她！"

"哼！我才不会再理她呢！以为她自己是个人物呢，还不是去拣便宜菜买！"

此后向林珊又在市场上碰到过这个姓方的女人，两人已基本不讲话。和姓方的女人的唯一一次交往是向林珊出国后受到的第一次打击，一方面她更不赞成何飞出去打工了，觉得说出去会让人看不起，可另一方面她又希望能改善他们的生活，因而心里非常矛盾。

美丽的秋季被几场雨赶走后，卡勒姆城终日被阴霾笼罩着，冬天到了，晴空万里的日子越来越少了，处处散发出阴冷、慵懒的气息。就像向林珊的心境，懒洋洋的。

研究生的课程越来越让她感到厌倦、感到压力，老师都在提醒同学们复习考试，向林珊却在逃课。唯有语言班的课，因为那个白发苍苍的男老师很风趣，她还有兴趣上。

向林珊逃课不敢让何飞知道，何飞不在家的时候，向林珊把时间都消磨在网上，她还沾沾自喜地对顾安仪说："上网好处多多，最大的好处就是不会遇到姓方的那种鸟人，即使真的不幸遇到了，开口便骂就是了，可现实生活中，你怎好这么做呢？"安仪笑说："你何必和那种人计较，直接无视就是了。"向林珊觉得安仪很够姐妹，但是想到她家里条件好，根本不用为生活分心，心里还是有点酸溜溜的。

何飞发觉向林珊学习的时间少了，就劝她几句，让她别忘了他们之间的分工。向林珊嘴上答应得爽快，行动上却不配合。

这天下午何飞上完课回到家时见林珊仍在网上打升级，强压着不快问她做了晚饭没有？林珊说："没有呢。不着急，还不饿呢。"何飞生气地说道："只要有游戏玩你永远都不知道饿！你一个下午没课是不是都在玩？你知道用厨房要排队为什么不提前做饭？"

林珊很讨厌何飞打扰她游戏，不耐烦地说："什么时候算提前？我三个小时以前做出来的还叫晚饭吗？你别没事找事，上了几节课就有功了？你要饿你去做，反正我不饿！"说罢又点了开始，电脑里立刻传出"唰唰唰"的发牌声音。听上去充满无穷后续力量的发牌声令何飞感到极度刺耳，他气愤地冲过去抢她的鼠标，向林珊死死抓住不放，抢不过鼠标，何飞索性关掉了房间里的电源,林珊见电脑被强行关掉了,急得惊叫了起来:"你、你、你赔我的分!赔我!"说着随手拿起桌上的一本书欲向何飞砸去,何飞眼疾手快夺过她的书狠狠扔到地上。

向林珊的眼泪夺眶而出,哭着跑去找顾安仪。

在安仪的对面哭了一会儿,向林珊恼怒地说:"口口声声说有多爱我,都是谎话!就见不得我清闲一点,以前天天逼着我去打工!我又不是没饭吃,我干吗要去打工?现在又天天逼着我学习,我就不能清闲一点!"

在顾安仪的劝慰下林珊止住了泪水,却止不住抱怨,如今的何飞在她的口中成了一个变了质的烂桃,从心里就坏透了。

顾安仪听了忍不住笑起来,现在何飞的身材的确有发展成桃子状的趋势。向林珊的愤怒随着抱怨发泄掉了一大半,残余的一点势力阻挡着她马上回家的冲动。顾安仪看出了她的心思,更加劝慰道:"别生气了,何飞平时那么宠你,让人看了都羡慕呢。"

向林珊不由得低了头,放低了声音说:"我不过就是喜欢玩一会儿游戏,他看了就不高兴。其实我也觉得挺耽误工夫的,以后我克制着点儿吧。"安仪笑着说:"就是就是,好了,晚上要不要和我一起吃?我准备炒米粉吃。"

"你会炒米粉了?厨艺大涨嘛。"

安仪笑说在网上学的,然后又去叫何飞一起过来吃。

何飞很过意不去,向林珊过去打扰了人家,还要一起吃饭。叹着气低声和顾安仪抱怨林珊不用功学习。安仪说:"她的课也不少,你也别太逼她。""课是不少,你看她用心学吗?不过语言提高倒是挺快的,这丫头有点语言天赋。"

"这就很不错了,要看到别人的优点嘛。"

三个人都聚在了安仪的小屋里,说笑间安仪的手机响了,她盯着那串号码却迟迟不肯接,铃声锲而不舍,断掉后又很快再次响起,万不得已安仪说了话。林珊吃惊地看着安仪,听她说晚上有很多作业,没时间出去。她这才想起来有件事忘了告诉安仪,一待安仪挂了电话,忙说道:"不好意思,安仪,光顾着玩,差点忘了跟你说,下午有个男的来敲你的门,我告诉她你下午有课,他就走了。"

安仪懊恼地说:"真是讨厌,整天像鬼魂一样缠着我。"

"那个人啊?是不是在追你?我看那人还行吧,那样子也不招人讨厌。"

安仪轻轻打了她一下,嗔怒道:"光不招人讨厌就行了?"

向林珊哈哈笑了起来。

何飞没见过那个人,饶有兴趣地听着她们的话。忽然一阵敲门声传了过来,何飞听出是在敲他家的门,出去看时见是钟家浩,回身叫了林珊回家。

向林珊和何飞两个人走了,留下顾安仪独自为着电话烦恼着。

钟家浩来找何飞是想问问他愿不愿意去他们装修公司干活。

何飞自然没意见,转头看着向林珊。

"真的要去打工了?"向林珊失声叫道,情不自禁地想到,这下更会被那个姓方的女人瞧不起了。

"怎么?又不是让你去干活,你大惊小怪的干什么?你不是希望日子好过些吗,我去打工不是可以改善生活嘛。"

何飞一副跃跃欲试的样子,他拜托钟家浩干活的时候多指点指点他,家浩拍着胸脯打包票——让何飞放心,一切有他。

何飞又高兴地对向林珊说:"工资按天算,一天五十欧元,够多吧?我把一半钱给你零花怎么样?"

"那好吧,你自己决定吧。"向林珊见何飞主意已定,也不再反对,至于那个姓方的女人,管她怎么看呢。

钟家浩很不屑地看了一眼何飞,对着林珊说:"还是不找老婆的好。"

林珊狠瞪了他一眼:"钟家浩!看你一辈子不找老婆!"

钟家浩呵呵地笑着。

钟家浩又给老板打了电话,事情顺利定下来,何飞非常兴奋,当即提议第二天晚上请钟家浩出去吃饭,以示感谢。钟家浩应得爽快:"好啊,皇家餐馆的自助餐很实惠,晚餐大概是20欧元一位,我们就去那里吧?"

何飞也同样爽快地答应了。

向林珊听了很不情愿,钟家浩一走她就怪何飞不该定这个约会,要他第二天找个借口取消,何飞怎肯做这种没面子的事。

向林珊心疼花钱，第二天晚上赌气坚决不去，仍劝何飞等挣到钱再请钟家浩也不迟。何飞说已经定好了的事情无论如何不能反悔。见何飞义无反顾地走了，林珊被他的穷大方气了个饱，独自一人在家晚饭也不想吃，可饥饿感上来的时候她很快为自己找到了借口：他们在外面吃香的喝辣的，自己为什么连一包方便面也不吃？！她匆匆吃了面，然后洗漱，上床睡觉。今晚她连玩游戏的兴致都没有了，希望最好在何飞回来前睡着，她不愿再理他。

可是事与愿违，睡意就像飘在半空中的叶子，不是你想抓就能抓到的，除非它自己想落下来。

何飞回来后借着床头幽暗的灯光见到桌子上的空方便面袋子，抱歉地说：“你就吃了这个？对不起啊，珊珊，自助餐我也没法给你带回来。”

向林珊怨气未消，闻言讥讽地说道：“你自己吃饱喝足就好，管我干什么？"

何飞趴在她身边，捏着她的脸温柔地说：“生气了？这么小气啊！”林珊一下打开他的手，幽怨地说："我当然得小气，好让你去大气啊。钱还没挣到手倒先去大吃了一顿，真不敢想象你要是发财了会大气成什么样！"

"看你这小心眼！钟家浩给找了这么好的工作机会，总得谢谢人家啊。再说，今晚吃饭是他掏的钱，他一定不让我请客，说等我挣到钱再请他不迟，这人，挺仗义的。"

"哎哟，是吗？这样真有点不好意思了，你快想办法弥补一下吧。"省下了钱林珊心情顿时好了，但对钟家浩也生出了些歉意。

何飞笑着说："你本不是个坏人，就是有点……"林珊撒娇着不许他说下去，俩人脸贴着脸情话喁喁。

从此何飞断断续续地在钟家浩所在的装修公司里干活，现在功课不紧张，每周可以去一两天，工资按天结算，有了这笔收入，两个人的生活宽裕了许多，自然都对钟家浩抱有一份感激，钟家浩也喜欢和何飞交往，休息的时候常常来何飞这里，因此认识顾安仪便成了顺理成章的事儿。

顾安仪算不上是美女，但是青春、纯真和常常挂在脸上的淡淡的微笑无声无息地俘虏了钟家浩。钟家浩对顾安仪可谓一见倾心，再见便如同身陷泥沼一般，那是夹杂着痛苦和甜蜜的挣扎。他像是被顾安仪摄了魂，走到哪里脑海中都有顾安仪的影子。但是顾安仪对钟家浩的心思浑然不知，对她来说，钟家浩就是何飞和向林珊的朋友，碰巧她也认识了，除此之外更无其他的感受。钟家浩难得的能让安仪多看一眼的就是他的光头，以及他讲话讲到兴奋处时习惯性的甩头动作。顾安仪觉着滑稽，不好意思当面笑出来，有时便抿着嘴低头微笑，然而安仪脸上的这层淡淡的笑意却令钟家浩心里澎湃着为她赴汤蹈火的激情和勇气。

　　钟家浩非常自信，他之前也交往过不少女留学生，他知道她们图他的钱，他的身份，他也不和她们当真，大都同居一阵子，彼此厌倦便各奔东西，可这次对顾安仪却跟以往不同，他想认真地追她，认真地和她发展一段感情。他将自己的想法毫不保留地告诉了何飞和向林珊，何飞一听便摇着头否决道："不行，不行，你趁早放弃这个念头，你们俩不合适。"钟家浩和向林珊都瞪着眼睛等着他"不合适的理由"，何飞却缄口不语。钟家浩的心里快快的有些不快，没想到何飞这么不看好他和顾安仪。向林珊沉不住气了，问何飞道："你说怎么不合适啊？我看挺好嘛。"钟家浩在绝望中重新见到了曙光，热切地望着林珊，希望她能驳倒何飞，可是向林珊除了"挺好"也说不出其他，然后就鼓动钟家浩去找安仪表白，并答应他如有需要一定帮忙。

　　钟家浩心烦意乱地离开何飞家后，何飞就责怪向林珊说："你瞎说什么，他们俩根本就成不了，你还要帮忙？千万别掺和这事，弄不好得罪了两个朋友。"

　　向林珊颇不以为然，何飞怕她不知深浅地瞎帮忙，进一步解释说："他们俩不是一个层次的，顾安仪要是愿意和钟家浩交往才怪呢！"

　　"什么层次不层次的！顾安仪层次就高？钟家浩层次就低？人家钟家浩现在是有身份的人，每月有固定收入，顾安仪除了比他多读几年书还有什么？不过就是一个飘飘荡荡的留学生。长相也一般，她漂亮吗？我看还不如我呢！"

　　"身份和收入有人看中，有人就不会拿这些当回事，我看顾安仪就不是这样的人。"

"算了吧，谁不拿钱当回事！哎呀，看来她在你心目中是女神，你的意思是我俗，是吧？"

何飞听向林珊的话题转了方向，赶紧闭了嘴，任由向林珊在身旁有影没影地乱讲。她讲了一阵也觉无趣，本想把他归进始乱终弃那一类里，见他老实得小绵羊一样，也没忍心，只得自找台阶说道："我不跟你计较了，我宽宏大量。"

说完坐到了自己的电脑前，习惯性地点开她常去的那家网站，刚一登录，右下角突然窜出一条提示：您有一个悄悄话。

向林珊的心剧烈地跳了起来，不由自主地瞥了何飞一眼，还好，他正目不转睛地盯着他的电脑屏幕，根本没注意到她这边。她这才稍稍安了心，努力平复着慌乱的心情，希望能给自己的脸部降降温。

不用看向林珊也能知道给她发悄悄话的是那个叫"鬼子李"的家伙，除了他不会有别人。

"鬼子李"在悄悄话里告诉了向林珊他的MSN，并索要林珊的。林珊不由得又偷偷看了何飞一眼，她的MSN何飞是知道密码的，为稳妥起见，她决定重新申请一个账号，"鬼子李"的悄悄话现在也不急着回复。于是她果断地关了电脑。

见何飞仍在电脑前敲打着，心虚使得林珊更想和他亲近。她走过去靠在他身旁，搂着他的脖子。

何飞拉开她的手说："别闹，我正写作业呢。今晚必须写完，明天要跟钟家浩去干活呢。"

"哎呀，"林珊叫了起来，"我也有作业，后天交，天啊，差点忘了。你帮我做吧，我不会。"

何飞皱着眉说："你整天都在干什么？作业也不做！你自己做，我不管！"

"求你了，求你了。"林珊说着便腻到何飞腿上，双手揉着他的脸说，"帮个忙吧，就编个小程序，我一点儿都不会，现在看书也来不及了，你就帮我做了吧，行不行？行不行，行不行，行不行……"

何飞脸被她揉得又痛又痒，只得答应她说："好了好了，等我做完自己的再说。"

"可以，不耽误我后天交上去就行。"

"那你走开，别妨碍我。"

"我不！"林珊嘟着嘴，索性双臂伸进他的衣服里，"我要搂着你，我就喜欢搂着你的身体，冬暖夏凉。"她说着脸在他的胸前蹭着，过了一会儿，何飞抓住她那只不老实的手说："别乱动，我今晚写不完绝不帮你写，我可说话算数！"

向林珊安静了下来，却依旧搂着何飞。看着他双手在忙碌，脑子里想着鬼子李的悄悄话，该给自己的 MSN 账号取个什么名字呢？她冥想着，不觉困意袭了上来。

何飞与向林珊的新年假期过得并不愉快。因为向林珊有两门功课需要补考。

何飞很气愤："我已经保证了你的学习时间，让你安心学习，你竟然考得这么差！"

向林珊也委屈："出题的老师变态！"

"你要从自己身上找原因！好了，这个假期我陪你复习，准备补考。"

何飞说是陪着向林珊复习，实际心里打定主意要看着她。

向林珊深知自己平时没好好学习，在这件事上自觉理亏，也踏实地看了几天书。几天过后，她心里就像长了草，在何飞允许的休息时间内，她悄悄上网，"鬼子李"仍旧在问她要 MSN，他纳闷她为什么不露面了？难道被他吓跑了。

向林珊嘴角显出不易察觉的轻蔑的微笑，她很想和他说话，但是何飞在房间里走来走去。

"你安静一会儿好不好？"向林珊烦躁地说。

"我洗衣服呢。"

"洗衣服你为什么不出去洗？"

何飞没说话。

向林珊呆呆地注视着他的背影，暗暗叹气，低头拿起了书——还是看书吧，补考再不过何飞要被气疯了。

向林珊狠下心用功复习，终于勉勉强强地过了考试，心中松了一口气，终于可以好好放松了，她决定要犒劳下自己。

向林珊松了一口气，何飞也松了一口气，用不着再整天盯着她学习，他又开始恢复了紧张的上课、打工生活。

向林珊又自由了。她开始肆无忌惮地上网，玩游戏，和"鬼子李"聊天。何飞见了说："你又原形毕露了！真是不可救药，难道你还想再补考？"

"你不要乌鸦嘴咒我，讨厌！"

"那你平时就多用点功。"

"你怎么知道我没有？"

何飞探头到她的电脑前，见向林珊确实在写作业，笑笑没说什么。

向林珊写了一会儿，困意上来了，她又伸懒腰，又打哈欠，嘟哝说："明天再写，困死了。"

她正似睡非睡时，迷迷糊糊中听得一阵敲门声，渐渐地，声音越来越清晰。她睁开了眼睛，何飞也正看着她，俩人眼中满是疑惑。

"是在敲顾安仪的门吧？"何飞低声问道。

"好像是啊。"向林珊眼睛紧盯着门口。

两个人又侧耳听了一阵，顾安仪没有开门，而敲门的声音也没有停下来的意思。

"估计又是那个人。"林珊轻声说道。

"真执著！可怜的安仪。"

向林珊又听了一会儿，腾地站起身，朝门口走去。

"你去干吗？"何飞一把没拉住，惊讶地看向林珊打开门，就听她对那个人说道："喂，拜托你别再敲了好吗？这么晚了你没完没了地敲，影响我们休息了。"

那人转过身朝林珊微微一躬，尴尬地说："对不起，我……我找小安有点事。"

"那你明天找她吧，这么晚别再敲了。"

"好的好的，我明天再找她，对不起了。"那人说着朝楼梯口走去，经过林珊身边时抱歉地向她点了点头。

向林珊回房后胜利地对何飞笑，带着些许遗憾说："可惜楼道灯光太昏暗了，没太看清楚这个人的脸，估计应该就是那个人，看轮廓还是蛮帅的。"正这么说着话，就收到顾安仪发来的短信："谢谢你替我解围。"

向林珊笑了起来，拿着手机给何飞看："我给她回个同仇敌忾！"

安仪见了也笑出了声。

向林珊又发消息说："他叫你小安，好亲切哦。"

安仪又气又急道："可恨！讨厌死了！从没人这么叫过我，就他讨厌！"

"我以后也这样叫你，哈哈。"

"不许你叫！"

顾安仪和向林珊发了一会儿短信后正准备睡觉，手机又来了短信，她以为还是向林珊，看时却见上面写着这样一句话："我看到了你窗前的灯光，早点睡吧，晚安。"安仪吓了一跳："难道他没走？"她慌忙关了灯，黑暗中听见自己的心急剧地跳着。

几分钟后，又是来短信的声音，顾安仪躲在被子里看了起来：

"我忍不住再次打扰你。外面下雪了！你喜欢雪吗？从小在南方长大的我，到北京上大学后才第一次见到雪，那时兴奋的心情现在还记忆犹新。也许雪对你来说已司空见惯，可我还是情不自禁地想象你明早起来见到外面银色世界时的第一反应——是满心欢畅还是无所谓？我想知道。明早在系门口见，好不好？"

天啊！顾安仪痛苦地将枕头压在脸上，这个世界为什么这么小啊，小到她无法躲开一个人的视线。

第四章　我要做你的唯一

站在窗外的那个人此时却心情愉快，他又瞥了一眼顾安仪漆黑的窗口，才迈开轻快的步子走了。

朱亚光今晚的快乐，一部分是因为这漫天飞舞的雪花，更大一部分是靠着顾安仪的痛苦成就的。

顾安仪是朱亚光在离婚一年多后唯一一个令他钟情的女孩子。

朱亚光的前妻杨欣翎是一个能干、不甘寂寞的女人。他们是大学同学，也是班上唯一一对修成正果的恋人。毕业工作两年后杨欣翎对工作厌倦了起来，她所在的经济计划处主任是个五十几岁的女人，被杨欣翎形容为更年期无限延长的女人，对年轻女人非常挑剔，年轻被她看做原罪。在杨欣翎看来这是不可饶恕的偏见，她预感到自己被提升的希望渺茫，便动了出国的念头。怎奈她运气不好，两次申请被拒，只好要朱亚光申请，朱亚光对出国一直抱着无所谓的态度，被杨欣翎胁迫着交了申请，没想到很快被批了下来，拿到这所大学入学通知的那一刻杨欣翎比朱亚光还要高兴，她积极地帮朱亚光准备一切，朱亚光却优哉游哉，直到上飞机的那天还像是在梦中。

半年后杨欣翎办陪读来和朱亚光团聚。杨欣翎到的当天就宣称：一定要读书！她在家里研究了几天各学校的专业情况后，告诉朱亚光说要读MBA，朱亚光听了整个晚上都情绪低落，愁眉不展，杨欣翎狠狠瞪了他一眼说："你不就是嫌学费贵吗？不要这么目光短浅，这钱以后一定会赚回来的！"朱亚光叹着气说："不是我心疼钱，我觉得你学这个实在没必要，这个专业很累人的，你以为像中国的那样堆够了钱就让你毕业？自己要有真正的实力！""你觉得我没实力？""我相信你能行，我只是觉得没必要那么累，你读一个普通的专业，边玩边学就可以了，其实就是不上学也没什么，我养你，我们照样过悠闲的日子。""亚光，你真让我失望！你一点儿也不了解我，我是那种能闲着的人吗？""这倒是！"朱亚光心想。他们在一起的这许多年杨欣翎事事都要争先，她是不甘人后的。"好吧，要学就去学吧。"朱亚光自知改变不了她只有同意。杨欣翎高兴得搂住丈夫的脖子，甜甜地说："谢谢你！我就知道你会支持我。嗯，今晚好好陪你。"朱亚光听了冷冷地哼了一声，他想起昨天夜里自己满腔热情的时候杨欣翎是怎样无情地拒绝了他。他情绪低落地说："我现在真是可怜，竟要等着你施舍。"杨欣翎贴着他的耳边柔声说道："看你，说什么呢！好了，别这么小心眼，今晚，一定让你满意，我保证！"

朱亚光用上全部的积蓄和平时得省吃俭用余下的钱供她读了几年MBA，杨欣翎的确很能干，毕业后在一家大公司找到了工作，虽然只是普通职员，可她自己却做得兴致盎然，她不嫌职位低，很通情达理地认为这是必要的积累。杨欣翎在公司里没当上CEO，家里的CEO她却当仁不让，她用职业经理人的眼光和口气对待朱亚光，管理着这个家，大的方面诸如职业的选择、事业的展开；小的地方像两个人的晚饭吃什么都要她来决定。那时候朱亚光即将博士毕业，准备继续做博士后，而杨欣翎却希望他也去公司工作，收入高不说，发展前景也比留在学校里强。可是朱亚光却以一句"我喜欢搞研究"拒绝了她的建议，杨欣翎对他大有恨铁不成钢之心，她希望自己的老公能够和自己比翼双飞，但是朱亚光只想悠悠闲闲地过小日子。朱亚光坚守着自己的职业自己做主的原则，此外家里的一切事情他都可以听她的。

起初，朱亚光对在杨欣翎指导下的生活并无异议，她愿意拿主意，愿意去做，他也落得清闲，可后来的变本加厉让他有些吃不消了。

朱亚光的家庭生活被杨欣翎安排得一切照章办事，甚至连做爱也规定了严格的时间。为了不影响工作和事业，她认为星期四和星期六晚上做爱最合理。星期四过后便是星期五，周末事情通常不是很多，而选择星期六的好处自是不必说了。朱亚光觉得这个做法荒唐透顶，这不是要把两个人都训练成机器人吗？更何况他忍受不了从星期日到星期三的漫长的、空荡荡的四天！因此这个规定自实行以来就从没有顺畅过，朱亚光不断地伺机起义，每次刚有些感觉的时候就会遭到杨欣翎无情的训诫，朱亚光实在受不了了，时间一长，老婆在朱亚光的口中是个"没有女人味的女人，不配做女人"；朱亚光也在老婆嘴里成了"不上进的男人，最没出息"。两人彼此看不入眼，愤怒由此而生，并迅速向四面八方辐射，最终导致两人情断义绝。

朱亚光离婚了，他对女人的看法也改变了。他只想找个温柔的女人，而不是女强人。如今他欣赏的是顾安仪。

朱亚光目前在经济系做博士后，和顾安仪是一个专业，近水楼台地先认识了顾安仪。在和安仪寥寥的几次接触后，他便认定了她，两人间8岁的年龄差距常使他心底涌起对她的怜爱之心。顾安仪的纯洁内敛是他眼中最最重要的美德，虽然她身上也还带着几分娇气，可在朱亚光看来，娇气是年轻女孩子的可爱的装饰，令人身心愉悦。这是在杨欣翎身上找不到的感觉。

面对朱亚光的追求，顾安仪在经历了短暂的惊讶后激起了内心的愤怒。她对朱亚光并没有反感，可是要让她接受他的爱情并回报给他同样的感情是无论如何也做不到的，不讨厌一个人和爱一个人本就差着十万八千里，不过朱亚光却固执地相信精诚所至，金石为开。

顾安仪不再每天开开心心地去上课，朱亚光的关心令她在上学途中步履沉重。她时时被烦恼包围着，无处躲藏，饱尝了被一个自己不喜欢的人追求的痛苦，她总想找向林珊倒苦水，可每次找到向林珊的时候，总是见她在键盘上敲敲打打，并不时对着屏幕做出各种喜怒哀乐的表情，和顾安仪说话像是敷衍，安仪觉得非常扫兴，只好走开。心中的烦恼无处排遣，异常苦闷。

一天晚上向林珊主动来找顾安仪，进门便向顾安仪抱怨说："唉，我的电脑中毒了，我刚刚试着杀了一次毒也没用，只好等着何飞回来弄了。先过来跟你聊聊天。"

她们自然又说到了朱亚光。向林珊困惑不解地说："我真不明白，你为什么那么排斥他啊？"此时向林珊已经和朱亚光有了几次对话接触，她对他的印象非常好。

顾安仪低声说："他离过婚的。"

"啊？离过婚？"林珊眨着眼睛，满脸笑意说，"你没听说过吗？离过一次婚的男人是块宝啊！"

顾安仪鄙夷地"哼"了一声。向林珊继续劝解道："不要这样嘛，离婚也没什么大不了的，对了，他因为什么离婚呢？"

"不知道。不管什么原因，我讨厌离婚的人。我才不想和他们这种人有什么结果呢，说不准我就成了别人的替代品，那是绝对不行的。我更不愿意有人在心里把我和别人比较，我的男朋友或丈夫必须只有我一个人，我是他的唯一，我要占有他的一切——情感和回忆。"

林珊不由笑了起来："你也太极端了！总得给离婚的人一条活路吧？"

"谁爱给谁给，反正我不给！"

"嘿！照你这么说，离婚的人就该十恶不赦？"

离婚也是有理由的，顾安仪倒不觉得离婚的人就该十恶不赦，只是……她要的是那么一份完美的感情，朱亚光给不了。

在咖啡馆的幽静一隅，他们相对而坐。顾安仪望着窗外，小广场空旷、昏暗，对面临街店铺的彩旗在寂寞地抖动。朱亚光痛苦地看着顾安仪，眼前的这个女孩子给了他爱的喜悦也给了难言的苦涩。刚刚她说："时间过去了再也无法唤回，你可以每年都和我分享看到雪景时的喜悦，可这些再也不是你最初的感动，我要的，你给不了我。"

那一瞬间朱亚光觉得自己十恶不赦。

顾安仪缓缓起身，将自己的咖啡钱放在桌子上准备离开，眼睛瞥见朱亚光的痛苦，心中一动，可还是迈动了脚步。

很快朱亚光赶了上来，就这么陪着她走走也好，他想。

顾安仪浑身的神经都调动了起来，准备对付他说的每一句话，可是他没说，什么也没说，沉默，令顾安仪不自在，他现在的样子，无法再让她不客气，她很想找话说，鬼使神差地低声说了句"对不起"，朱亚光感动得险些落泪。

"小安……"

"对不起，我不能接受……"她加快了脚步，朱亚光却停了下来，她更快速地走，他没有跟上来，顾安仪感到释然。"也许以后他就不会再烦自己了。"想到此心中又有些遗憾，若不是朱亚光非要向她表露这种情感，她还是很愿意和他做个普通朋友来往的。

　　朱亚光没有再来找顾安仪，他像消失了一样，顾安仪再也见不到他的影子，这也好，少了见面的尴尬，不过安仪还是暗暗诧异，以前他无处不在，想躲都躲不开的。

　　顾安仪清静了，同时也觉得有些淡淡的失落，她责怪自己不该这样，好在又一场考试来了，她也无暇琢磨别的了。

　　钟家浩还是经常来找何飞。聊天的时候说起出去玩，钟家浩说自己准备休假，不如大家一起出去玩。向林珊在一旁热情附和，她喜欢玩，何飞对此没多大兴趣，他更喜欢打工挣钱。

　　向林珊拉上顾安仪想壮大自己的势力，可顾安仪见有钟家浩在便不想去。向林珊就在一旁不停地游说，极力想促成一次旅行，安仪在她的热心劝说下渐渐显得词穷，后来只好找借口说："我喜欢自己开车去旅行，那样多好啊，想在哪里玩就在哪里玩，想玩多久就玩多久，自由！可是，我们谁都没车，呵呵。"

　　说者无心，听者有意。因为顾安仪的这句话，几天之后钟家浩果真买了一辆车。

　　钟家浩开车过来的时候，向林珊兴高采烈地催促顾安仪和她一起到楼下去看车："走啊，快点，钟家浩等在下面，他可想听到你的意见呢。"

　　"我……我能有什么意见？不去，你干吗偏要拉我，哎哟……"顾安仪被林珊拖着下楼，话也不得好好说。

　　钟家浩见顾安仪和向林珊两人下楼忙笑着从车里出来，眼光中充满热切的期待，盯着安仪。

　　这是一辆深绿色三门的标致二零六，钟家浩忙不迭地问安仪这辆车怎么样？安仪觉得好气又好笑，心想："关我什么事嘛！"不过不忍伤了钟家浩的心，只好敷衍说："不错，挺好的。"

林珊下楼的时候匆忙，只穿了件T恤衫，在外面久了，冷得抱肩发抖，对钟家浩说："你们看看，我上去穿件衣服。"说罢转身跑上楼。顾安仪本就觉得没有什么必要再看下去，见向林珊回去了她也想回去，钟家浩强行拉着她说："走，带你兜一圈去。"更不顾安仪的反对把她推进车里。车子离开市区向郊外开去。

向林珊穿了衣服下来不见了安仪和钟家浩，非常生气，直怪这两个人太过分了，出去玩也不等等她。

顾安仪和钟家浩沿着城边的环线开车转了一圈，一路上安仪都沉着脸，钟家浩讪讪地找话题，她都是爱理不理的，下车时只淡淡道了再见，并没请他上楼，钟家浩好不尴尬。

向林珊的气到了晚上才消，因想到安仪若是真的和钟家浩交往起来，以后她用钟家浩车的时候免不了要过安仪这一关。

晚饭后向林珊去找顾安仪时，顾安仪正边吃着方便面边看书，向林珊笑着问她："你们下午去哪里转了？"

提起这事儿，顾安仪就觉得心里发堵，没好气地说："就是在城边的环线上开了一圈。"林珊见安仪不很开心的神色，取笑她说："不愿意我问啊？好吧，不问了，其实我也挺自觉的，提前回来省得给你们当灯泡。"

安仪懊恼地合上书，说："什么呀！谁愿意跟他去啊。"

"怎么了？你们闹不愉快啊？"林珊充满关心地问。

"什么时候也没愉快过！他这个人……哎呀，看他那形象，光头矮胖子……我根本不想和他交往！"安仪烦躁地说。

"哈哈，这你就太过分了，钟家浩矮吗？不矮呀，和何飞也差不多啊，朱亚光是离过婚的，你不喜欢，钟家浩可没有女朋友啊，这个我肯定，你就别挑了，我看钟家浩挺好的，在这里要什么有什么了，你以后没有后顾之忧了。"

顾安仪觉得向林珊做不了知心朋友，紧抿着嘴沉默片刻后，像是下了好大的决心，说道："他一个偷渡出来的……我不会结交这种人。"

林珊垂下眼睛沉默了片刻，笑笑没说什么。

回家后向林珊把顾安仪的话向何飞学了一遍，不满地说："你看这个人够狂的吧，原来她谁都瞧不起啊，原以为她不是这样的人，真看不出啊。"

"啊，她真是这么说的？钟家浩听到要伤心死了，他可是真心喜欢她。这下他是彻底没希望了。"

"也未必，看钟家浩怎么追了。目前这种状况看不出希望，钟家浩这个人太面了点。"

何飞大笑了起来，向林珊这才有所醒悟，双颊浮上红晕，用力捶了何飞一拳，嗔怒道："你以为谁都像你这个流氓！"

两个人闹了一会儿后，向林珊说："我替钟家浩着急，你去帮帮他吧。"何飞诧异地问："你这么热心干什么？"随后他又坏坏地说，"我的招数还留着对付你，怎可外传？"

何飞存心不理会这件事，他从来没有看好过这两个人，哪像林珊那么幼稚。

钟家浩被炽热的感情激励着，对安仪一次次的拒绝丝毫不感到气馁，反倒更激发了他的热情，她和他结交过的那些女留学生不同，这更让他倾心。除了工作，他全部的心思都在顾安仪身上。他如今有了车外出更加方便，没事就往顾安仪这里跑，顾安仪不理他他就去何飞家，何飞不在向林珊在，总会有人陪他说话。

和向林珊聊天，内容也是顾安仪，向林珊心里酸溜溜的，嫉妒顾安仪的好运气。

钟家浩向她打听顾安仪喜欢什么，平时都愿意参加哪些娱乐活动。向林珊就问："我提供信息给你，你给我什么好处？"

钟家浩说不会亏待她。

此后，钟家浩每次给顾安仪送礼物的时候，都有向林珊一份小东西。向林珊欢天喜地地收了，钟家浩看她快乐的样子心里不爽快——顾安仪总是很勉强地收下他的礼物，更准确地说是他硬塞给她的，他多么渴望向林珊高兴的神情出现在顾安仪脸上啊。

顾安仪考试期间，钟家浩更是常常过来慰问，惹得顾安仪烦恼不已。

这一天傍晚钟家浩又去找顾安仪的时候，惹得她非常恼火："你又找我干什么，我晚上还要考试呢！"

"怎么晚上考试？"

"我怎么知道！老师这样安排的。"

说着顾安仪拿起包就要出门。虽然离考试的时间还早，可她宁愿早点离开家，离开家才能摆脱钟家浩。

"那我送你去学校吧。"钟家浩跟在她身后竭力想讨好她。

顾安仪也不理他，大步朝前走着，心中的烦恼有如迎面而来的寒冷空气，令人难以招架。见安仪头也不回地朝前走，钟家浩在后面紧追几步，喊道："哎，天气太冷了，你等下我开车送你。安仪，安仪……"

"谁要你送！"安仪嘟哝着赌气地加快了步伐，钟家浩无奈地看着她，深叹一声急忙转身想去开车，就在转身的瞬间，从小街里飞出一辆自行车，待安仪被身后的大叫声惊得回过头时，钟家浩已经倒在地上，安仪一惊，不由自主地跑了过来，见钟家浩的脸上流着血，顿时慌了："你，你受伤了？"这时那个骑自行车的小伙子也回过神来，打电话叫了救护车。

她和那个骑车人一起扶起了钟家浩，钟家浩脸上的血越流越多，表情十分痛苦。安仪一面帮他擦着，一面不停地做思想斗争，是否该跟着去医院？钟家浩手捂着因痛苦扭曲了的脸。救护车来的时候，安仪迟迟疑疑地跟着上了车。

钟家浩的脸和额头是在摔倒时被自行车划破的，医生处理后要求他留在医院观察半小时。他左脸的划伤很深，安仪得知后忧心忡忡，她很想问问医生是否会留下疤痕，可又不愿让钟家浩感到她在关心他。在发现钟家浩的伤没大问题时，她就尽力在关切和疏远间掌握平衡，不让钟家浩产生丝毫误解，想问问他是不是很疼的话始终没有出口。

医生离开时她也跟了出去。"他脸上的伤会不会留下疤？"她问道。

医生笑着说："不用担心，有一种药膏可以消除疤痕，效果非常好。"

安仪这才稍觉安心，可心里还有更大的担忧，她看了看表，考试已经开始了，她自己该怎么办啊？

"安仪，耽误你考试了吧？"钟家浩一开口，安仪心中的歉意顿时消失了，她不耐烦地走到窗前。

钟家浩心里很难受，小心翼翼地问："你现在赶去来得及吗？"

顾安仪猛回身大声喊道："等我到了那儿，人家已经考完了！都是你！你跟着我干什么！跟你说过我们……"

"对不起啊。"没等她说完钟家浩心情复杂地说。他伤得并不重，竟有些庆幸这一次事故，安仪陪着他完全因为他的伤，可她因此没能参加考试该怎么补救？她会不会从此更不愿意理他呢？

顾安仪狠狠瞪了钟家浩一眼不再理他，一心想着这场考试怎么补救，偏偏赶上这一科的教授是个很严厉的人，他会给她一个补考机会吗？这次缺考将给她带来什么损失呢？

窗外暮色深沉，安仪一筹莫展。钟家浩也知趣地不再讲话。

手机在背包里突然地震动起来，钟家浩赶忙提醒她说："是你的手机。"

顾安仪拿出手机，是朱亚光发来的消息：我在给你们监考，你为什么不来考试？

顾安仪心中一动——也许朱亚光能帮上她的忙？

钟家浩被他的朋友从医院里接走后，顾安仪也心情沮丧地回了家。已经晚上八点半了，两个小时的考试已经结束，这次意外事件使她没能参加考试，如果这一科的分数是零，肯定要影响到毕业的总成绩。她呆呆地坐在房间里，心里又愁又悔，眼泪在眼眶里打转。

朱亚光是在半个小时后打来电话的，他说刚刚跟米歇尔教授通了电话，米歇尔教授对缺考一事非常生气。顾安仪的心立刻被一根细细的绳子吊了起来，紧张地问："那怎么办啊？我本来是要去考试的，没想到……"安仪知道米歇尔教授是个十分严厉、脾气古怪的人，同学们都很害怕和他打交道。

朱亚光说："你再把傍晚的事情详细给我说说，我去找他，你没去参加考试是有原因的，我想他会重新安排的。"

"好的好的，先谢谢你！"安仪把钟家浩受伤的经过说了一遍，朱亚光默默地听她讲完，问道："那人是你男朋友？"

"不是不是，他是……"安仪正想说钟家浩是朋友的朋友，就听朱亚光呵呵笑着说："没关系，我不介意他是谁。我明天去跟米歇尔教授说说，看他能否给你一次补考的机会。"说完便挂了电话。

还要等到明天！顾安仪今夜已经不知道如何度过了，可她又不能要求朱亚光现在就去找教授，她满脑子都在琢磨这件事，忽然又感到朱亚光的最后一句说得有些漫不经心，旋即担心他是否会尽力帮她的忙。如果朱亚光不能替她疏通好，她只好硬着头皮去挨米歇尔教授的骂了，这个倔强、严厉、满头白发的老头给大多数人的感觉就是冷酷无情。

顾安仪此时有些后悔当初，不该用那种恶劣的态度对朱亚光，自己好傻，怎么不懂得敷衍、周旋呢？多个朋友多条路，现在他开始怀疑钟家浩是她的男朋友，还会不会真心帮她的忙呢？沉思间听到门外传来有人上楼的脚步声和人语声，有说有笑。她听出是向林珊和何飞。欢笑声刺激着安仪灰暗的心情，忽听得向林珊说："我去看看安仪回来没有。"

安仪慌忙定了定神，给林珊打开了门。

林珊一进门就欢快地喊道："哎呀，终于考完了，自由了！你考完没有？"也不待安仪答话，她又继续问，"你怎么没开机啊？我用下你电脑行吧？"

安仪懒洋洋地去开了机，心里纳闷林珊为什么到这里来上机，不过也懒得问，见林珊在电脑前坐定后，安仪瞥见她登录了MSN。

安仪没心情说话正是林珊求之不得的。她自顾自地在上面聊了近半个小时才退出，神秘地对安仪说："多谢多谢。哦，对了，别告诉何飞我来你这儿上过网啊。"

安仪笑笑表示她对此事毫无兴趣，林珊才满意地回去了。

安仪没心情去细细琢磨林珊的行为，补考的事情还悬而未决呢。她等着朱亚光的回话，又不敢对他的回话太抱希望。她决定还是靠自己，脑子里开始酝酿给米歇尔教授的信该如何措辞。

朱亚光到第二天中午才打来电话，他说米歇尔教授已经答应让安仪补考一次，并要安仪自己给他发封信说明原因，下午到秘书那里协商补考的时间。

顾安仪一时兴奋了起来，愁绪顿时烟消云散，给米歇尔教授的信也在第一时间发了出去。

新年后的一个晚上，顾安仪从大学图书馆看完书准备回家时，刚好碰上朱亚光正下楼，从两个人惊异的表情来看这场遭遇纯属偶然。

顾安仪补考过后第一次遇到朱亚光。她说："补考的事还没好好谢你呢，考完之后我找过你，你同事说你去休假了。"

朱亚光愉快地说："是的，我去了奥地利。"

到了图书馆外面，朱亚光说："我送你回家吧。"

"不必了，谢谢。"

朱亚光笑着说："别这么紧张，我是被你判了死刑的人，不会再讨你的厌。这么晚了送你回去完全是出于礼貌。"

安仪感到很不好意思，脸上微微发烫，好在天黑，朱亚光看不见。听他语气轻松自己也很快放松了下来，笑着说："好了，我知道你是个有礼貌的人了。不过我还是自己回去吧，路上很安全的。"

朱亚光还是坚持送她。

一路上朱亚光都在给安仪讲在奥地利的见闻，引得安仪心生羡慕，对这个美得精致的国家充满了向往。朱亚光说："我也很喜欢这个国家，这次真没玩够，下次再去的时候带上你吧。"说完又解释说，"我这可不是约你啊，真带你去说不定要你和我分摊油钱。"安仪笑了起来："分摊油钱也没问题。"

俩人一路就这么轻松地聊着，不知不觉到了安仪的楼下。安仪停下来对他说："谢谢你送我啊。时间太晚了，不请你上去坐了，你快点回家吧。再见。"

第一次和朱亚光有这么愉快的谈话，安仪觉得这种感觉非常棒，隐隐有些留恋，恨时间太晚。但是不管怎样，她今晚的快乐是挡不住的。迈着轻快的脚步上到自己的那个楼层时，见到何飞铁青着脸倚在门框上抽烟。

"嘿，何飞，你在这儿抽烟呢。"安仪笑着招呼。

他似乎是应了一声，安仪没听清楚，忽然向林珊的声音就从房间里传了出来："你还有心情抽烟！去死！去死吧！"

何飞真的气呼呼地冲下了楼。

安仪吃惊地"哎"了一声，看着他的背影不知所措。

林珊走到了门口没好气地对安仪说："别搭理他，让他走！"

"你们怎么回事？"安仪见林珊眼圈红红的关心地问道，随后陪向林珊回了房间。

"他……他干活的时候弄坏了人家新买的浴缸，要赔偿！"

原来，何飞、钟家浩等几个人在别人家浴室装修时，何飞不小心砸裂了人家的浴缸。

"他们装修公司不负责吗？"

"公司怎么会管？干活时谁毁坏了东西谁赔，这是早说过的了。其实也不光是何飞一个人的责任，他站在梯子上递什么工具给下面的钟家浩，钟家浩没接住就砸到了浴缸上，人家很生气，新买的浴缸嘛。可气的是钟家浩把责任推得干干净净的，何飞又不愿意找老板求情，就打算这么认了。"

"得赔多少？"

"两千五百欧元呢，打工挣都没挣这么多呢。"

"啊！这么多钱啊！"

"是啊。也不知道什么样儿的浴缸要那么贵。我现在恨何飞，也恨钟家浩。这个人真不是东西，太黑了，至少他也该负担一半的。"

顾安仪沉吟片刻说："提到钟家浩，我想请你帮个忙，把他送给我的那些东西还给他，另外再跟他说一声，不要总来烦我，我跟他是不可能的。这话我跟他讲了很多次他总是不信，以为我在考验他的真心，真是气死我了！"

"行，我明天就去找他吵架，没见过这种人！何飞是个死窝囊废！他不去找我去找！"

顾安仪回到自己的房间拿出一个纸箱，除了鲜花枯萎后被扔掉外，钟家浩送她的东西都被她装在了这个箱子里，有女孩子喜欢的毛绒玩具，也有各种饰品，手链、项链之类，顾安仪都不曾打开过。她曾想学《围城》里的做法，给钟家浩寄过去，既然明天向林珊就去找他就麻烦向林珊吧，早退回去她早安心。

很快，这只封好的纸箱就被摆在了向林珊的房间里。

何飞一夜未归，向林珊也没睡好，躺床上翻来覆去地想了很多事儿，她想到了和他分手。

向林珊目前极度渴望自由，何飞越来越令她不满意，一个只会靠出苦力来养活她的人能给她什么幸福？班上有几个女生都换了好几个男朋友了，她凭什么只守着这么一个？虽然她还有鬼子李，可那人毕竟在网络的那头,尽管他们交换过照片,视频过,甚至他们有过网上做爱,可林珊觉得那和自娱自乐没什么两样,远水解不了近渴,现在她太需要一个人来依靠,更不能缺少钱。她果断地下了决心。

第二天一早向林珊就离开了家。她做了两件事。她先去银行改了账户的密码,以防何飞取钱,然后就去找了钟家浩,她准备不惜一切让钟家浩分担一些。可是当她怒气冲冲地找钟家浩理论一番后,却把何飞恨入骨髓。

向林珊到钟家浩那里时,他才起床不久,见到林珊并不感到惊讶,见到那只纸箱忍不住恼怒,顾安仪够狠的,不光拒绝了他,还让他在向林珊面前丢掉了面子。

向林珊没工夫揣摩钟家浩的心思,连珠炮似的一通控诉,钟家浩不动声色地听着,心里怨恨顾安仪的绝情,发现向林珊停了下来,他不急不徐地说:"你想过没有,一个普通人家的浴缸怎么会那么贵?其实那浴缸根本不用两千五百欧元。"

林珊愣住了,一时间不理解钟家浩是什么意思。

钟家浩却封紧了嘴,准备转身离开。林珊一把拉住他:"你什么意思?说啊!"

钟家浩这才胸有成竹地说:"既然你问了我就直说,当你是朋友我才跟你说实话。其实何飞和装修那家的女孩子有些眉来眼去,有时他借着去阁楼取东西就和那个女孩子待在上面很长时间。你说浴缸碎了我也有责任,可是我本来叫他等会儿递给我,我那会儿两只手都忙着,可他没听见,因为那个女孩儿正在门口朝他做手势。他根本没听我说话,凭什么我要负责?我怀疑……我怀疑他借此机会多拿出些钱来和那女孩子花。"

向林珊顿时怒火中烧,她丝毫没有怀疑钟家浩的话。她带着满腔的怒火回到家时何飞正在家里等着她。

"银行账户是怎么回事?我的卡怎么取不出钱了?"何飞见到向林珊就劈头问道。向林珊的火气正无处撒,听了何飞的话顿时狂叫着 说:"何飞你这个混蛋!你一夜未归是不是和那个女人在一起?"

"什么女人?我住在我同学家了,不信你去问。现在我问你账户怎么回事,我取不出钱来。"

"告诉你吧，我把密码改了，就是不想让你取钱。你骗了我还想骗我的钱？"

"你的钱？钱都是我家给的，我自己打工赚的，你又不打工，有一分钱是你的吗？你居然私自改了密码，你什么意思？不想过了是不是？"

"何飞你说清楚，是谁不想过了？你背着我去勾搭别的女人还倒打一耙！"林珊愤怒地喊叫着，同时脑子里闪过她给鬼子李的那张半裸的照片，不过心虚是瞬间的感受，她没被抓到就可以理直气壮地质问他。

"我勾搭谁了？你别无事生非，无理取闹！"

"你不承认？那好！你滚，从此我们各走各的，井水不犯河水！"

何飞此刻已不如开始那么生气，他想林珊肯定是在哪里误会了他，否则她也不会做出这么绝情的事。他还是打算问出密码赶紧还钱给人家，然后再慢慢给林珊解释。于是他缓和了口气说："珊珊，你告诉我密码吧，我现在需要钱。其他的事情我们过后再说。"

"休想！如果打算告诉你我就不改了。你死了心吧，一分钱你都别想拿走。"

"你！太霸道了！"

"我跟了你几年了，如今分手，这笔钱是给我的青春损失费！"

"分手？我们为什么要分手？珊珊，我以后会慢慢给你解释清楚的，现在我们先还了债好不好？"

"那是你的债，与我无关！"

无论何飞怎样低声下气地讨好，林珊就是不为所动。俩人一直争论到半夜时分，何飞急着明天如何回复人家，林珊依然不肯松口告诉他账户密码，并坚决要求分手。何飞强压着心头的怒火，苦口婆心地说："珊珊，你这样就不懂事了。我也心疼这笔钱，可是出了事我们还是得把事情先应付过去，钱以后还可以赚回来的。"

"少给我空头支票！以后赚了钱也不一定有我的份！"

"别这么说呀。"

"我问你，你和那个女人到什么程度了？"

"你怎么总这样说啊？我哪有什么女人，除了你！好了，乖，"何飞说着钻进她的被子，"乖，宝贝儿，让你舒服舒服。"说着就趴到了林珊身上动作了起来。

"讨厌！滚，我不要理你，下去，下去。"林珊在下面拼命地扭着身子，无奈何飞越发用力，他先是吻住了她的嘴，随后用自己的大腿撑开她的两条腿。何飞有过很多次这样的经验，每当林珊和他吵架，发脾气哄不好的时候，他就采取这种方式，两个人在床上折腾得筋疲力尽后，林珊就会温顺得像小猫一样，俩人重归于好，何飞的目的自然能达到。可是这一次，却和以往不同，即使向林珊有气无力的时候也没答应何飞的要求。

何飞实在问不出密码，拿不到钱，只好找同学去借。借了两天也只筹措到了一千八百欧元，无计可施时想到了顾安仪。

何飞向安仪讲了借钱的原因，安仪问道："一个浴缸那么贵呀？"

"唉，人家票据上就是这么写的，我也只好照这个价赔了，真倒霉。我不怪林珊生这么大气，我也心疼这笔钱。"

"你现在没有账号，我只能明天才能给你取现金了。"

"嗯，行。我先把这笔钱还给人家，然后也不在这家装修公司干了，我同学帮我找了一家餐馆去干长工，每周回来休息一天，反正现在学习不紧张，我先去干两个月，攒点钱再说。"

何飞赔偿了浴缸钱后果然就去临近的一个小镇上去打餐馆工了。向林珊感受到了巨大的自由，每天和鬼子李在网上肆无忌惮地聊天、视频，再也不用小心地删掉记录，有时候她也和同学朋友一起出去玩，深夜才回来。和安仪碰面的机会已不像原来那么多了。那天傍晚，一听到向林珊的脚步声顾安仪就打开了门，问她现在忙什么呢，是不是出去打工了，为什么现在经常见不到她呢？

向林珊沉了脸说："我们这种人就是打工的命吗？太小瞧人了！"

顾安仪本想和向林珊聊聊天，却被莫名其妙地噎了一句，想解释，林珊却扭身回了自己的屋里，也生气了。

朱亚光来找她的时候她心里还不是很高兴。

朱亚光近来心情如沐春风。他和顾安仪关系的亲近是在那次补考之后。顾安仪不再躲避他，点燃了他的希望。但是这一次，他懂得把握分寸，两人的关系正朝着他的希望顺利发展，她不再拒绝他的邀约，有时候两人甚至会一起出去吃饭，每次在一起时都很愉快。

今晚他们就是约好要一起散步去的。

"你看上去不高兴，怎么了？"

他眼睛里的关心让顾安仪感到无比幸福。"没什么，和邻居说话有点不痛快。"安仪微微一笑说。

朱亚光闻言笑问："就是那个私自改了家里账户密码的人？呵呵，别跟她计较，我们出去吧，外面气候宜人，我一路走来的时候感到特别舒服。"

顾安仪拿上一条羊绒披肩高兴地和朱亚光一起出了家门。

清淡的月光笼罩着寂静的街道。

暮春的晚上，空气中弥漫着的温暖气息就像顾安仪心中藏不住的喜悦，不由得感叹此时正是散步的好时光。而朱亚光的目光须臾舍不得离开安仪熠熠生辉的脸庞。

落着玉兰花瓣的小巷，悠闲的徜徉，轻松的谈话，俩人从未感觉到如此亲近，这感觉四溢开来，缩短了俩人的距离。

在一株玉兰树下，朱亚光忽然停了下来。

"怎么？"安仪也跟着住了脚步。

"小安……"他深情地呼唤着她，靠近她，当她的脸颊贴在他的胸前时，她才明白过来他想干什么。本能地想推开他，可是他柔软的双唇比结实的臂膀更有力量，这股力量让安仪的思想顿时陷入了沼泽。一个声音说："就这样吧，就这样下去吧，这种感觉实在太美妙了。"可另一个声音却说："不可以，你并不是他的唯一！"这两种声音斗争着，她感到一阵晕眩。

当唇边和舌头将一丝痛感传递过来的时候她才清醒过来，微微低了头，推开眼前的男人。朱亚光仍旧依依不舍，时不时地将零星的吻留在她的脸上。

"好了，我该回去了。"安仪有些心慌意乱。

"嗯，我们回去。"他说着替安仪拉了拉披肩。

回去的路上，安仪默不作声。朱亚光的耳边还响着她来时欢快的语调。他的心温柔下来，拉着她的手说："小安，我知道你在想什么，你不要怀疑我的第二次感情，我用了几年的时间明白了一件事——我到底要的是什么样的女人，小安，别离开我，留在我身边。"他说着用力握了握她的手。

当安仪和朱亚光刚一走到自家楼下的时候，心中咯噔一下，不觉收住了脚步——钟家浩的车正停在那里！

"怎么了？"朱亚光感到她的迟疑，问道。

安仪慌忙摇头。想到有可能遇到钟家浩，难免心中一阵紧张，上楼的时候不由自主地拉住了朱亚光的手。

他们并没有遇到钟家浩，安仪心想，钟家浩不是来找自己的，那肯定是在向林珊那里了。

第五章　四月宝贝儿

　　钟家浩果然是在林珊的屋里。他也听到了顾安仪回来时开门的声音。

　　"安仪回来了。"他脱口说。

　　向林珊不屑地撇撇嘴说："还惦记人家啊？不是跟你说了吗，人家根本看不起你！"

　　钟家浩顿时想起林珊曾经转告他的安仪的话，脸色变得难堪起来。

　　向林珊生气地推了他一把，"少给我脸色看！想她了你去找她啊，去啊，去找她啊，就这样去，别穿衣服，哼，人家才懒得理你呢！"见钟家浩仍不做声，她又继续说，"实话告诉你，人家早有男人了，是个博士后呢，你算什么啊，偷渡出来的，你也就配……"她本想说"你也就配睡我"，话到嘴边才意识到这话太自贬身价，便闭了嘴。不料钟家浩却替她说了出来，他一翻身压在她身上，说："我也就配睡你？睡你也不亏啊，你身上的肉比脸蛋都嫩，真他妈诱人！"

　　向林珊被他说得开心起来了，媚媚地一笑，抱住钟家浩的头，在他耳边轻声说了几句，钟家浩登时兴奋了起来。

　　安仪半夜醒来的时候耳边传来隐隐的说话声，她侧耳细听，声音是从隔壁向林珊房里传出来的，心中好奇，何飞应该不会回来，她那里这个时候怎么会有男人说话的声音？忽然，她记起了什么，走到窗前向外面望去，钟家浩的车仍然停在那里！她的心剧烈地跳了起来。

　　而此时，林珊和钟家浩谈论的正是顾安仪。

　　林珊说顾安仪这个人就是假正经，假清高，当初把朱亚光贬得一文不值，自从朱亚光拿到了长期工作合同她还不是和人家好了起来，不就是图人家有钱，名声好嘛。

钟家浩对安仪又爱又恨，听林珊说着安仪的种种心中不住地犯酸。林珊对安仪也同样怀着复杂的心情，她觉得安仪处处比自己幸运，现在看到她和朱亚光交往，心中非常嫉妒，朱亚光是博士后，有体面的工作，而且听说最近开始着手买房子了，也许很快安仪就会有带花园的房子住了。可是自己，似乎越混越糟糕，如果真的和何飞分手，钟家浩是否靠得住呢？

尽管对钟家浩存在着疑问，可何飞回来的时候林珊还是坚持要和他分手，她觉得和何飞在一起断然没有幸福可言，分手后她至少还能有选择的机会。

何飞对林珊依旧恋恋不舍，让林珊给他点时间，他会努力让两个人的生活越来越好的。林珊问道："给你多长时间？三年？五年？还是十年？二十年？我不想耗费青春了，这种日子让我过得不踏实，每天就想着怎么节省、节省，一到月底就担心房东会来催房租，这种滋味我受够了，你给我自由吧。"

何飞叹口气，心中实在不忍他们分手，走过去拉着她的手哀求说："珊珊，你再考虑考虑好吗？"

"我早就考虑好了，从此以后我们各管各的，互不干涉。你愿意回来就回来，这房子是你的，我找到别的住处后就搬走，还有……还有……在我搬走之前你不能和我睡觉。"不知怎的，最后这句林珊说得有些勉强。

两人从此进入了半分手状态，所谓半分手，就是白天俩人各干各的，到了晚上，一张床的诱惑谁也抵挡不了，也可以说是不愿抵挡。林珊对何飞的要求只象征性地表示不同意见后，不久两个人便会在床上翻云覆雨。林珊觉得这样也不错，身体得到了享受，还能以此为由从何飞那里得到些物质性的好处。何飞自然不会拒绝，反倒很高兴她向他提各种各样的要求，他始终认为他们还会和好如初的。

在向林珊和何飞的感情出现裂痕的时候，朱亚光和顾安仪在交往中情感不断加温，朱亚光终于赢得了顾安仪的心，两个人好得如胶似漆，恨不得时时刻刻黏在一起。

朱亚光不久前已经买好了一栋两层的别墅，房子很大，就他一个人住，冷冷清清的。他工作之余的大部分时间都和顾安仪在一起。整天耳鬓厮磨的两个人，常常会有些过火行为，每次顾安仪都恰到好处地喊停，气得朱亚光牙痒痒，咬牙切齿地对安仪说："看我以后怎么收拾你！"

安仪嘻嘻笑着，在他脸上亲一下，以示安抚。

朱亚光觉得很幸福，每天下班接上顾安仪一起回他的住处，他做饭给她吃，饭后有时他们出去玩，有时就待在家里。晚些时候，再送顾安仪回去。

朱亚光为顾安仪做什么事情都任劳任怨，唯独晚上送她回去很不情愿。

他劝她留下来，甚至说："我们各住一个房间，我绝不去骚扰你。"
顾安仪才不信他的话。

"漫漫长夜，我一个人守着这样的房子太冷清了。"

"谁要你买这么大的？"

"我要娶你，我们再生几个孩子，没有房子怎么行！"

顾安仪斜了他一眼，威胁着说："不送我回去，以后我再也不来了！"

他无奈，只好送她回去。

一路上车子开得很慢，到了顾安仪家他还要和她缠绵一会儿。

每次看他带着依依不舍的神情离去，安仪的心情也很复杂。她说不清楚，这个男人用最深的情爱恋着她，她还犹豫什么？

一天夜里，顾安仪刚迷迷糊糊要睡去的时候，电话响了，见是朱亚光的电话，大惊，朱亚光正在邻近的城市出差，明天才能回来，这会儿怎会有电话？一时间她睡意全消。

"亚光。怎么了？"

"小安，我到卡勒姆了，这就去看你。"

"你——回来了？"

"嗯，我马上就到啊。"

怎么提前回来了？还是半夜！顾安仪愣愣地坐在床上，心中忐忑不安。

不多时，敲门声轻轻响起。

顾安仪一跃下了床。

"你——"

她还没说出话就被朱亚光抱了个满怀。

她明白他为什么回来了,刚才自己的那些胡乱想法都是庸人自扰,一颗心温柔得没了分量。

"小安。"他的相思在一阵激吻中得到缓解,"让我看看。"

"不是明天才回来吗?"

"想你——"

顾安仪的心禁不住狂跳起来,此时她被罩在宽大的睡衣里,在他灼人的目光下微微低下了头。宽大的睡衣更衬托出了她的柔软和娇羞。

朱亚光的柔情瞬间变成一股激流。顾安仪在这股激流中挣扎,像个不慎落水的人,慢慢地,被这股激流淹没。他身体的热度和那一处的硬度令安仪颤抖。

"小安。"朱亚光痴迷地轻声呼唤着,他把她抱上床,让她享受着从没有过的快乐,一种只属于女人自己的快乐。

世界从此不同了,因为彼此的拥有,让他们成了最快乐的人。他们的幸福,深深地刺激了隔壁的向林珊。她更尽最大所能地从何飞和钟家浩身上索取着。

向林珊没有像她说的那样自己去找房子,她不想为自己加一笔开支,住在这里反正有何飞交房租。何飞只每周回来休息一天,其余的时间里,钟家浩经常过来和向林珊鬼混。向林珊现在只要能过得舒服,钟家浩让她做什么都可以,她可以从两个人那里拿到零用钱,特别是钟家浩,经济实力比何飞强,经常带着她到处吃、喝、玩。

向林珊对自己和钟家浩的关系并不刻意隐瞒,甚至有时还主动和安仪提起。每当说起这些的时候,安仪就为何飞鸣不平,劝林珊和何飞彻底了断后再和钟家浩来往,林珊满不在乎地说:"我早已和他分手了,是他偏要死缠着我,那是他的问题。"

安仪叹口气说:"真替你们感到惋惜。"

"切,惋惜什么?何飞就是没出息。我这个人命不好,不像你,对了,你很快要住大别墅了吧?"

安仪脸红了，辩解说："没有的事。"

林珊看了安仪一眼，知道她说的并非实情，也不追究，只一味感叹自己的不幸。即使这样安仪也无法同情林珊，有时候她很想和林珊好好谈谈，希望她能把心思放在学习上，希望她珍惜何飞对她的感情。不过朱亚光并不赞成她这么做。安仪说："我总觉得她这样下去不会有什么好结果，钟家浩那个人，越看越坏，我和她关系这么好，应该提醒她一下，免得她上当，是吧？"朱亚光笑了，他说："女人和女人之间绝没有真正的友谊。你不要去多嘴，不说，你们之间还能维持这种关系好的假象；说了，就完了。"见安仪若有所思，他搂着她说，"我不管别人怎样，我的小安是个可爱、懂事的好姑娘。"

安仪不肯搬到朱亚光那里住，朱亚光只好经常住在安仪这里。两个人挤在安仪的小床上，朱亚光抱怨说："让大房子空着，偏偏要挤在这个小地方。"安仪说："谁让你挤的，你去住你的大房子呗。"

"我舍不得你啊，怎么办？"

安仪做了个调皮的表情，被朱亚光搂进怀里，他附在安仪耳边悄悄地说："你这个房子太不隔音了，你邻居那边夜里动静真大，吓得我都不敢动。"安仪吃吃笑着说："你这个人真龌龊，好听人家的墙根，我怎么就听不见呢？"

"你睡得像只小猪，哪听得见？"

"你才是猪！"

两人嬉闹着，忽听得敲门声，才住了手。

"这时候来的肯定是林珊，真是的！"安仪厌烦地嘟囔着，很不情愿地起身穿好了睡衣。

打开门，果然是林珊站在门外，脸色微红，穿了一件睡裙。见了安仪抱歉地说："不好意思啊，我不进去了，把你摄像头借给我，急用，我的刚刚坏了。"

安仪转身拿了摄像头给她。

"这么晚了不睡觉要摄像头干吗？"安仪嘟囔着重新躺回床上。朱亚光嘿嘿笑着，过了良久才说："你邻居的生活真是丰富多彩，你少跟她来往，还是搬到我那里去吧。"

"等我毕业了再说。"

"哦，我差点忘了大事。我们老板要招一名博士生，你很快毕业了，要不要申请？我希望你申请下试试。"

"真有这事？好啊，我试试。"

顾安仪在大考前有两个星期的复习时间，朱亚光要她安心复习，他负责她的一日三餐。

一天林珊过来蹭饭，无比羡慕地对安仪说："你真是幸福啊，朱亚光把你照顾得像个公主。"

"什么呀，我现在一点儿自由都没有了，除了看书，不许我做任何事，我想上街买东西他都不让。"

"你要买什么？我也想上街呢，不如我们一起去吧？"

俩人趁朱亚光在厨房的时候商量好下午他不在家的时候出去一个小时。

两个人都打算买内衣，进 Etam 内衣店后安仪说："分头行动，节约时间。"

不大一会儿，安仪买了两件胸罩回来找林珊："我买好了，你怎么样？"

"也好了，马上去交钱。让我看看你买了什么？"说着从安仪的手袋里拿出两个胸罩，"好性感哦！哇塞，你杯子又升级了，朱亚光的功劳吧？"

安仪的脸腾地红了，抢过胸罩塞进袋子，看四下并无人注意林珊的大惊小怪才安心，心想这就是在外国讲母语的好处吧。

林珊又说："不再买条丁字裤？你看我买的。"说着拿出自己的东西给安仪展示。

这是两条前面镂空的丁字裤，一条黑色，一条肉色。

"怎么样？诱惑吧？"林珊得意地拿着两条内裤在安仪面前晃。

"哈哈，钟家浩肯定喜欢。"

"他？那个没品的家伙，他就喜欢我什么都不穿！"

安仪毕业考试结束的那天晚上，朱亚光决定给她庆祝一下。俩人先去看了场电影，然后又到酒吧坐了坐，到家时已过午夜。因为朱亚光第二天一早还要去开会，两个人匆匆洗洗便睡下了。

不知过了多久，朱亚光被向林珊的尖叫声惊醒，他猛地坐了起来，顾安仪也被他碰醒了，耳边的声音让她不敢肯定是梦是醒。

"怎么回事？"

"是向林珊那边的，你听。"

俩人屏住呼吸听着，那边的声音很嘈杂，有砸东西的声音，也有搏击的声音，隐约能听见何飞愤怒的叫喊声，朱亚光不再犹豫，迅速地穿着衣服。

"你做什么去？"

"那边出事了，我们不能不去看看。"

"他们俩吵架我们介入不好吧？我看还是别去了。"安仪说着，还是穿起了衣服。

这时那边有人开门跑下了楼。

"救命啊，救命！"林珊尖利的呼救声传了过来。朱亚光腾地冲了出去，安仪也跟在他后面。两个人一同跑进林珊家时见何飞正将林珊按在地上挥拳暴打，朱亚光一个箭步冲上去制止何飞："住手！你这是干什么？有话好好说。"

何飞被朱亚光拉到了一边，安仪走过去试图拉起躺在地上哭泣的林珊，林珊仿佛受了惊吓一般，一骨碌爬起来便向外跑。

"林珊，林珊……"安仪叫着没能拉住她，却看到了她胳膊和胸前一道道青紫的伤痕。

"回来！你这个臭婊子！今天非揍死你！"何飞咆哮着。

"何飞，你冷静点儿，冷静点儿。"朱亚光死死扯住欲追出去的何飞。

在朱亚光的劝说下，何飞安静了下来，闷声不响地抽着烟。安仪站在一旁呆呆地看着满屋狼藉不知如何是好。

朱亚光让安仪回去睡觉，他陪何飞坐一会儿就回去。安仪迟疑地看了他一眼，回了自己房间。

第二天近中午的时候，何飞来敲安仪的门。眼前的何飞神情沮丧，一下子老了几岁，安仪十分同情。见他拉着行李箱，背着背包，不解地问："你这是……"

"我来是跟你告别的，我走了，这里也要退租了，谢谢你和老朱。"

"你去哪儿？不回来了？"

何飞摇摇头，茫然地望着楼梯口，说："先去我打工的餐馆。"

安仪送他下楼，两人互道了珍重。望着何飞孤独离去的背影安仪心中一阵难过。

如果不是别人和何飞倒休一天，他也不会在半夜回家时撞见睡在一起的林珊和钟家浩。一瞬间何飞情绪失去了控制，他冲向钟家浩，三个人扭打起来。不久钟家浩趁乱跑了出去，何飞抓住林珊不放手。他恨她，恨不得将她撕成碎片，他可以包容她很多缺点，却容不得她的背叛。

随后一连几天顾安仪都没见林珊回来，问过几个熟人也都没见过她。安仪认为向林珊肯定是在钟家浩那里，她一直不信任钟家浩，不由得为向林珊的今后担忧起来。

不过顾安仪估计错了，向林珊根本没在钟家浩家。

向林珊那夜跑出家门后，一口气跑到了郊外。她没有慌，没有乱，径直跑到了圣乔治修道院门口。

深夜砰砰的敲门声惊动了阿尔伯神甫，他披衣慌慌张张地跑了出来，小心地将门开了一条小缝，低声问道："什么人？有事吗？"

"阿尔伯神甫，帮帮我好吗？"向林珊在门口气喘吁吁地央求。

阿尔伯神甫听得是个女人的声音，稍稍大起了胆子，打开了门："你进来说吧。"

灯光下阿尔伯神甫认出了向林珊，见她身穿睡衣，身上的伤痕裸露在外面，不禁大惊失色："我的上帝，发生什么事了？"他记得她离开修道院的时候是个快乐的女孩子。

向林珊痛哭了起来，断断续续地向神甫说起何飞如何打她，打她的原因她说是因为他喝多了。

阿尔伯神甫听了非常同情，安慰了她一番说道："孩子，你来这里是非常正确的，我们会给你提供帮助。现在我先给你安排个住处，你好好睡一觉，不要怕。你需要人陪吗？"

林珊摇摇头。

阿尔伯神甫带她来到了一间只摆放着一张单人床的狭小但非常整洁的房间里。

"我的孩子，今夜你就睡在这里吧。我会为你祈祷，一切都会好起来的。"

阿尔伯神甫一走,林珊就躺在了床上。这一刻精神才完全放松了下来,她感到身体又累又痛,目光无神地掠过房间内的简单陈设,素雅的白纱窗帘……以后该怎么办呢?心头一片空荡荡,别说以后,就连天亮后要穿的衣服也没有呢。想到衣服,她才看了看自己身体上的伤痕,何飞向她下此狠手,从此他们之间彻底两清了,她对他的感情早已在出国的这近一年时间里消磨殆尽,她觉得自己也不亏,他带她出了国,给了她这番自由广阔的天地,以后就由她自由发挥了,今天虽受了些皮肉之苦,可她却拿到了他的全部积蓄。当务之急是回到住处拿回自己的东西,怎么回去呢?她很怕再遇到何飞,他的拳头让她胆战心惊,只能要阿尔伯神甫陪她一起回去了。这事一定要阿尔伯神甫帮忙,她认为目前只有阿尔伯神甫是她唯一可以依靠的人。打定主意后,她倒心安了,很快就睡着了。

阿尔伯神甫果然有办法。

第二天近中午的时候林珊才醒来,见床边的小方凳上放着一套衣服——一件白色的T恤和一条麻质长裤。这套衣服林珊穿着并不合身,只好将就了,洗漱完马上去找了神甫。

在神甫那里,林珊吃了点东西,阿尔伯神甫问道:"你打算怎么办?"

林珊摇摇头。

神甫想了想说:"这样吧,我先带你到警察局,让警察来处理你们间的事吧。"

"不,不要找警察,我只希望拿回我的东西,我和他已经分手了,以后他也不会再打我了。"

"那好,我带你去。"

林珊找房东打开了门,和阿尔伯神甫一起取回了自己的衣物、电脑等用品,又暂时住到了修道院里。

这段日子,成了向林珊最自由的日子,无所事事而又衣食无忧。无事就要生非,尤其是林珊,又是个不安分的人,在这间整洁简单的小屋里,向林珊成了四月宝贝儿,终日在网上和人打情骂俏,招蜂引蝶。

"宝贝儿"是鬼子李在和向林珊聊天时对她的称呼,林珊醉心于这个称呼，让她有一种被宠爱的感觉，何飞从没这么叫过她。因此鬼子李的一声宝贝儿，令林珊丧失了一切免疫力。

在修道院清净、闲适的日子里，林珊完全沉浸在网络里。

鬼子李和她之间隔着北海，本不算什么，可这几日鬼子李说出差了，林珊顿时觉得这条北海慢慢荡开了去，宽阔得让她空虚难耐。她忽然想起几天前鬼子李曾经给过她一个网址，当时没打开，不如现在试试。

这一次网址打开得十分痛快，林珊扫了一眼便知道这是个色情网站，心中满是好奇和兴奋，她仔细地看了一回，毫不犹豫地注册了一个ID：四月宝贝儿。

林珊心荡神移，经期刚过，正是她欲火难耐的时候，她终于忍不住给钟家浩打了个电话。

"钟钟，"林珊甜腻腻地叫了声后，换了语气责备他道，"死钟钟！你那天跑得倒快！丢下我不管！"

钟家浩没接她的话，呵呵笑了几声问道："怎么？想我了是不是？"

"讨厌！谁想你！恨你呢！"林珊嘴上硬着。

"想了就来，现在就过来。不想就算了。"

林珊电话里笑骂了一句，挂断电话欢天喜地地打扮了起来。

林珊此刻心急火燎，不愿等公共汽车耽误时间，向阿尔伯神甫借了一辆自行车，飞一般地离开了修道院。

正值傍晚时分，一天的暑热还没完全退去，加之林珊内心的兴奋，骑车到钟家浩家的时候已浑身是汗。

站住钟家浩的房门口喘息未定，就被钟家浩一把拉进了屋。

"小妖精！来得真快，果然是急不可耐了，离开男人活不了是不是？"

林珊身子像藤一样缠住钟家浩，附在他耳边娇声说道："我就是一刻也离不开男人。"

钟家浩猛咽了一口口水，伸手去脱林珊的衣服。

林珊甩开他的手，说："我自己来。"说着三下两下褪去了自己的衣裙，只留下那条肉色的丁字裤。随后一扭身子，摆出一个个极具诱惑的姿势，钟家浩瞬间血往头上冲，猛扑过去，两人齐齐摔倒在床上……

这样向林珊就搬到了钟家浩那里住。和阿尔伯神甫告别时说："我在这里太麻烦你了，我去朋友那里暂住一段时间。"阿尔伯神甫带着无限同情送走了她，并一再告诉她如有困难随时都可以来找他。

就这样向林珊做了钟家浩名正言顺的女朋友。

卡勒姆小城每年一度的音乐节在八月下旬举行，为时一个星期。在这一个星期里，每到傍晚，市中心的广场和主要街道都有各种风格的音乐表演，市民们依照自己的喜好去观看，一时间整个小城热闹非凡，空气中都流淌着音符。这样的场合，年轻人更是乐此不疲，每晚的音乐会都会参加。

向林珊也经常和钟家浩来广场周围转转，钟家浩认识的人多，每晚都能聚上几位熟人到酒吧去，向林珊跟他们玩得厌烦了也会一个人四处闲逛。这天她刚来到广场旁边的一条街上的时候，就看到舞台右侧不远处依偎在一起的两个人特别像顾安仪和朱亚光，她转了过去看得真切，果然是他俩。

"哎哟，好亲热哦。"向林珊走到他们身边说。顾安仪吓了一跳，赶忙站好，朱亚光见是林珊，笑道："真巧啊，遇到你了。"

"呵呵，有缘哈。"

安仪问道："好久没见你了，你……怎么样？"

"我挺好的呀。"

安仪的思想还停留在何飞和林珊打架的那个夜晚，可林珊似乎已经忘记，嘻嘻哈哈地笑着，问安仪说："你还住在那里吗？"

"我……不住了。"

"我们现在住在诺贝尔大街十四号，有时间去玩啊。"朱亚光说道。

"哎哟，是吗？"林珊说着笑眼看着安仪，"我一定去。"

"你现在住哪儿了？"安仪问。

"钟家浩那儿。"

"哦，今晚他没来吗？"

"来了，和别人在那边的酒吧里，我本来也在那里的，刚才觉得喝得有点头晕，出来透透风。"

三个人又闲聊了一会儿，林珊说要回去看看钟家浩他们，临别时还说一定到朱亚光家玩。朱亚光说随时欢迎，他每天要上班，但是安仪正休假，所以林珊随时都可以去。林珊走后，顾安仪也不想再看了："我们也回去吧，别太晚，明天你要上班呢。"

朱亚光牵着她的手，两个人一起回家。路上，安仪问："你说向林珊会不会来咱家？"

"来不来都随便她，来了欢迎，不来不怪。怎么？你是希望她来呢还是不希望？"

"我……其实我不希望，说不清为什么，总觉得她来了就没好事。"

"呵呵，想得太多了。"

顾安仪也不知道自己为什么会有这种感觉，她看了一眼朱亚光，低头搂住他的胳膊。朱亚光笑着说："你们还是好朋友呢。我早看出你俩交不了心。"

顾安仪承认，朱亚光没有说错。

向林珊并没有把在音乐会上碰到顾安仪的事情告诉钟家浩，她知道钟家浩对顾安仪还是有感情的，自从自己做了钟家浩的女朋友后，她绝口不提顾安仪。但是心里却在盘算着什么时候去顾安仪那里看看，她不想和顾安仪断掉关系，一方面是因为好奇顾安仪现在的生活，另一方面她也为自己打算，朱亚光肯定会留在这边工作了，拿到当地身份也是很快的，说不定自己日后有什么事情需要他们帮忙呢。

第六章　得意忘形

八月下旬一个下雨的下午，当向林珊出现在诺贝尔大街十四号顾安仪和朱亚光的家门前时，安仪着实吃了一惊，她没想到林珊来得这么快，更没想到她选在了这么一个下雨天来。

这一天从早上就下起了雨，午后雨虽小了，但却没有停下来的意思，安仪在家百无聊赖，在一楼的客厅里呆坐着，出神地望着窗外的雨，已经有树叶随着雨凋落，有了几许秋意。还有十几天的时间，顾安仪就要开始她博士阶段的学习了。

朱亚光在办公室里同样没有什么要紧的工作，挨到了下午，打电话回家问安仪在干什么？安仪说："刚睡醒啊，无聊呢。雨也不停。"

"好，那我回家算了，想吃什么我们做点吧。"

向林珊随着安仪进来后，见朱亚光正在客厅右侧厨房里忙活，愉快地走过去笑问："老朱，做什么好吃的呢？"

朱亚光转过身见是林珊，热情招呼道："啊，林珊啊，欢迎欢迎。我正包饺子呢。"

"太好了，看来我真是有口福，好久没吃饺子了。"说着去洗了手，"我也来帮忙吧。"

"不用了，我一个人能搞定，你和小安到外面玩去吧。"

"哎哟，你客气什么，林珊也不是外人，大家一起包得快。"安仪说着递给林珊一双筷子，"我包不好，你来包，我负责擀皮儿。"

三个人边包边聊，很快饺子包好下了锅，安仪和林珊收拾餐桌的时候，林珊对朱亚光赞不绝口:"老朱真是能干,上得厅堂下得厨房的好男人。"

安仪不服气地说:"我也很能干呀,平时家务差不多都是我干的。"

"你?"林珊的口气充满了不屑,"我还不知道你,你除了读书还会干什么?"

安仪的心头迅速闪过一丝不快,林珊有时说话口无遮拦,可以将此解释为她的率直,可安仪却是个谨慎的人,两人性格的这点差异,是两个人无论看似有多亲近也不能够交心的一个原因。林珊今天穿了一件紫色的无袖低胸连衣裙,本就白皙的皮肤配上这件衣服更加显得亮丽。安仪无话找话,称赞起林珊的裙子来。

林珊显得非常得意:"是吧?我也很喜欢这条裙子,就是胸有点低,"她说着下意识地拉了拉领边,"你觉得低吗?你们老朱不会怪吧?"

安仪瞥了一眼林珊露出的三分之一的白嫩嫩的胸和那道深深的乳沟。林珊又继续说道:"其实也没什么,外国女人露得比我多多了,想必老朱在外面这么多年早已见怪不怪了。"然后她又嘻嘻笑着说,"有露的资本为什么不露啊!"

顾安仪忽然有些不耐烦,皱着眉头望着厨房的门说:"他磨磨蹭蹭地干什么呢?这么长时间饺子还没煮好!"

说着她撇下向林珊朝厨房走去。

朱亚光正在向沸腾的锅里倒凉水,见安仪进来说:"快出锅了,你把3个小碗拿出去。"

顾安仪站着没动。

"咦,怎么不高兴了?"

她索性把嘴撅得老高。

朱亚光凑到她耳边低声说:"别这样,有朋自远方来,我们是当主人的,有什么话等人家走了再说。"

顾安仪心底一下放松了:是啊,自己这是干什么,她不就是说了那几句话吗?她把大盘子递给朱亚光,自己拿着小碗出去了。

晚饭的时候,林珊问安仪:"你们什么时候结婚啊?"

"没考虑。"

"很快了。"

朱亚光和顾安仪同时说出了不同的答案，朱亚光哈哈笑了起来，温柔地看了安仪一眼，心里十分清楚她的"没考虑"只是不想告诉林珊她的考虑而已。

这一晚安仪焕发出幸福的光彩，朱亚光对她的体贴让林珊十分嫉妒，以前林珊只是觉得朱亚光物质条件好，会带给安仪舒适的生活，今晚的接触更发觉朱亚光是个非常令人愉快的人，他幽默，开朗，学识渊博，这一切都比衬出钟家浩的俗不可耐，她只得暗叹自己的命运，又不甘心。

朱亚光送了林珊回来，顾安仪仍旧坐在客厅里，见他进了门，便说道："这么快回来了？美女看够了？"

朱亚光听了稍一诧异，看了看安仪沉着的脸，马上明白她的火气从何而来，安仪并不愿意他去送林珊，他也不过就是和林珊客气一下，谁想到林珊却当了真，他也不好不送。

他走到沙发前，一手撑着沙发背，一手轻轻托起安仪的下巴："跟你说啊，爱嫉妒的女人可不太可爱哦。"

"我不嫉妒！我让你一个人尽情地去陪美女，我怎么会嫉妒？"

"那么，自寻烦恼的女人就更不可爱了。"

"你少管我！"

顾安仪打开他的手，气哼哼地上楼。朱亚光不急不慌，这是小女人的小伎俩，时不时抓些有影没影的事，使使小性，无非要你多宠爱她一下。他去厨房拿了瓶水才慢吞吞地回了卧室。

安仪并没在卧室里，他打开浴室的门，见安仪正赤身站在镜子前端详自己的身体，他失声笑道："你怎么这么自恋？"

安仪一惊，伸手推他出去，他哪里肯？两个人便一起洗。忽然安仪像是自己在下决心，又像是对朱亚光说："从明天开始我吃木瓜，天天吃，连吃两个月！"

"为什么？"

"听说那个东西丰胸。"

朱亚光的笑声在浴室里回荡，良久，安仪才气呼呼地向他抱怨道："她还说有露的资本，哼！自我感觉也太好了！"

朱亚光笑道："唉，我说过，女人之间只有嫉妒，没有友谊。"他替安仪擦干身体，抱回到床上，柔声说道，"傻丫头，你现在的样子已经让我爱得发疯了，还想怎样？不要试图做任何改变，我对你哪里都满意。"当他的手抚摸到安仪平坦的小腹时，又说："不过，如果这里能大起来我会更满意，小安，给我生个孩子吧。"

安仪早已在他的爱抚下柔成了水，此刻幸福地"嗯"了一声。

事后，他让安仪躺着别动，由他来打扫战场，他喘息地说："希望今晚就能成功。"

已满三十五岁的朱亚光已经不止一次地向安仪表述过自己想要孩子的愿望，起初安仪并不愿意，总觉得自己还小，又要读书。可上周的某一天晚上，她和他在他的同事家里玩，那晚朱亚光和那家的两个小孩在一起的情景深深地触动了她，他看着孩子时的那种贪婪、喜爱的眼神，和孩子玩时的耐心，让她禁不住心动，原来朱亚光真的这么喜欢孩子，想到自己每次在这个话题上拒绝得都那么干脆，有些愧疚，那一刻她觉得这个男人真可怜。

九月底，又到了色彩斑斓的迷人秋季，顾安仪作为经济系教授安德烈的博士生正式去系里报到。繁冗的手续已经由秘书事先办好，她和老板谈过话后，由秘书带着来到了自己的办公室。

二十平方米左右的办公室，因为两侧各摆了两张桌子而显得有些拥挤。两张空着的桌子上，其中一个放了一堆报纸，另一张却空空的，安仪想这个该是自己的了。

顾安仪和秘书进来的时候，房间里另外两个人向她们打招呼。安仪一见到那个女孩不由得眼前一亮——她是朱亚光的师妹，台湾人赖素心。安仪见过她几次，现在能在一个办公室里真是巧得很。两人热情地拥抱了一下。那个三十岁左右的男人，秘书介绍说是来自法国的弗劳伦。

顾安仪觉得很愉快，一连几天都兴高采烈。她非常喜欢这个小集体。身材娇小、脸庞圆圆的赖素心总是笑容可掬，令人温暖；而身材高大的弗劳伦开朗、幽默，又不失法国人的浪漫气质。他特别注意自己的外表，每天都衣着整洁，金黄色卷发也被梳理得一丝不苟，比办公室里的女人们更会打扮自己。顾安仪受了他的影响，不再任由朱亚光随意穿着，平时少不了对他的衣着指指点点，临睡前要安排好朱亚光第二天穿的衣服。朱亚光有些不耐烦，说："你别管我这些，我习惯随便穿了。"

"你这个习惯不好嘛。你要为你周围的人考虑，要让别人见了你都感到舒服愉快。"

"我没这个义务！又不想去钓小姑娘，用这份心干什么！除非你看我不顺眼。"

简直不可理喻，穿得整洁也不一定就是为了钓小姑娘啊！一时气愤的顾安仪随口说道："我就是看你不顺眼！"

"那我走！"他果真走出了家门。

顾安仪惊讶地看着他真的走了，感到委屈、难受起来。

朱亚光走出家门，四周没有一丝生息，只有路灯惨淡的光，他不知要去哪里，便在自家花园里的椅子上坐了下来。黑夜包围着他，更让他感到压力，沉重的叹息声随着风散开。他坐了一会儿，冷静了下来。

好像今晚他不该和安仪发脾气，此时隐隐有些后悔，近期他诸事不顺，工作中和同事有了些分歧，而老板完全否定了他的想法，并让他转做其他的事情，这使他的自尊心大受打击，和顾安仪几次尝试怀孕也都没能成功。

入秋的夜晚，空气清凉湿冷，在外面坐得久了，更觉这股清凉深入骨髓。他连忙起身回去。

客厅里一片漆黑，楼上的卧室里只开着小夜灯，床上被子凌乱，空气中隐隐有一股难闻的味道。

"小安？"他轻唤了一声。

没人应声。

厕所里却传来了呕吐的声音。他快步冲了进去，安仪正对着马桶大口地吐着，满脸泪水。

他吓了一跳："你怎么了？怎么了？"

过了一会儿，安仪才说不想吐了，他服侍着她躺回到床上，安仪止不住嘤嘤地哭。

"怎么回事？"朱亚光坐在她身边握着她的手，轻声地问。

安仪摇摇头："我本来打算睡觉了，突然觉得胃里不舒服，就吐了。"

"现在好些了吗？"

"嗯，好了。真奇怪。我是不是怀孕了？"

"怀孕不该是这样的吐，我想你大概是病了。"

安仪默然，泪水又涌进了眼眶："是被你气的。"

"我错了。"

这一夜顾安仪都没睡好，头痛难忍，凌晨时又发起烧来，天没亮的时候她就被送进了医院。

医生诊断为肠胃性感冒，并不严重，因为发烧，要求安仪在家休息两天。

赖素心当天晚上就来看安仪了。安仪见她笑容里难掩阴云，问她是不是有什么事情。赖素心说下午安德烈在办公室里告诉了她一项新安排。他准备让赖素心和顾安仪新年过后去英国的一家研究所工作三个月，因为他和这家研究所有合作项目。

顾安仪一听倒是很高兴，说："我很想去趟英国呢，这样正好，这家研究所在哪个城市？"

素心说："在布里斯托。"

"太好了，那里离巴斯不远了，也许我们有机会去巴斯玩呢！你怎么了？不愿意去吗？"

素心垂下了阴郁的目光，说："我和艾默生已经计划好回台湾过新年了，今年的新年和春节离得近，我还想和安德烈多请几天假，过了春节再回来呢。他要我们新年过后就去英国，肯定就无法过春节了，还有，我舍不得离开孩子呀。"

"哦。"安仪理解了素心的心情，"是啊，孩子才两岁，是太小了，如果我一个人去呢？"

"恐怕不行吧？一个人要延长时间，安德烈要增加费用。假如我真的不去，很可能就会让你和弗劳伦一起去的。"

"啊！我可不同意这样的安排。"一直没说话的朱亚光此时说话了。

赖素心微微一怔，放声笑了起来："朱师兄，原来你还这样小心眼。"

"不是我小心眼，有人天天在我耳朵边夸某人，我能放心吗？"

"你胡说！素心你别听他的。"

"事关我们家的长治久安，赖素心，还是你和她一起去吧，如果艾默生需要，我可以和他一起照看孩子。"

赖素心忽然眼光一闪，又恢复了她往日的笑容，说："师兄别这么紧张，我再安排吧。我刚刚有了新想法，我可以把父母接过来过圣诞节、新年，我去英国后他们还可以留下来照看孩子。"

"好好，你这个主意好！到时候需要我做什么一定不要客气。"朱亚光极力称赞素心的想法。

送赖素心回家的路上，她对他说："顾安仪对你感情很深的，我天天和她在一起能感受得到，所以你大可放心，我不知道世上有什么能把你们分开。"

朱亚光用力地点点头，他就是带着心头的这份感动，回到了小安的身边。

自从向林珊那天从顾安仪家回来后，心情很难再平静，生活原来可以比有吃有喝更高的追求。她想到了那年使馆门前长长的队伍，无助的顾安仪。她想，她们本是一样的人，今天的差别无非取决于选择了什么样的男人。

钟家浩下班回来时搬回来一箱 Carapils 啤酒。小厨房里拥挤不堪，堆满了各种杂物，他踢了踢脚旁的纸盒子才腾出一小块地方放啤酒。

"林珊！你多少天没收拾厨房了？看着好乱啊！"

向林珊这才不情愿地离开了电脑，到厨房看了一眼，埋怨说："你有本事换个大厨房啊，这么小的厨房你让我怎么收拾？哪样东西都不能少！"她踢了一脚钟家浩买回的那箱啤酒，"你要买就买点上档次的，天天喝这种低档货！"

"上档次？那是要钱的！"

在林珊的一脸鄙夷中，他拿了一听啤酒，喝得呼呼噜噜的，坐到了电脑前，不时用袖口擦擦嘴角溢出的液体。林珊在旁边越看越恶心，赌气将泡好的两碗方便面放到桌上，没理钟家浩，自顾自吃了起来。

过了一会儿，钟家浩才觉出反常："怎么回事？饭好了没有？怎么又吃方便面？我每天干的可是体力活，需要营养。"

"干体力活说明你没本事！"林珊心里恶狠狠地想，头也没抬继续吃面。

钟家浩三口两口吃完了面，又去煎了一个鸡蛋。

林珊的心里依旧不痛快，越看他的吃相越来气，故意找茬地问道："我们以后怎么办呢？你有什么打算？"

"什么以后？"

"我们不能总是这样过下去啊！"

钟家浩抬头白了她一眼，不咸不淡地问道："你还真想和我过下去啊？"

"你……这话是什么意思？"

钟家浩舒展了下身体，懒洋洋地说："我还真没那么远的想法。"

"那我们这样算什么？"

"你说算什么？各取所需呗，你千万不要和我讲感情啊、爱啊什么的，我们之间没那个东西！"

林珊一听，气急败坏地对钟家浩怒目而视。

钟家浩倒轻松地笑了起来，随即沉着脸问她道："那个鬼子李是怎么回事？"林珊脸色一变，钟家浩继续说道，"别以为我什么都不知道，你那点丑事我不计较，是因为你也不是我老婆。"

林珊一阵难堪，钟家浩心里当她是什么显而易见，不过自己心虚也不敢发作。

这一晚林珊变得少有的沉默，电脑都没有碰早早上了床，睡觉是最好的掩饰，钟家浩不会再说话打扰她，她尽情地体味着内心对安定舒适生活的渴望。

第二天一清早，向林珊对着镜子精心修饰着自己的脸。她天生白皙细腻的皮肤一直都是骄傲的资本，她比顾安仪大5岁，可一点也看不出来，她完全有资格过安定、富足的生活，和有修养的人在一块。昨夜，她已经想好，自己再不能整天在家里上网消耗时间了。"鬼子李"这三个字自从被钟家浩讲出来后，她顿觉索然无味，那个虚拟的人，给不了她任何现实的东西，她是个很实际的人，因此她决定靠自己去争取想要的生活。

钟家浩见她准备出门的样子，问了句："你要去哪里？"

向林珊告诉他去学校。

钟家浩含混地嘟哝了一句什么，她没听清，见他翻身继续睡去，也懒得追问。

向林珊出门早，马路上相对清静，只有脚步匆匆赶着上班的男男女女，有三五成群有说有笑上学的学生，有的在麦香四溢的面包房前停下来，买了面包吃着赶路。向林珊并不着急，离上课的时间还早得很，她早早出门只是想透透气，清醒下头脑。

林珊已经很久没来上课了，落下的功课多得她都没信心补。债多了不愁，她本来也没把读书作为出路，也深知自己不是那块材料，在学校浑浑噩噩熬到中午放学，街上充满了炸薯条的诱人味道，林珊也排队买了一包，边吃边走，脚步悠闲，东张西望。

"小姐你好！请问你讲英语还是法语？"好听的声音传了过来，打断了林珊的思路，她扭回头，一位上了年纪的女人礼貌地对着她微笑。

"英语、法语都可以，请问您有什么事情？"林珊边回答边打量着面前的女人。

面前的女人衣着讲究，修养很好。女人自己介绍说她叫玛丽安，是名基督徒，不知向林珊是否对基督教感兴趣，如果有兴趣可以参加他们每周五晚上举办的查经班学习，主持人是一对来自英国的牧师夫妇。

这是一名传教者，向林珊对此早已见怪不怪。虽然这是个天主教国家，可其他教会的活动也很频繁。在这个城市的某个角落，总有不同教会举办的各种活动，林珊不属于任何教会。而今天她被眼前这位女人脱俗的举止折服，没做细想便答应了下来。

玛丽安非常高兴，给林珊写下了查经班的地址以及她自己的电话，并热情地为林珊指路。

分手后林珊回味着和玛丽安的这次谈话，不由心中一动：以前常听人们讲教会的力量很大，自己怎么没有早和他们联系呢？说不定自己以后要靠他们帮忙呢，当初阿尔伯神甫不是也说过这样的话吗？唉，自己真是愚笨得可以，现在才想到这些！她又感到了一份希望，遇到玛丽安让她暗自庆幸。星期五晚上她去过查经班后，又非常庆幸结识了瑞典小伙子尼尔斯，她的生活，也就因这两个人而改变了。

查经班在帕克街的一家泰国餐馆里举行。餐馆的老板一家都是虔诚的基督徒，每周星期五下午餐馆停业，无偿提供场地和甜点供卡勒姆市的基督徒们在此活动。

途经爱情的忧伤

向林珊被玛丽安介绍给来参加查经班学习的其他人，大家都带着兄弟姐妹间的感情欢迎林珊，感谢主的仁慈给他们带来了一位新姐妹。十几个人的查经班像个小联合国，白皮肤、黑皮肤、黄皮肤……不同肤色的人们聚在一起，闲聊一阵后十几个人便分成了两个组，牧师彼得夫妇每人各带一组，林珊跟着彼得太太在初级组学习，他们刚刚围桌坐好，尼尔斯就在这个时候进来了。

尼尔斯来晚了十几分钟，一进门时十几双眼睛齐刷刷地对准了他，他谦卑地向大家说着抱歉。他是上个星期才来查经班的，和林珊一样在初级组里。

尼尔斯是个长相十分俊美的男人，人类的优点仿佛都集中在他的身上。当尼尔斯的目光朝向林珊看过来的时候，她莫名地感到脸热，心乱乱的。彼得太太甜美的讲经声她充耳不闻，头脑里飞快思索自己今晚的打扮是否有不合宜的地方，在确认自己没有什么失误后，心里渐渐升起了自信，抬头迎着尼尔斯的目光。

"认识你我真高兴，感谢主！是主的力量把你带到了我身边。"尼尔斯在厨房准备茶点时对向林珊说。

"我也是。"

向林珊正为他切蛋糕时娴熟优雅的动作着迷，他动人的声音又传了过来。

在经过了查经班的学习，特别是其间茶点时的畅所欲言后，尼尔斯和林珊已经非常熟络。查经班结束时已经差不多到了午夜，林珊要尼尔斯送她回家。

林珊不知道该感谢谁，也不愿去想这个问题，她的心幸福地荡着，愉悦是从心底里生出来的感觉。

"你一个人住？"尼尔斯问。

"是。"

向林珊不由自主地撒了这个谎，她抬头仰望他，尼尔斯眼神熠熠地看着她，她笑得很动人，尼尔斯一下搂住了她的腰，向林珊也顺势搂住了他。

他们紧紧偎依着，走走停停，虔心敬仰的主已经被抛到了脑后，他们只顾得调情。尼尔斯令向林珊心动，她愿意为他做任何事，在一起聊多久她都觉得不够，离家越近她走得越慢，她舍不得和他分手，害怕要等到下个星期五才能再见。此时她努力从尼尔斯的每一句话里揣摸着他的感情，心里期盼着他能够带她回家，可是他看上去没有和她难舍难分的意思，至少今晚没有，林珊感到失望了。

临近分手的时候，他吻了她的嘴唇。本是个点到即止的 goodbye kiss，可林珊不想放弃机会，主动将这个匆匆的吻演绎得漫长、令人窒息，却又能勾起人的无限欲望。林珊这才感受到了渴望已久的尼尔斯的热情，若是没有尼尔斯霸道的舌头堵着，她狂跳的心就要飞出胸膛。尼尔斯今晚也被这个性感、温柔、多情的东方女孩迷得神魂颠倒，他不想等到下次查经班的时候再见，约好了第二天下午 4 点在市中心的广场见。

林珊不太满意尼尔斯将约会的地点定在大庭广众之下，不过，有个约会总比没有好，她的心情激动地不安着。她完全有把握明天的见面会发生什么，她一心思考的是到明天那个时候该如何表现，该清纯些呢还是要狂野点呢？只有中国人才喜欢自己的女人单纯得如一张白纸，外国男人还是喜好狂野点的女人吧？这是上帝赋予人的权利，为什么不尽情享受呢？林珊忽地有些迫不及待了。

见到钟家浩时向林珊已经调整好心态，一副若无其事的样子。不过钟家浩一句随口而出的话令她心里慌乱了一阵。

钟家浩摸着她的脸说："这么娇艳欲滴的，干什么去了？上帝真有这么大魅力？"

向林珊感到脸上的血瞬间凝结了，她直视着他，想看清楚他到底发现了什么。钟家浩一只手抚摸着她的脸，另一只手去解她的衣扣，她这才松了一口气，搂住他的脖子挑逗地说："上帝没你魅力大。"

钟家浩满意地笑了。

在面对尼尔斯的时候，向林珊的心不仅充满了柔情，而且也变得圣洁起来，她要将自己作为一样最完美的牺牲敬献给他，没有什么比这更让林珊心甘情愿的事情了，她就是这么全心全意地对待她心爱的尼尔斯。尼尔斯对她的喜爱完全付诸行动了，他带着林珊，正全心谱写着一首醉心的曲子，时而低回婉转，时而高亢激昂，高潮迭起……

林珊本打算当晚十二点前回家的，可是她实在舍不得尼尔斯，舍不得他熟睡时依然放在她身上的那双手，尼尔斯的手长得很漂亮，手指修长。他告诉过林珊十几岁的时候他就跟着父母在教堂里弹钢琴，刚才他对她说要在她身上弹奏最动人的乐曲。

借着窗帘的缝隙透进微弱的路灯光，她凝望着他的脸陷入了深思。

向林珊一夜未回钟家浩家。

第二天一早，她不停地在脑海中设想钟家浩的反应，有时她很害怕，有时又感到无所谓，钟家浩对她不是也无所谓吗？昨天晚上她跟他说住在同学家的时候，他不是反应平淡吗？想到这儿她心一横，钟家浩对她行为不闻不问，可见他并没有真情对她，她也不必觉得对不起他，自己和他在一起的几个月里，即使花了他一些钱，对他来说也比去南区著名的红灯区合算多了，这样一想她心里坦然了许多，钟家浩是好打发的，她现在唯一渴望的就是和尼尔斯的天长地久。

尼尔斯对林珊也很迷恋，两个人频繁地约会，看电影，去酒吧，到郊外兜风，回家里做爱……

林珊眼里、心里满是尼尔斯，尼尔斯……尼尔斯就如同她正在吹起的气球，日复一日地膨胀着，眼看就要冲破她的心，无论如何她都要为此找一个合理的发泄出口，她高高兴兴地约了顾安仪在市中心的 Quick 门口见。她要让安仪知道她的幸福，她再也不是一个和小 labour 工混在一起的人了。

顾安仪从没见过如此光彩照人的向林珊！是什么让她如此欢欣鼓舞呢？她的思绪来不及深入就被林珊的滔滔不绝挤满了，她带着幸福的喜悦、难掩的得意，讲着尼尔斯，她的尼尔斯是她心中的太阳神。

顾安仪被她的情绪感染，也为她这一次终于找到了真正的爱情而高兴，两人情不自禁地亲近了起来。

"过一段时间，有假期的时候他说带我去瑞典见他的父母呢。"林珊喜滋滋地说。

"好啊，你父母知道了吗？"

"知道啦，他们也很高兴，告诉我差不多就结婚吧，对了，你们什么时候结婚？"

安仪迟疑片刻，回说："也快了，等我们都忙过这段时间就回国去结婚。"

"好。如果你们结婚需要牧师,我可以给你们介绍彼得夫妇,他们都是很好的人。"

"谢谢。我们没打算举行西式婚礼。"

顾安仪趁着中午休息的时间出来的,不宜在外面久留,俩人在店里用过午餐后一起朝店门口走。

"你去哪里?"安仪随口问道。

"回老地方,钟家浩那里。"

安仪吃惊地看着她,她和尼尔斯如此幸福,难道还没和钟家浩分手?林珊看透了她的心思,解释说:"跟钟家浩的关系已名存实亡,我干什么他也不管,现在还在一起是因为我在偿还他……"

"偿还?"

林珊突然显得有些不耐烦,恶狠狠地说:"钟家浩是个畜生!我提出和他分手,他不肯。说我耍了他,要我再陪他三个月,否则,否则就做对我不利的事情。"

"他威胁你?你怕他什么?你这样尼尔斯知道了会怎么想?"

"我就是为尼尔斯着想才答应那个混蛋的。"

安仪越听越糊涂,而向林珊朝她招招手就走了。她哪里知道,钟家浩手里有林珊和鬼子李在网上调情、做爱的证据,若是林珊不答应他,他就把这些发布到大学的网站上去。钟家浩很容易就拿准了林珊的软肋,真公布出去她自己无法做人不说,难免不会传到尼尔斯的耳朵里去。

只好委曲求全了,林珊答应了钟家浩的要求,她当然明白"陪"是什么意思,尽管钟家浩在床上有着越来越变态的倾向,林珊还是得数着日子应付下这一切,准备"陪"过这 90 天。好在在钟家浩这边受到了折磨,在尼尔斯那里会得到温柔的爱抚。

平安夜的那天下午学校里提前放假,赖素心请安仪和朱亚光一起到她家里过圣诞,安仪不肯。她说:"我们去你家吃饭的次数太多了,这一次你们一定要到我家来。"

素心说:"我父母都来了,我们这么多人去你家哪好意思哦。"

安仪一再坚持着,两人正为此争执不下的时候,朱亚光来接安仪回家,知道争论的原因后,不禁哈哈大笑,说:"别争了,听我安排吧。你们两个都跟着我车走,顺路我们去素心家接艾默生和两位老人还有孩子,今晚就去我家吧,时间还早,一切都来得及。"

当晚这几个人一起都聚在了朱亚光家。朱亚光和艾默生负责晚饭,其他人看孩子闲聊。赖素心的女儿安妮刚两岁,正是好玩的年纪,四个大人不时被她逗得大笑。朱亚光在厨房听了外面的笑声羡慕地对艾默生说:"有个孩子真好,生活多了很多乐趣。"

艾默生苦笑着说:"也好,也烦。素心去读博士,我一个大男人只能在家里看孩子,上次提到送托儿所,素心就哭到半夜,唉!"

"但孩子也会给你们带来不少欢乐的。"

"那是当然!见到孩子,心里的一切烦恼都没了。"

朱亚光点点头,戴上手套去料理烤箱里的牛肉。

素心知道朱亚光和安仪很快要结婚了,晚饭后给安仪重新布置房间提了不少建议。安仪听她讲完后犯了难:"按你这样说要添置不少家具啊!"

素心说:"你结一次婚岂能马虎!"

"我们尽力而为吧。我才挣了不到半年的工资,没有剩下多少,他的薪水要还房子的贷款,我们日常开销也不少。前段时间我们在家具店看到一张餐桌要1000多欧元呢,太贵了。所以我就想现在能用的继续用,目前不打算添多少新的,以后经济好些了再慢慢换也不迟。"

"真是好太太,难怪当初师兄被你拒绝后茶饭不思,要是失去你真是巨大损失啊。"

安仪脸红着刚想解释,素心就大声朝朱亚光喊道:"师兄啊,你真是好福气,太太还没娶过来就开始为你省钱了。"

安仪急得拉她的衣服:"哎哟,你别跟他说这些。"

"什么事?省什么钱?"朱亚光抱着安妮走了过来,轻松问道。

"没什么,没什么。我跟素心说到英国逛街的事呢。对了,素心,我们订哪天的机票呢?"安仪忙转移开话题。

这是个不可避免的话题,每个人的心头都为此蒙上了一层淡淡的愁绪。

顾安仪虽然提出了这个话题,却将决定权给了赖素心:"你定时间吧,你有孩子,需要好好安排,我无所谓,哪天走都行。"

赖素心想了想，算了算，将日期定在了 1 月 12 号。

送走了赖素心一家，安仪打开电脑："哎，有何飞来的信。祝我们圣诞快乐。"安仪对朱亚光说，"我先给他回了信，一会儿去睡觉。"

安仪见到何飞的信感到非常高兴。自从他离开卡勒姆市后，他们就没有联系过，安仪曾经给他写过信，但却没收到他的任何回音。

"也不知道他现在怎么样了，人在哪里，这也是 E-mail 不尽如人意的地方，尽管实现了快捷，可若是对方不说，你永远不知道他在哪里。"安仪躺在床上还这样说着。

"哎，你不说话想什么呢？"她碰了碰朱亚光。

他将胳膊从她的颈项下塞过去，让她的头枕在自己的肩上。

"我知道素心和你说什么了，"他说，"结婚的事不能马虎，我不能让你有什么遗憾。我刚刚想了，"他说着欠起身，从床头桌上拿起纸笔，"我们好好规划一下，先别考虑钱的问题，跟你说过我还有一些积蓄。"

"算了算了，睡觉吧，我现在不想考虑这个问题。"

"那你先睡吧，我设计一下，明天给你看。"

朱亚光的设计在顾安仪看来太过繁琐："卧室还要重新装修？那要弄到什么时候啊？"

朱亚光说："你有三个月的时间不在家，我找个装修公司在家装修，刚好啊，等你回来，家里会焕然一新，而且保证你满意。"

"你一定要装就装吧，不过等我回来的时候就得搞完，要不就别弄，我讨厌家里尘土飞扬的。"

"你回来之前肯定能完工，别担心。"

一月十二日上午，飞往希思罗机场的英航航班载着两个心怀眷恋的女人起飞了。卡勒姆市越来越遥远、越来越渺茫，直至在她们的视线中消失。两人各怀心事，默默无语。

顾安仪想如果朱亚光真的按照他的计划重新修饰房子，将是一项巨大的工程，她有些不忍心，也有些好奇——他承诺给她的焕然一新会是什么样子呢？

可是，她万万没有想到，三个月后她重回到卡勒姆市时，竟感到欲哭无泪，一切都变了……

第七章 东窗事发

三个月后，美丽的春天来了，整个卡勒姆城沉浸在春天的气息里，空气中弥漫着各种清香味道，各式各样的花绽放在大街小巷。

诺贝尔街两侧种的是樱花树，树龄年轻，树干细弱，而花却开得生机勃勃。从街口望进去，湛蓝天空下一片温柔的粉色，煞是漂亮。

顾安仪就在这样美丽的季节，带着美丽的心情回来了。

四月十号的下午三点三十分，她和赖素心乘坐的航班抵达，顺利通关后，焦急地等着各自的行李，两个人都早已归心似箭，等待行李耽误了一些时间，和外面来接她们的朱亚光见面时已是四点四十分。

顾安仪见到朱亚光时，心头一动，他明显地瘦了，也不像原来那么精神了，安仪有些心疼，这三个月布置新家一定把他累坏了。

素心也看出来了，打趣他说："师兄饱尝相思之苦，看着瘦了许多哦。"

朱亚光笑笑，装好行李载她们回城。一路上他少言寡语，偶尔回答一句她们的问话，对她们在英国时的情况也没表现出什么兴趣，安仪觉得他很奇怪。

把素心送回家后，车里只剩下了他俩，他仍旧是话不多，到家后拎着安仪的行李皮箱径直上了楼。

顾安仪终于忍不住了，三个月的别后重逢他竟没表现出丝毫的热情！委屈气恼此时一齐涌上了心头，她把手里的背包狠摔在地上，站在客厅里一动不动。

朱亚光下楼时她仍站在原地。

76 | A sentimental love story

"你怎么了？"他问道，"怎么不上来？"

"你是不是不欢迎我回来？"安仪提高了声调问道。

"怎么这么说？我给你写了那么多信，你知道我有多想你。"

"为什么对我这么冷淡？"

"有素心在，我能怎样？"他说着拥抱了她一下，然后吩咐道，"去上楼洗个澡，然后好好休息一下。"

这样一个不冷不热的拥抱实在无法令安仪满意，她气恼地推开他上楼去了。

浴室里，整齐地摆好了她的浴巾、睡衣、浴袍，她专用的浴液、洗头水、护肤油……

看到眼前的一切，她方觉心里好过了些，朱亚光进来给她放洗澡水。安仪的气恼顷刻间挥散得不见痕迹。

她缓缓地脱着衣服，

他用手试着水温，

安仪的心充满着幸福的期待，她知道他的臂膀多么有力，她知道他心急起来是多么的不管不顾……

水放好了，他站起身，摸摸她的脸亲了两下："你好好泡个澡吧，我去弄晚饭。"他根本没有看见她已近全裸的身体。

那瓶苹果绿色的浴液被她狠狠地扔进了浴缸里，道道水花溅到了墙壁上镜子上，镜面上顿时水波四溢，就像安仪脸上纵横的泪水。

她无法接受，无法理解，她殷切的期盼换来的是他的冷若冰霜。她绝不再理他了！即使今晚他想碰她，她也绝不答应。她噙着泪水，洗了澡躺在床上兀自伤心着。

朱亚光回卧室时端着一个托盘，放着面包、火腿、牛奶。卧室里窗帘拉得严严实实，光线十分暗淡，他将托盘放在床头的小桌上，随手开了台灯。

"你现在就想休息？先吃点东西吧。"他去握她的手，被她甩开："拿走，我不吃！"

他无声地叹息，痛苦地望着她。她紧闭着双眼，偶尔抖动的睫毛上挂着一颗泪珠。

这一夜顾安仪没能守住给自己的承诺，所有的怨和恨，在他带着些许愧疚的深情拥抱的瞬间溜走了，连她自己都感到意外。他又回复了他原来的样子，温柔体贴地爱着她，用无限的柔情承受着安仪雨点般落在他胸前的一记记拳头，只是这拳头的力量轻之又轻。

"为什么这样对我？为什么分开这么久你对我无动于衷？为什么我期待的你都不给我？你骗人，我不在的时候你根本就不想我！"安仪愤愤地叫嚷着，语无伦次，万分委屈。

"我怎么会不想你？可……我恨那个该死的安德烈，为什么要让你离开我！"他说着出其不意地猛地进入安仪的身体，她痛叫了一声："讨厌！"喘了一口气又说道，"你骂人家做什么！这是工作，再说我不是回来了嘛。"

朱亚光无语了，安仪怎能体会他此刻的痛苦心情，他恨的不是安德烈，而是他自己。越恨自己就越怜爱安仪，他尽着自己的力量哄得安仪尽兴后很快睡去了，他这才长长吁了一口气，很快又沉浸在自己不知如何摆脱的痛苦中。

第二天安仪按时去上班了。带给弗劳伦一瓶苏格兰威士忌作为礼物。弗劳伦异常高兴，在安仪脸上亲了两下，安仪又闻到了他身上好闻的香水味。

赖素心临近中午的时候才到办公室，她也给弗劳伦带来了礼物，高兴得他欢呼起来，说这是他最幸运的一天。

"你怎么才来啊？安妮舍不得你离开吧？"安仪问道。"不是的，"素心转用中文跟安仪说，"是艾默生！昨晚很晚才睡。"素心说着脸上漾起幸福的光彩。

顾安仪心领神会，不由羡慕起这一对幸福的夫妻来。

在英国三个月的朝夕相处，彼此分享爱恋和思念，已经让两个人亲近得可以说这些私密的话了。

赖素心满眼笑意地说："你怎么样？看你脸色这么好，昨晚师兄表现也不错吧？昨天送我回家我也没请你们去家里坐坐，知道你们彼此思念得很，怕耽误了你们的好事。"

安仪涨红了脸没说什么，直到快下班的时候，她才对素心吐露了心中的疑惑。

赖素心耐心听完，开解她说："多半是你多心了吧？朱师兄那么爱你，怎么会禁不住三个月的等待？不会是身体有什么不舒服吧？"

一句话点醒了安仪，她恍然大悟地说："这倒是可能，他的胃一直不好，也许是胃病犯了，人也瘦了……"

"这就是啦，男人表面上坚强，实际不如我们女人的耐性强，有点病痛就是大事了，自然也没心思哄你、宠爱你了。"

"如果是病了就告诉我嘛。"安仪还是不能理解朱亚光为什么会有如此的表现，素心的话也只是给了她短暂的宽慰，疑虑仍旧顽固地守在她的心里。

重逢还不如别离。别离时的期待和思念是美好的、甜蜜的，可重逢后却是意想不到的烦恼。

下班的时候朱亚光说有点事要拖延一会儿，安仪如果不想等他就自己先回去。

顾安仪独自一人心事重重地回家了。

朱亚光回来的时候情绪比前一天好了许多。顾安仪又觉得自己真的是胡思乱想了。

晚上的时候，安仪才有时间有心情看看家里的角角落落。朱亚光答应过她要让这个家焕然一新，此时她才发现家里除了增加了几件新家具外，其他并无变化。

"小安，我实在没时间弄更多了，对不起。"

"这有什么！我不是说过你可以不用装修的吗？"安仪看着窗外欣然说，"我们家的这条街真漂亮啊，晚饭后你陪我去散步吧，好不好？"

"不好。"

安仪吃惊地回头看着他，他笑着附在她耳边说："晚上有更重要的事情。"

安仪感觉自己的脸红了。

朱亚光经历了一天一夜的预热，此时才热情高涨起来。在两个人的私密空间里，他捧着安仪的脸亲了又亲，喃喃说道："三个月，想死我了。"安仪佯装生气，别过脸去埋怨说："算了吧，又来骗我。想我昨天晚上还会对我那么冷淡？你看人家艾默生……"她赶忙闭了嘴。

"艾默生怎么了？"朱亚光好奇起来。

"素心说艾默生缠着她爱爱到了快天亮，她幸福死了，你呢？哼！"

"哈哈，"他笑了起来，"原来是对我昨天夜里的表现不满意啊，你就直说嘛。"

"讨厌！你一脸冷若冰霜的样子让人家怎么开口嘛。"

"我没有冷若冰霜。今晚补行吗？"

"不行！反正你已经伤了我的心，补也没用。我跟素心说也许你有了别的女人，不打算要我了呢。"

"胡说！"他脸色一变，"你猜疑我什么都可以，唯独不能猜疑我这个，我对你的心可以挖出来给你看。"

"好了，开个玩笑而已。我给你带回来的东西你还喜欢？"

安仪的行李箱里大半是买给朱亚光的东西，衬衫、领带、腰带、手表，甚至还有一打绒线袜子。

"喜欢，都喜欢。其实你难得去一次，该为你自己多买点东西的。"

"我也不缺什么，就是见什么都想给你买。不过也真的没有新奇的东西，买袜子的时候素心还笑我……"

"小安——"他的眼睛有些发潮了。

"你感动了？那还不好好谢谢我。"她羞涩地朝他一笑，伸手在他腰间捏了一下，"你说过要补偿的。"

"羞不羞？比我还心急。"

他将她搂进怀里，搂得无比娇嫩。

如果这一刻的欢娱能赶走内心的痛苦，他衷心地希望不再有天明。

朱亚光对顾安仪更好了，比以前任何时候都要好，连安仪自己也抗议着他对她的好。

"你这样下去我会越活越小啦，自理能力越来越差了。"

他不管，他就是要一味地宠爱她。在他的心里，她就像个要离家远行的孩子，他想在有限的时间里给尽她所有的关爱和照顾。浓烈的感情就像眼下夏季里目不暇接的色彩斑斓。

这两个多月的日子，顾安仪感觉像在云中，飞一般的悠然，以至朱亚光越来越频繁的静默也没能引起她的注意。被浓浓爱意围绕的女人，满心都是自己的幸福，哪还有多余的精力关注别人呢？即使这个人是她最亲近的人。

所以当朱亚光跟她提出分手的时候，她惊呆了，一切物质，在那一刻都成了静止的，包括她的思维。

六月末的一个星期六，朱亚光的魂不守舍终于引起了安仪的不安。这一天朱亚光一早就开车出去了，跟安仪说是去见一个朋友。

"噢，什么样的朋友啊？为什么不请他来家里？"安仪问。

"也不是很熟的，你再睡会儿吧，我中午之前就回来。"朱亚光支吾了一句便匆匆走了出去。

他的确是中午回来的。回来的时候脸色相当难看，一副有苦难言的样子，对安仪的问话只敷衍搪塞，而看向安仪的眼神绝望得令安仪害怕，她简直不认识眼前的这个人了。

"你到底怎么了？是不是病了？告诉我呀。"安仪焦急地说。

"我没事，累了，我上去休息一会儿。"

他就这样躲躲闪闪的，直到星期天的早上。

他坐在沙发里静静地说："小安，我们分手吧，我对不起你。"

她用了很长一段时间才回过神来，长得让她感觉过了一年。

"为什么？"她颤声问道。

他的目光落在深棕色的橡木地板上，前天刚刚上过蜡的，光亮得可以照见人的影子。

他毫无生气地开了口，仿佛是在说着别人的台词："你别问为什么了，总之是我的错。我对不起你，你记着恨我就是了，我也恨我自己。"

安仪也急了，冲着他喊道："我有权利知道为什么，我不缠着你，我可以走，可你总得让我死个明白！"

他苍白的脸埋进手掌里，肩头抖动了一下。

"你，有了别的女人，是吗？"说这话的同时她像是拿着一把刀插进了自己的胸膛。

他稍稍侧过脸，又在这把刀上加了些力道："我和她有了孩子。"

她看见了自己胸间流出的血，一点点地滴落，她身体晃了晃，伸手扶住了沙发背支撑住自己的身体，透过泪水盯了他好久，才忍住哽咽，低声问："告诉我她是谁？告诉我，我走！"

"小安！"他冲到她的身边，喉结上下起伏着，许久他才控制住了自己的情绪，"你别再问了。"

"我为什么不问？"安仪怒不可遏，她突然下了决心要痛痛快快地撒一次泼，管它什么形象！于是她一把抓住了他胸前的衣服，"说呀，她是谁？你说！你这个混蛋，短短三个月你就背叛我，说，她是谁，你说！你说！你说呀！"她疯了一般拼命撕扯着他的衣服，捶打着他。

"向林珊。"他蚊子一般的哼哼声在安仪听来是晴天霹雳，她不知道自己是怎么坐在地上的。

任由他拉她，叫着她，她都没有丝毫反应，她像是进了另一个世界，在那里自娱自乐，恋恋不舍。

清醒过来的时候顾安仪显得异常清醒，那一段静默中，她把什么都想好了。她轻轻推开搂着她的朱亚光，站起身。他唯唯诺诺地跟在身后，看着她去储藏室拿出了自己的两只皮箱，看着她收拾自己的衣物，日用品……所有她的东西。

他难过得心碎。"小安……"

她没听见，平静地拎着收拾好的皮箱下楼，走到门口的时候，朱亚光不再犹豫地追了上来。

"你等下。"

他说着拿出一枚钥匙，塞进顾安仪的手里："曼斯菲尔德大街12号的一间小房子，你先住在那里。"

顾安仪把钥匙扔在地上。

"小安，你别这样，你，不去这里能去哪里啊？"

安仪镇定地说："你不用担心，我不会自暴自弃，也不会跳河寻死，我找家旅馆去住。"

"你要去哪家旅馆？"

"我怎么知道！"

走出家门的那一刻，那根在朱亚光面前强撑着的坚强神经瞬间崩断了，顾安仪恍恍惚惚地走在路上，脑子里一片混沌。

向林珊不是和尼尔斯幸福极了吗？

朱亚光不是在准备和她顾安仪结婚吗？

这两个人平时没有接触怎么就有了孩子？

……

一切都乱了，她什么也想不清楚了。

这之后的日子，顾安仪把痛苦都报复在了自己的身体上。她请了一个星期的假，在旅馆里病得凄凄惨惨。

朱亚光很快从素心那里打探到了消息，想到她一个人孤零零地病在旅馆里，心痛得紧缩起来，中午时约了素心，好像这样就能减轻安仪的病痛。

赖素心知道他俩有了矛盾却不知已到了这么严重的地步。朱亚光想到以后很多事情也许需要素心的帮忙，只好将自己和安仪间的事和盘托出。

素心听完惊得半响没合上嘴巴。

"你太过分了！师兄！"

"我知道！你先告诉我她在哪个旅馆，然后再谴责我好吗？"

素心忽然对眼前这位曾经尊重过的师兄厌烦起来，收敛起温婉的笑容果断地拒绝了他："既然这样还是我先去看看她比较好，是否告诉你她住在哪里，也得征得她的同意。"

朱亚光苦笑着说："好吧，卡勒姆城这么小，我肯定能找到她这个人。"

"哼，既然你这么关心她，何必要伤害她？你和那个女人厮混的时候想到过她吗？"

"素心，不是你想象的那样！"

赖素心瞪着大眼睛盯着他看，等着他那与众不同的下文，可他却缄口不言。

她无奈地摇摇头。坐在自己座位上的赖素心感到一种前所未有的失落。爱情，这个被称为人类最美好的情感使她绝望，使她垂头丧气。

去看过顾安仪后，这种绝望愈发变本加厉。突如其来的变故让安仪的精神奄奄一息，她说对朱亚光也没有刻骨的恨，只是不明白，他们本来完好无损的感情怎么就在一夜间七零八落了？

这个问题也许只有朱亚光能够回答。素心陪着她静默,这是朋友间的分担,胜过一切无关痛痒的安慰。

在回家的路上,赖素心竟有些恍恍惚惚,神不守舍。顾安仪的事情让她痛心地意识到男女间情感原来是轻飘飘的,什么也禁不起。

街上已经静悄悄的,沿街的各家各户大门紧闭,做好了迎接夜晚的准备,而这会儿的太阳却无限留恋着尘间,迟迟地不肯落去,这就是卡勒姆城夏日的傍晚,祥和宁静,却赶不走素心心头的抑郁。她疾步走着,到家时头上微微有些汗意。

"顾安仪好吗?"艾默生问。

"怎么会好!唉!不过明天她要去看房子签合同,后天能上班了。她也算够坚强的,这几天挣扎着找到了房子,房子位置很好,离学校距离一百米左右,以后上下班都很方便的。"

"唉!"艾默生重重叹口气,垂头坐在素心的对面。素心也是半晌无语,静下心来细想一番,这件事还是个谜,顾安仪也不知道问题出在哪里,朱亚光似乎也有着难言之隐。

顾安仪在市中心新租的地方住了下来后,深居简出。

市中心比郊外热闹多了,顾安仪常站在窗前看着外面行走的人与过往的车辆,脑海中却在放映着自己的电影。痛苦还是一阵一阵袭上心头,她无法控制。

已经完全进入了夏季,顾安仪的小屋常常闷热难耐,同事们都说今年的夏天比哪一年都热。顾安仪决定周末的时候去买个小电扇。

星期六那天一早,天就飘着小雨,凉爽了许多,她心里琢磨着还要不要去买,一想到那一个个闷热难耐的夜晚,她还是去了,不过很快她就后悔了,她觉得真不该出门。

不出门,就不会碰上钟家浩了。

顾安仪买了电扇出来的时候,和钟家浩碰了个正着。

钟家浩正和一个女孩子嘻嘻笑着进店,顾安仪的憔悴让他心中大惊,他犹豫片刻,朝安仪追了过去。

顾安仪依旧冷淡,她觉得和钟家浩根本无话可说,也不接受他的关心。

钟家浩只好心不甘情不愿地看着她离去。当顾安仪的身影即将在街口消失的时候，他飞快地追了过去。

他一路跟着她，看着她用钥匙开门进了那家公寓，心中充满疑惑。

和钟家浩一起的那个女孩，气呼呼地站在店门口。见了钟家浩一把拉住他的胳膊，气恼地说："走，去给我买那条围巾！"

女孩站在那里不厌其烦地挑选着围巾，不同式样，不同颜色，她都要试戴一番，站在镜子前微微扬起脸，目光挑剔地端详着，钟家浩站在不远处端详着她白瓷般精致的脸庞，若有所思。

最后，她选中了一条粉灰色的围巾来到钟家浩面前："好看不好看？"

钟家浩瞟了一眼没说话，示意她去收款台。

女孩脸一正，说道："不行！我还要看看别的！"

钟家浩在她耳边低声但却果断地说："我只答应给你买条围巾的！"

女孩不管，固执地朝卖首饰、饰品的专柜走去。

钟家浩没跟上去，在休息区坐下，他今天什么兴致都没有了，顾安仪憔悴的脸总是在他脑子里打转。他必须想办法打听一下她怎么回事。

钟家浩沉思着，忘记了时间。那女孩来到他面前的时候，手里多了两个首饰盒，坐在他身边高兴地说："我挑了两副耳钉，多好看呀！"

"我只答应给你买围巾的！"钟家浩又重复了一遍。

"知道。我今天没带卡，你先帮我付了，回家我给你钱。耳钉是银的，不贵。"

钟家浩付了账，带女孩回到自己的公寓。

女孩一进门就喜洋洋地对着镜子戴起了耳钉。

钟家浩说："还钱！"

女孩继续自顾自欣赏着镜子里的自己，不气不恼不紧不慢地说："你当着我的面去追女人，这是对你的惩罚。"

钟家浩又想起了顾安仪，心情沉重。

那女孩一笑，说："没想到你还认识她。"

"你知道她是谁？"

"知道，前段时间刚被人甩了，不就是她吗？听说那人还是她师兄。"

钟家浩一切都明白了，心里狠狠地骂了一句。

女孩打扮好了，在钟家浩眼前一脸狐媚地说："我走了，去打工了。"

钟家浩说："去打工还打扮成这样！"

女孩将身子扭了一个S形，笑着说："我就是去接客你也管不着 啊。"

她走了。

钟家浩坐回沙发里，不由感慨：现在的女孩子真是太开放了，连他这个老江湖都快应付不了了。

女孩下工回来时已是半夜，洗了澡后人精神得不想睡觉，对钟家浩说："晚上我又见到你追的那个女人了。"

钟家浩没说话，只用心听着。

"我去给一家台湾人送外卖，她在那里，还有几个男男女女的。我等着女主人付钱的时候她就在我身边，我就问她认不认识钟家浩，嘿嘿……"

"你——她怎么说？"

"她说认识，声音特别小，态度很冷淡，切，有什么了不起！"

"你有没有见到和她很亲近的男人？"

"不知道，就那么几分钟我能看出什么呀。"

钟家浩准备睡觉。

女孩又说："钟家浩，你是不是想去追她呀？"

钟家浩心里一动，这丫头真是比猴还精！

"钟家浩，你要对我好我就对你好，你要一心一意对我我就一心一意对你。"

钟家浩没理女孩，倒头睡去。他心里只想对另一个人一心一意。

钟家浩没事就到顾安仪楼下转悠，可是一个星期过去了，他根本没见到她的影子，还经常被女孩嘲笑。钟家浩觉得自己傻里傻气的，痛下决心不再想顾安仪。不过顾安仪家所在的那条街钟家浩还是经常去，因为那里有一家非常有人气的酒吧。女孩笑他是"醉翁之意"，钟家浩回敬她一句"小人之心"，不过，到底是醉翁还是小人，他们都没有心思继续争辩。钟家浩还是依然故我，是那家酒吧的常客，有时女孩陪他一起去，而从他本心来说，更愿意一个人去放松放松。

第八章　走投无路

七月中旬的一个星期天的下午，四个月身孕的向林珊离开了玛丽安的家，被朱亚光接到了诺贝尔街十四号，朱亚光的家里。

向林珊身体素质好，怀孕并没有给她带来多少不适的反应，这让她很高兴，自认这个孩子会给她带来好运，如今已到了稳定期，她更觉得状态出奇的好。

朱亚光指定了一个小单人卧房给她，随后人就不见了，去了哪里也没告诉她。

她在房子里走动着，看着客厅里自己的行李箱，三个大纸盒。自己搬上楼的话有点费劲，决定还是等朱亚光回来再收拾，只将纸盒挪到靠边的地方。纸盒里有她的杂物，还有家里有小孩的教会的姐妹给林珊的婴儿用品及衣物。那些小小的、可爱的小衣服令向林珊爱不释手。

她抬头看了眼墙上的钟，五点，说早不早、说晚不晚的一个时间。朱亚光不知去向，她不知该不该做晚饭，慢慢踱步到窗前，看着外面生机勃勃的花园出神。

搬进这栋房子是她的一个重大胜利，可是她总觉得这胜利有些美中不足，有些不完整。朱亚光对她的冷淡和特别指给她的那个小房间深深地刺痛了她，仿佛她在这里永远将是名不正言不顺一般。该怎么办呢？听任他的安排？那以后她更少了翻身的机会。他上了一次她的当还会上第二次？林珊心中不住地权衡着。

太阳已经西沉，黑暗慢慢袭了上来。

朱亚光坐在特雷西亚街的一家酒馆里，他的座位临窗，眼睛注视着窗外的街。街上已经变得冷冷清清，路灯也已亮了起来，而对面那栋公寓的深褐色大门愈发暗淡了。

这栋公寓的一个房间里，住着顾安仪。

朱亚光自从知道顾安仪住在这里，也便成了这家意大利人开的酒吧的常客。一连数日，他都坐在这里之后，仿佛坐在顾安仪的身边。

他有种预感，他和顾安仪还没有完，眼前的这一切不过是他的一个噩梦，在这个梦里，他拉上了她。他坐在这里的目的就是希望能看到她，看着她从这个大门口或进或出。遗憾的是，连续几日都没能如愿，越是见不到她，他的预感就越强烈。

当天晚上朱亚光十一点钟才回到家，他习惯性地上楼回自己的卧室准备洗洗睡觉。

卧室的灯开着，向林珊躺在床上翻着一本书。

"谁让你在这儿的？不是告诉你住另一个房间了吗？"他口气恶劣，向林珊却不慌不忙，早料到他会发火。她坐起身，睡裙的一个细带子顺势滑下肩头，大半个因怀孕更显丰盈的乳房露了出来，她毫不在意，自然得像面对一个一起生活了多年的自家男人。她迎着他含怒的目光，镇静地说："朱亚光，你接我过来我不睡这儿睡哪儿？不想让我睡在这儿当初就别碰我，别让我有了孩子呀！"

"你！无耻！"他被她揭了短，有些气急败坏。走到床头去拿自己的枕头，她若不走，他走！

林珊笑了起来："我是无耻，可你也不高尚呀，高尚的顾安仪这会儿不定在哪儿伤心呢！"

"啪！"朱亚光扬手给了她一个耳光，他不能容忍眼前这个女人嘲笑顾安仪。

林珊岂是怕打的！她麻利地下了床，赶在朱亚光出门前死死地抱住了他的腰。

"你别走！朱亚光，今天我们必须得把话说清楚，你接我过来我是打算和你好好过日子的，我知道你心里没我，可我会尽一个做妻子的本分，给你把孩子生出来，养大。可你竟然抬手就打人！我告诉你，少拿我当出气筒！就这一次，我忍了，以后你再敢这样我就挺着肚子闹到你学校去，我要告诉他们你是如何和我偷情，如何让我怀孕了又想抛弃我，我说到做到！事到如今，我不怕丢人现眼，告诉你更丢人的事我也干过，我豁得出去，你不信就走着瞧！"

  朱亚光的气焰没了，他不敢挑战林珊，不敢和她走着瞧。思索良久，他们坐下来谈判，他答应了林珊以后会和她和平共处，但是她也不能干涉他的自由，他的行动她无权过问，俩人立了君子协议，一切又归于平静。

  朱亚光还是睡到了那间小卧室里，四周浓浓的黑暗包裹着他，更像是置身一个黑洞洞的梦里，这场梦从那个雨夜就开始了。

  "偷情"，这个词在朱亚光听来就像磨得尖尖的一枚针，向林珊每提起一次他的心便被刺痛一回，他一向认为自己还算个坦荡的人，怎么也干起这般勾当？他无论如何也不承认是偷情，偷情是两厢情愿，而他不是的。他不由得又想起了那个夜晚。

  那段日子雨总是很多，冬季即将过去，一场又一场的雨却仍然不依不饶地要拉住寒冷的衣襟，把阴冷、潮湿留给人们。那夜的雨格外的大，朱亚光躺在床上，听着窗外肆虐的雨声，噼里啪啦地砸着窗户。这样的雨让他无法入睡，他在想，在卡勒姆生活的这几年里是否遇到过如此的大雨。午夜过后，他渐渐消沉下去的神经被门铃声惊起，不觉高度紧张起来。他想象不出此时门外会是谁，不想去开门，可那门铃的声响昭示着不叫出人来誓不罢休的决心。

  朱亚光悄悄下楼，脸贴着门侧耳听着，外面隐约有人声，被雨声压着，他集中了所有的注意力也还是听不清。

  门铃继续响，他不得不打开了门。

  一个女人一头栽了进来，随着"咣当"一声，一只黑色湿透了的行李箱也栽了进来。

  "安仪，帮帮我吧。"进来的人狼狈得顾不上看清眼前的人。

  "你……是林珊！"朱亚光着实吃了一惊。

  "老朱。"林珊抹了一把脸上雨水，看清了眼前的朱亚光。

  "你怎么……"他看到向林珊湿透的头发贴在脸上，湿透的衣服贴在身上,"快上楼去洗洗澡,换换衣服吧。"他指指楼梯,并跑在前面给她带路。林珊冷得牙齿打战,抱着双肩跟在他身后。林珊的衣服都已潮湿,朱亚光只得拿出安仪的衣服给她先换上。

朱亚光坐在卧室里听着对门传来的哗哗的水声,心想这个女人真是奇怪,总会有让人意想不到的事情发生在她身上。

她洗完了澡,身体有了热度,恢复了活力。轻轻敲开了朱亚光的门,朱亚光看着穿着安仪衣服的向林珊,不觉一怔,向林珊穿出了与安仪不同的味道。他发觉林珊正注视着他,微微笑着,说:"我给你准备了房间,时间不早了,先休息吧,有什么事情明天再说。"

林珊说了声谢谢便退了出来。

其实向林珊身上发生的事,让她自己也没想到,这是第二天林珊才和朱亚光提起的。

第二天林珊醒来时已近中午,她感到浑身酸痛,要感冒的样子。下楼倒了杯开水喝,她发现餐桌上有一张字条:

林珊,我去上班,下午五点半到家,冰箱里有食物,你随便取用。另:如果你离开,请将厨房的窗子关上,门锁好。

朱亚光

向林珊拿着字条发呆。离开?去哪儿呢?找房子也不是一天两天的事儿,关键是她现在一个人没有收入,如何支付房租呢?依靠什么生活呢?

窗外的花园经历了一夜暴雨的肆虐摧残显得更加萧条,可透过残枝碎叶,可以预见春暖花开的时候,这里将是一处美丽的场所,一处属于顾安仪的美丽场所。林珊心中愁绪万千,她和顾安仪是一样的人,怎么现在差距这么大呢?

朱亚光回来的时候,见林珊正坐在沙发里看杂志,心里略微一惊,他满以为今天她就会走的。

"老朱你回来了,我做好了晚饭,不知是否可口,你尝尝吧。"林珊笑盈盈地起身说道。

"谢谢谢谢，那我就坐享其成了。"朱亚光将电脑包放在一边，跟着林珊朝厨房走去。

"是我该谢谢你，大半夜打扰你。"

"有什么关系呢？"

林珊端出来两个简单的菜——鸡蛋炒西红柿和香菇油菜。

"我没安仪做得好，你将就吃吧。"林珊说。

"哈哈，小安根本不做饭的。"

吃饭的时候，朱亚光想总要找点话说，便问起了昨天夜里的事。林珊眼圈一红，眼泪吧嗒吧嗒地掉了下来。朱亚光吓了一跳，忙道歉说："对不起，问到你伤心事了。不方便说就别说了，当我没问。"

林珊哭了一阵，哽咽地说："我被我男朋友骗了！"

"是尼尔斯？听小安讲起过，你们不是很好吗？"

林珊点点头，又摇摇头，忍不住痛哭起来。朱亚光看出她这次是真的伤心了，索性将一盒面巾纸放到了她面前。

原来昨天，就是二月十四号，是向林珊和尼尔斯约定好要搬到一起住的日子，她浪漫地选择了这么一个浪漫的日子准备和他正式同居。

这个浪漫的日子，天气却一点也不浪漫，一清早就阴沉沉的。向林珊原本可以一大早就收拾好自己的东西的，可钟家浩一定要她等他办完事回来后再收拾，他要监督她。林珊忍着气答应了他，只求从此一别后永远不再见到他。她在钟家浩家焦急地等着钟家浩回来，直到近中午时钟家浩才姗姗地回来了。林珊恨得要死，又不好发作，急忙装好自己的物品，离开的时候已经是下午了。她脚步匆匆地向尼尔斯的住处走去。

天阴得更厉害了，天边大块墨黑的云快速向林珊的头顶上移过来，雨眼看着就来了，林珊不由得加快了步伐，直到后来小跑起来，手里的大行李箱成了她的拖累。当大而稀疏的雨点啪啪地砸到地面上的时候，林珊也刚好赶到了尼尔斯公寓门口，她松了一口气，伸手按响了门铃。理想中尼尔斯会欢呼着下来接她，亲亲她的脸然后拥着她上电梯，他们每一次会面大都是这样的情景。

门铃响了大约有五分钟，林珊都没听到任何回应，她只好拨通了尼尔斯的电话，关机！她心里犯起了狐疑，后一转念，也许是手机没电了呢，她耐心等一会儿吧。

有住在公寓的其他人进来,林珊跟着溜了进去,站在尼尔斯房门前,侧耳听了听里面,很静。"没在家吗?说好了他在家等的。"她心里一阵嘀咕,抬手敲门,高高低低的声音响了很久,仍是没有任何回应。林珊非常着急,再一通激烈的敲门声响起,尼尔斯的房门没开,隔壁房间却探出了一张黑女人不耐烦的脸。

"如果没有人就请不要敲了!"黑女人耐着性子保持着礼貌。林珊一下子冲到了她面前,焦急地问:"对不起,你知道尼尔斯去哪里了吗?"

那人摇了摇头。

"我们约好的呀!"林珊绝望地说。

"约好了?那你到那里问问,他们经常在一起的。"黑女人说着指了指尼尔斯的对门。

林珊又满怀希望地去敲那个房间的门,一个和尼尔斯年纪相仿的男人出来,上下打量着林珊。

"请问你知道尼尔斯在哪里吗?"林珊顾不得他放肆的眼神,急切地问。

"尼尔斯?恐怕此时他正在斯德哥尔摩的某条大街上。"见林珊傻愣愣地看着他,他知道林珊欣赏不了他的幽默,扫兴地补充一句说,"他回瑞典了。"

"啊!不会吧?昨天我们还在一起。"林珊没好意思说昨天她和他还在这个房间里缠绵了小半夜。

那人对林珊的质疑感到生气,沉着脸说:"怎么会错!我早上送他走的,他妻子快生小孩了。"

"他妻子?怎么可能?我是他女朋友!"林珊的头"嗡"地一声,她大声叫道。

"女朋友?"那人耸耸肩,两个嘴角用力向下拉了拉,关上了房门。

林珊站在那里,泥塑木雕一般。

不知过了多久,尼尔斯对门的那个人出来见林珊还站在原地,吓了一跳,对她说:"你怎么还不离开?你是找不到他的了。"

林珊终于说服自己相信她被尼尔斯骗了。

一场暴雨让天早早黑了下来。林珊拉着行李箱失魂落魄地走在雨里，脑子里只有两个字——骗子！如今在暴雨蹂躏下的卡勒姆市，林珊无家可归。走到城边的时候，她已被冻得牙齿打战。她停下来思索着，必须得找个栖身之地了。

　　她想到了玛丽安，打电话过去才知道，玛丽安在另一个城市里参加教友聚会，她失望，害怕了起来。

　　"我实在是没有地方去了才找到你这里，谢谢你收留我。"林珊哭着对朱亚光说。

　　"别这么说，没地方去就暂时住这里吧，找到地方再走。"

　　林珊心中一块石头落地，她原本担心朱亚光会以安仪不在家不方便为由催她离开呢。

　　这栋房子宽敞舒适，林珊在这里住了两天，心中生出许多渴望。

　　林珊并不是一个不懂得谋划自己未来的人，不过是之前有所依靠，再加之自己懒散、自由的性格，使她生活得懵懵懂懂，现在她孤立无援了，就在朱亚光的大房子里为自己的将来动起了脑子。一瞬间，她脑子里闪过了勾引朱亚光的念头，这念头虽火星般稍纵即逝，可那一点光亮却长久地留了下来，就像女人被橱窗里陈列的心仪物品撩拨起的欲望，不拿到手里是怎么也安心不下来的。她为自己的出路做过无数种设想后，不得不又回到了这个念头上。她开始权衡顾安仪和她的关系，也许这是目前唯一的障碍，她在她们之间是好朋友，是一般朋友，是熟人间做着选择，最终，她让自己承认她和顾安仪并没过深的交情，一起聊天、吃饭、逛街，这些她和别人也做过，而那些人，她甚至连名字也想不起了。至于朱亚光，不管他多么珍视顾安仪，可他是男人，林珊在男人面前总是充满自信的。何况顾安仪离开一个多月了，这个男人有一个月没碰过女人了，然而，她不禁又忧愁起来，如何能长久地占据这里，而不是两个人睡几次觉就结束？和尼尔斯天长地久的梦想破灭后，她经不起失败了。

　　随后的日子里发生的事情就似曾相识了——一个存心要施展诱惑的女人，一个正因为女人的离开而有些饥渴的男人，事情就这样发生了。事后，男人觉得无比懊丧，女人心中窃窃得意，跃跃欲试地想再接再厉。

荒唐的第一次后，朱亚光在内心深处厌弃着自己，也不敢面对林珊，一早就想离开家，没想到林珊比他起来得还早，实际上林珊诱惑他就范后，就没怎么睡觉，因为朱亚光在享受了一时痛快后就睡到了另一个房间里，林珊不得不心情忐忑地留心着那边的动静。

"你起来了，我给你热杯牛奶吧。"林珊俨然一个贤惠的妻子。朱亚光却越发紧张起来，慌乱中没敢看她，边往外走边说："不用，我上班去。"

"时间还早得很嘛。来，你坐下等几分钟，很快就好了。"

朱亚光竟像个听话的木偶，被她按在椅子上，他心里乱极了，乱得没了思考的能力。

林珊将早餐摆在他的面前，看着他心不在焉地吃，趁机说："对不起，你一定要怪就怪我吧，我不愿看到你现在的样子，是我不好，是我……不过你放心，我不会破坏你和安仪的关系，真的不会。今天我就请教会的姐妹们帮忙给我找住处，我尽快搬走，安仪回来后我绝不出现在你们俩面前。"

提到顾安仪，朱亚光越发没了胃口。

林珊还在继续说道："其实你不必这样，大家都是成年人，彼此都有需要，你不要担心，我不要求你为我负责。"见朱亚光一脸尴尬，林珊笑了起来，大着胆子摸了摸他的脸说，"别把自己装得像个处男似的！放松点嘛，你昨晚不是挺快活的吗？"

朱亚光推开眼前的食物，起身说："我该走了。"

"哎，开玩笑的。你真的不必这样紧张，我很快就走的，此事只你知我知……"

不等她说完，朱亚光头也不回地走了。他将车开出诺贝尔街，找个空地停了下来，摇下车窗，一股清新的空气灌了进来，他深深地吸了一口，这一口带着早晨清香的空气在他体内起了催化剂的作用，他的心忽地一荡，林珊确实有着特别的味道，可是……他马上诅咒起了自己，他生自己的气，一脚油门踩下去，车子猛地飞了出去，仿佛要把这个无耻的他甩掉。

朱亚光真正的反省是在林珊走了之后。这原本温柔、温馨的属于他和顾安仪的家，因为林珊在此盘桓了几日而露出了丑陋，就连空气也变得浑浊起来，多了杂质。朱亚光这几日飘来荡去的，像个游魂，矛盾着，痛苦着，不知该如何面对顾安仪，更不敢把希望寄托在林珊身上，她怎么会善良得让这件事只有他们两人知道！

他这样不安的心情直到安仪回来的那日。在机场见到她的一刹那，便勾起了他对她的全部情感，他要弥补他的罪过。

向林珊很快搬出了朱亚光的家。不是因为她找到了住处，而是玛丽安生病，需要她的照顾。

玛丽安是个德国人，今年已六十岁，结婚后就成了一名家庭主妇。丈夫拉兹六十七岁，是一名印度籍的工程师。两个人结婚后一直没有孩子，玛丽安没有工作，没有孩子，每日都有大把的闲散时间，她跟林珊说当初是为了消磨时间才开始学习圣经的，后来发现圣经的确震撼了她的心灵。渐渐地，圣经在她的生活中占据的位置似乎比拉兹还要重要。拉兹退休后一年中有三分之二的时间生活在印度。林珊一直都很羡慕她的生活，可玛丽安的内心是孤独的，特别是在生病的时候。

"你为什么不和拉兹一起去印度呢？"向林珊陪着玛丽安说话时问到了这个问题。

玛丽安脸色暗淡下来，说："我恐怕在那里无法像现在这样全心侍奉上帝。"

"可是《圣经》上不是说男人是女人的头吗？女人应该跟着男人啊。"

"哦。我累了，你去给我倒杯水来吧，谢谢你。"

玛丽安态度的突然转变让向林珊不解。她递给她水，看着她喝了几口水，躺下来朝自己摆摆手，向林珊走出了玛丽安的房间。一时间无事可做，倒在沙发里摆弄着自己的手机。

这只黑色的三星手机已经哑巴了好久了。现在除了在教会里认识的几个人偶尔会给她打来电话外，其他的同学都没人和她来往了。朱亚光自然更不会打电话给她，他们已经说好井水不犯河水，她现在这样的状况算不算是失败呢？

一晃又过去了几天，春天的气息越来越浓郁了。玛丽安家园子里的一株迎春花已开放，一串串嫩黄镶嵌在青翠的枝叶之间，愈发惹人怜爱。

林珊每天照顾玛丽安的饮食起居，两个孤独的女人在朝夕相处中增进了感情。玛丽安身体好些的时候就整天给林珊讲圣经，她的全部心思和情感都沉浸在了她的信仰里，这对林珊来讲有些勉为其难。

"如果我们坚持祈祷，上帝真的会满足我们的要求吗？"林珊问道。

"孩子，上帝连花草虫鸟都关爱，何况我们人呢？我们是他创造的。"玛丽安半躺在摇椅上，大腿上放了一本《圣经》，双手摊放在圣经上，林珊的目光落在她左手无名指的婚戒上，那枚带了几十年的戒指已暗淡无光，林珊却看得痴了。

"我现在就想找个男人一起生活，我只祈祷这一件事。"

玛丽安眼中的神采消失了，干巴巴笑了一声说："有个男人又怎样？婚姻……除了磨平人生的热情还能带来什么！"她忽然住了口，脸上又浮现出一个无奈的笑容，林珊这才看懂玛丽安往日优雅温和的笑容下掩藏的是一颗麻木的心。

尽管玛丽安对婚姻是不满意的，可是不满意也过了几十年，林珊还是希望有个男人，不指望他有多爱她，只要能和她正经过日子就行。自己已经三十二岁了，该有个归宿了。她决定从今天晚上开始，睡前要向上帝祷告，倘若上帝能恩许她一个男人，她会虔心皈依基督教。

林珊一门心思想去找个男人，可是没过多久她便被一个不期而来的事实吓到了——她怀孕了！她顿时慌了，现在自己生活还没有着落，难道还要再添一个孩子吗？

"玛丽安，我该怎么办啊？"

经过了一段时间的治疗和修养，玛丽安的身体已经恢复了不少，她沉默了一阵说："琳达，我们一起祈祷吧，每天都祈祷，上帝会聆听，会指引你该如何做。"

这晚林珊心中禁不住一阵阵的烦乱，以致在祷告的时候几次忘了自己说到什么了，她语无伦次，词句无章地唠叨了近半个小时，心口不一。口中念念有词，心里却不停地感叹着自己的不幸。她是个自身散漫、心气不高的人，出国后一直没遇到好人，让她在国外有份稳定生活的愿望一再破灭，现在有了孩子，自己又没有生活来源……可无论如何，她都不能带个不明不白的孩子回中国。

向林珊失魂落魄地过了几天后，突然开了窍，这次怀孕说不定是个难得的转机呢，她一定要把孩子生下来。不管朱亚光对她如何，有这个孩子在他不会对她不闻不问，而且，她有个更阴险的想法，这孩子可以帮她轻而易举地击退顾安仪。她知道朱亚光不爱她，不过没关系，她只要衣食无忧，生活安稳就够了。这样想下来，她反倒不慌张了，索性过一段时间再去找他。

玛丽安在林珊的照料下身体已经恢复了，对林珊的事情也关心了起来。想到林珊目前无所依靠，只在一个说出名字十个人有九个人不知道的学校里挂个名，借以勉强保留身份："你有什么打算呢？琳达？"

林珊没有说出她想找朱亚光的打算，她只摇摇头："玛丽安，你帮我想想办法。如果离开你家我不知道该去哪里。"

"你别误会，我不是想让你走，你和我在一起我感到很愉快，拉兹信中也感谢你对我的照顾。"

林珊勉强朝玛丽安笑笑，一筹莫展地说："可是我不能永远在你家啊。"

第九章　摊牌

　　向林珊和玛丽安的友谊在加深。两个女人在生活中互相依靠，林珊没有事情做，就跟着玛丽安去四处传道布教，参加教会活动。直到有一天，玛丽安高兴地告诉她说："拉兹要回来了！"

　　"啊，我必须搬走吗？"

　　"不，不。我只是告诉你这个消息，你继续住下来没关系的。"

　　一个星期后的一天，向林珊见到了玛丽安的老公印度人拉兹。

　　拉兹身材不高，在林珊看来约一米七左右，但是很结实，除去满头白发，并没有老太龙钟之感。他对林珊的态度不冷不热，淡淡的，刚见面的时候，他对林珊照顾病中的玛丽安表示了感谢，之后林珊这个人在他眼里就变得无所谓了。

　　这种态度起初让林珊觉得有些不自在，没过多久她就发现他对玛丽安也是一样，虽然两个人已是半年多没见面，也没有该有的亲热。倒是玛丽安，总是在他面前谦卑地、小心翼翼地讲话、做事，林珊对这样的家庭生活感到不可思议。

　　一天早上，玛丽安准备好了早饭，林珊下楼来吃饭的时候拉兹还没有下来，她和玛丽安坐下来先吃。

　　拉兹在过了大约十分钟左右才出来，跟两位女士问了早安，坐下来端起了他座位前的一杯牛奶，只喝了一口，就气呼呼地把牛奶"哗"的一声倒在了餐桌上，涨紫了脸盯着玛丽安。

　　林珊惊恐地站起来，不知所措地看着这两个人。

玛丽安慌张地起身弯腰向拉兹道歉："对不起，对不起。我去给你重新热一杯。"

林珊赶忙到厨房里拿出了抹布，擦干净餐桌。随后跟着玛丽安去了厨房，悄声问："他为什么发脾气？"

玛丽安说："是牛奶凉了，他是不喝凉牛奶的，是我不小心，不应该那么早热出牛奶来。"她带着一脸的歉意把刚热好的牛奶端给拉兹，这次他没说什么，低头吃起早饭来。林珊觉得不公平，趁他没注意的时候狠狠瞪了他一眼。

这只是早上的不愉快，拉兹什么时候发脾气谁都拿不准。下午玛丽安在看电视，拉兹在楼上叫她，她应着，问了句"什么事？"眼睛盯着电视舍不得离开。拉兹又喊了一声，便像斗急了眼的牛一样涨红着脸从楼上冲下来，搬起电视就摔在了地上……

向林珊吓得变了脸色，玛丽安在一旁落了泪。林珊努力安慰着她，想带她到后面的院子里散散心，玛丽安摇摇头，哭过后蹲下来收拾地上的一片狼藉，林珊不好再说什么，帮助玛丽安一起收拾。

晚上是玛丽安和林珊的教会活动时间，在去教堂的路上，玛丽安突然将车停在了路边，泪水扑簌簌落了下来。

"玛丽安！"林珊惊叫了一声，手已被玛丽安握住。

"玛丽安。"林珊轻唤了一声，抽出一只手来放在玛丽安的手背上，安慰着她。

"谢谢你陪着我，琳达。"她说。

看着玛丽安渐渐平静下来后，林珊终于问出了心中一直想问的问题："你为什么一直容忍他的坏脾气？"玛丽安擦干了眼泪，低声说："他也很苦，幼年时期他受了不少苦。"

见玛丽安仍旧在维护拉兹，林珊不知还应说什么，她实在不愿看见玛丽安唯唯诺诺的样子。她想换作她自己是不会容忍这样一个脾气暴躁的丈夫的。可是，她转念又一想，如果他能提供她想要的生活呢？是不是她也能忍受？

夜深人静的时候，向林珊对着窗外的夜空冥想，她决定去找朱亚光了。

这个念头让她无法入睡，这必定是场艰苦的谈判，她需要做好各方面的准备，不能失败，如今只有这个孩子是她唯一的希望了。她把双手放在肚子上，但愿孩子给她带来好运，给她一份安定的生活，其实她从来要的都不多。

三天后的一个下午，向林珊电话约朱亚光出来，正如她想的一样，朱亚光不肯出来见她。

"有事就在电话里说吧。"他说。

向林珊坚持要他出来："亚光，你还是出来吧，我就在你办公楼下面，这件事还是面谈比较好。"

朱亚光担心向林珊在楼下晃被顾安仪见到，只好同意下去见她，他说："你在楼左侧的停车场等我。"

向林珊今天特意穿了一件紧身长体恤，外加一件短款外套，将稍微有些突出的肚子暴露无遗。朱亚光一见到她这个样子就呆了。"你找我什么事？"

朱亚光的这副神态向林珊看得有几分开心，但是她稍一低头便把忧愁摆到了脸上，定定的目光盯着朱亚光说："你看到了，我怀孕了。我也没料到会这样，你说怎么办啊？"

如果说朱亚光先前还有些疑惑，现在被林珊这么一问，摆明了孩子就是他的。

怎么办？

他哪里知道怎么办！他是十分想要个孩子，可不是向林珊给他生的孩子。此时他满脑子都是顾安仪，怎么办？他像被挤进了漆黑狭窄的死胡同里。

"我该怎么办呀？"向林珊抓住了他的胳膊。

他把她的手拿开，反问道："你打算怎么办？如果你要去医院，我给你一笔钱。"

"亚光，你怎么这么狠心，这是你的孩子，是一条生命！你……"林珊说着哭了起来，"我知道你顾及安仪，可我也有自尊，你在乎她当初为什么还和我上床？"

"好了，你别说了！"

"亚光，无论如何，我都会把孩子生出来，我是一个可怜的女人，什么都没有，孩子是我唯一的伴。你可以不认我们，可我一定要这个孩子。"

"你让我想想吧，好不好？"

"你还要想什么？如果你不愿意和安仪说，我可以去找她。"

"不！你千万不要找她！我答应认真安排这件事，你绝对不要找她，如果让我知道你找了她，后果你知道是什么！"

"不管怎样我都会生下这个孩子的！"

"你不要太冲动，我会好好安排这件事。"

可是如何安排呢？朱亚光心头烦乱不堪。

朱亚光以需要点时间处理这件事为由，暂且稳住了向林珊。向林珊今天的目的达到了，朱亚光没有死不认账，这使她看到了未来生活的希望，也更加坚定了她把孩子生下来的决心。因此后来有几次朱亚光打电话给她，希望她不要这个孩子时，向林珊坚决得一点商量的余地都没有。

但是朱亚光不愿这么放弃，这可不是他想要的生活。他寻找各种机会劝说向林珊做掉这个孩子。一个下午，办公室里没有什么事情，朱亚光电话约出了向林珊。为了避免被顾安仪见到，他特意将两个人见面的地点选在了远离办公区的地方。

林珊刻意打扮了一番，在约定的地方见到了朱亚光。他提议到咖啡馆里细谈，林珊却说："不必了，我现在为了孩子已经不喝咖啡了，我们就在路边找个地方坐下来谈吧，外面空气好。"

朱亚光不情愿，坐在街边，即便不被顾安仪见到，被熟人见到也不好，朱亚光一直心虚，现在才明白亏心事是做不得的。

林珊执意要在街边，并走到不远处的一条长凳上坐下来，她没有任何顾忌，恨不得全城的人都知道她和朱亚光的关系。朱亚光还要和林珊谈判，不敢激怒她，两个人并肩坐在了长凳上，他们的头顶，是垂下来的柳树的万千枝条，在微风中摇曳，风情万种。

朱亚光略一思考，开口说道："我想现在还是没有条件要孩子，所以，最好是不要这个孩子。"林珊仰着头看向别处："我不管什么条件，也不需要什么条件，反正我早说了，我一定要这个孩子。"语气坚定得不容商量。

"有了孩子,你以后怎么生存?"

这是林珊的软肋,她对未来的希望就寄托在这个孩子身上了,抿着嘴沉默片刻,才说:"我总会有办法生存的。"

"你能有什么办法?"朱亚光进一步追问道。

林珊有点急,她说:"你可以不管我,但是你对孩子有责任!"

"你凭什么就说我有责任?林珊,我现在是和你商量,你要好好考虑,生了这个孩子对我们都没有好处,如果你现在做掉,我可以给你一笔钱。"

"我不要钱!"

"可我也不想要这个孩子!"

两个人一时僵持在那里。

林珊看着眼前空荡荡的街道,脑子里飞快地转着,无论如何不能让朱亚光和她脱离干系。这时候,一辆汽车由东向西驶过来,林珊突然做出了一个惊人的举动。

她飞快地冲向那辆汽车,随着一声刺耳的急刹车的声音,林珊几乎趴在了车头上,朱亚光惊得大张着嘴发不出声儿来。

车门打开了,一个四十几岁惊魂未定的女人捂着胸口走了出来。林珊朝着她招手,哭喊道:"救命!救救我!"

女司机颤声问她怎么回事,她指着朱亚光哭着说:"他要杀了我的孩子!他要杀了我的孩子!"

就在朱亚光目瞪口呆地看着眼前发生的一切时,那位女司机已经报了警。

朱亚光万万没有想到这件事闹到了有警察介入,有了警察介入,林珊变得理直气壮了,而朱亚光唯唯诺诺,老老实实,他不敢再把事情扩大了,向警察作了保证,保证以后善待自己的女朋友。他憋了一肚子的火气,一出警察局就对林珊吼了起来:"你够狠的!简直就是敲诈!"

林珊嘤嘤地哭了起来,此时她又变得柔顺无助,低泣着说:"我只想留下这个孩子,你为什么逼我做掉?我一个可怜的女人!你明明有能力,却为什么不要自己的骨肉呢?亚光,我求求你,求求你了!"

朱亚光一路沉默不语,直到分手的时候才问林珊:"你一定要生下这个孩子吗?林珊,只要你放弃这个孩子,我,我甚至把房子给你都可以。"

林珊看了他一眼,心想放弃这个孩子就等于让朱亚光彻底摆脱了她,没这么便宜的事!她坚决地说:"我不要钱,也不要房子,就要这个孩子!"

凭向林珊的狠劲,如果对她不闻不问的话,她很可能再找警察干预。朱亚光每想到这一点,心中就窝得十分难受。后来又有几次和林珊沟通,都没有达到希望的结果,朱亚光是个要面子的人,他不敢把事情闹大,几番思考之后,他不得不作了一个"自残"的决定,他彻底放弃了自己的幸福,向顾安仪道出了实情。

顾安仪就在当天离开了朱亚光,后来朱亚光成了那家意大利人开的酒吧的常客,希望能在那里见到顾安仪,可是他的希望落空的时候多。和赖素心一直都有联系,向她问问安仪的情况,素心说"她很好",朱亚光听后不知是该高兴还是该悲哀,心情复杂,情绪低落。

他依旧去那家酒吧,每天都带着复杂的心情在临窗的位子向外张望,这一切已经成了习惯。星期六的那天傍晚,他正准备失望而去,像以往的日子一样,窗外的一幅情景出其不意地闯入了他的眼帘。

一个光头的男人正站在顾安仪面前比比划划地说着什么,顾安仪从天而降,令他欣喜不已。

他密切注视着他们的一举一动。

他看得出他们谈得不是很愉快,顾安仪想摆脱那个男人,可那个男人还在纠缠,并且有了拉扯的动作。他不顾一切地冲了出去。

钟家浩冷不防被侧面袭击,一个趔趄后退了好几步,停下来看清眼前的朱亚光时愤怒地冲了上来。

顾安仪见两个男人在自己面前厮打起来,泪水"哗"地涌了出来。

朱亚光瞥见顾安仪哭了,住了手,可钟家浩不管,又重重的两拳打在朱亚光脸上。朱亚光的脸上出了血,她大叫地拉住钟家浩要他住手,这时有路人说要报警,钟家浩才住了手,丢下两个人扬长而去。

顾安仪哭着递给朱亚光纸巾,朱亚光转过身去擦干脸上的血,左眼灼痛难忍,很难睁开。他忍着痛回过身对安仪说:"你为什么去招惹这种人?"

他明显责怪的语气惹恼了顾安仪,她怨恨地看了一眼朱亚光,哭着跑进了公寓楼。

朱亚光这副样子回到家时吓坏了向林珊。

"你怎么了？"她看出是被人打伤的，可想不出朱亚光这种人怎么会去和别人打架，"你快躺下，上楼躺下。"

向林珊说着开冰箱拿出一盒小冰块，麻利地倒进食品袋，上楼去给朱亚光冷敷。

"你……"她望着他痛苦又愤怒的表情，欲言又止。轻轻地将冰袋放在他紧闭的眼睛上。朱亚光感到脸部的痛苦减轻了一些，可心里的痛苦向林珊却无能为力。他忘不了顾安仪转身时那怨恨的眼神。

自从向林珊刚搬进来和朱亚光吵过那一次后，两个人真就和平共处地生活了，林珊很满意，她尽力克服了自己的懒散，和朱亚光过日子。朱亚光却只安慰自己是在陪着向林珊的肚子生活，再不情愿，那也是他的孩子，随着林珊肚子一天天地大了起来，他竟然也陪出了些感觉，一种做父亲的感觉和对向林珊的关心。见林珊每天晚饭后都挺着肚子把厨房收拾一遍，他说："你以后别干这种活儿，我每周收拾一次就行了。你多休息吧。"

"没事的，我现在多活动活动有好处的。"

"想活动可以到花园里散散步，那样安全些。"

他迟来的关心让向林珊终于有了幸福的感觉。

有时候他也陪着她在自家的花园里散步，林珊总是主动牵着他的手，半靠在他身上，像别的幸福的夫妻一样。只是这幸福没有旁人见证。

"哎呀。"正走着的时候林珊突然叫了一声。

"怎么了？"

"宝宝又在动了！你摸。"

朱亚光的掌心下，一个细弱的小拳头，他心头一动，抱住了林珊的双肩。

晚上乘朱亚光空闲的时候林珊拿着一张纸和笔坐到他身边说："亚光，我们该准备些宝宝用的东西了。"

前些天朱亚光把林珊带回来的教会姐妹给婴儿的旧衣服统统扔进了储藏室，听林珊这样说，不由自主瞥了一眼她的肚子："好的，你平时没事就去买吧，我周末才能陪你去。"他说着把钱包里仅有的一百多欧元现金给了林珊,并说明天再去取钱。林珊拿了钱,口中却说:"我等你一起去。"

"你说该准备些什么呢?"林珊一边在纸上画着奶瓶,一边问亚光。

"这些你考虑吧,需要什么就去买。哦,对了,医生吩咐要准备什么了吗?"

"还没说呢。下次去的时候问问吧。"

如今,朱亚光也陪着林珊定期到医院检查,林珊对生活满意极了,这孩子真的如她所愿,给她带来了好运。

星期六的时候,赖素心约了顾安仪一起逛街,去给安妮买衣服。

俩人在约定的地方见了面,见赖素心一个人来的,顾安仪不解地问:"你不带着安妮来试试,能给她买到合适的衣服?"

"你不知道呀,带她出来很麻烦的,她喜欢在街上玩,一进到店里就闹着出去,让她试衣服也不配合。"

安仪笑笑。

两个人走上步行街,挨家逛起了童装店。安仪第一次这么细致地逛童装店,忍不住对各式各样的童装赞不绝口,每一件都是那么漂亮,那么可爱。这件,那件,一个劲地劝素心给安妮买,素心笑着说:"不好了,这一次要超支了。"

"超支也值得,女儿穿上多漂亮啊。你拿不了我帮你拿。"

当素心在ZARA的童装部交款时,安仪等在一旁东张西望。突然,在一起甜蜜购物的朱亚光和向林珊进入她的眼帘。就在这一刻,朱亚光也见到了她,安仪的脸"唰"地白了,转身朝店外走。

"安仪!安仪!"向林珊也见到了她,朝着她的背影喊了两声。

顾安仪紧咬着嘴唇加快脚步逃出了店。

顾安仪很想能坦然地、微笑着站在他们面前,祝贺他们喜得贵子,问问他们的孩子什么时候出生,甚至她还可以买套小衣服送给他们,可是她做不到,此刻她满眼泪水。

赖素心也被林珊的叫声惊动了,惊愕地看了朱亚光和向林珊一眼,匆匆招呼了一声,装起买好的衣物追安仪而去。

"你为什么要喊她？何必要让她难堪！"朱亚光生气地质问林珊。

"我不是这个意思！我，只是想很久不见了，打个招呼……"林珊说到最后，声音弱了下去。

朱亚光没了兴致，林珊在一旁陪着小心。没多久，朱亚光要回家，林珊还没尽兴。

"我们刚买了几件宝宝衣服，用的东西还没买呢。喏，前面那条街上就有一家药店，我们到那儿去买些奶瓶、奶嘴什么的，药店里卖的婴儿用品品质最好了。"林珊拽着朱亚光就往前走。

"我不去了，要去以后你自己去！"

"你这是什么意思？说好了今天要买的。"

"不想去！"朱亚光说着朝停车的地方走。

"亚光！你这是干吗！不就是因为看见她了吗？看见了又怎样？你现在已经和她没关系了。"

"闭嘴！"

"朱亚光！我说错了吗？你现在去找找她看，看她还理你？"

朱亚光停了脚步怨恨地看了她一眼。

"好了，亚光，"林珊温柔地挽起他的胳膊，"我们现在有了宝宝，一切都为了宝宝，好不好？"

朱亚光想起那天在顾安仪家门口和人打架的事，他受了伤，她却没有一句关心的话，可见她恨他有多深。唉，他暗自叹息着，陪林珊朝药店走去。

向林珊紧紧挽着朱亚光的手臂，得意之余也思索着如何进一步笼络住朱亚光的心，卡勒姆城这么小，他和顾安仪免不了碰面，他们每碰一次面，就是对她的一份威胁。她忽然想起了刚才和他匆匆招呼了一声的女人。

"亚光，刚在店里和你招呼的人是谁啊？"

"同事。"

"没听你说过啊。叫什么名字？"

"你问这干吗！"

"哪天请她来家里玩吧。"

"为什么？"

"不为什么，请同事来家里玩玩不是很平常的事吗？"

"没必要。"

"她家住哪儿？"

"不清楚！"朱亚光的语气一直淡淡的，引得向林珊非常不满。

她斜睨了他一眼，嗔怪道："看你！干吗跟我这个态度？我哪句话说得不对啊？有点不痛快就朝我摆脸色，我知道你瞧不起我，我不配结识你那些同事，可你别太没良心了啊，孩子都要给你生了，你还是不拿我当回事！再说，又不是我非缠着要跟你过的，是你要我过来的……"

"行了！行了！"朱亚光烦躁地打断了她。

向林珊"哼"了一声，心中十分不甘，见朱亚光脸色阴沉也不敢太过激怒他，俩人情绪都低落了下来，挑选婴儿用品时林珊不停地问"这个怎么样？""那个呢？"朱亚光皱着眉说："有什么好挑的！都一样！"

"那好吧！"林珊不再挑剔，照着写好的单子买齐了东西回家。

朱亚光的闷闷不乐让向林珊十分不安，她难得的幸福必须捧在手心里小心翼翼地呵护着。

顾安仪逃出服装店，仍旧脚步匆匆向前走，不辨方向，心沉浸在委屈的泪水里。素心跑步跟上了她，抓住她的手臂低声地说："安仪，我们不到那边去。"

顾安仪这才停下脚步，嘴唇咬出了一道痕迹，她不愿让素心看到她眼里的泪水，低头说："对不起，素心。""哎呀，说什么对不起！我已经买好了，不如我们去广场那边坐坐，好不好？"安仪站在那里踟蹰，素心挽住她的手臂，温柔地说："走吧，去坐坐，歇一歇。刚才走了许多路呢。"

安仪和素心在广场边的长椅上坐了下来。

广场上的人，有悠闲观赏建筑的，有急匆匆路过的。一年一度的啤酒节刚刚结束，工人们正在拆除啤酒节期间搭建起来的临时舞台、啤酒屋和一个巨大的木质啤酒桶。

安仪感慨地说："我来卡勒姆三年了，这样的场景已经看过三次了。"素心应道："是啊，举办啤酒节已经有几十年的历史了，每一年形式、内容都一样，丝毫没有变化，而市民们却依然热情高涨、乐此不疲。"

"这是一种心态。"安仪说，同时努力安抚自己放平心态，她问素心是不是每一年的啤酒节都会来广场参与其中的一两项活动，素心说："艾默生常来，我嘛，只来过两次。嘿嘿，女人对这类活动总是兴趣不大。"说完素心马上自己否定了自己，"也不对，这里的女人对啤酒也是非常喜欢的。"

两个人心照不宣地不提刚才发生的事情，闲聊着，顾安仪的心情渐渐开朗。

"安仪！"

听到有人叫自己，顾安仪吃了一惊，扭身过去看，戴着大太阳镜，依旧剃着闪亮光头的钟家浩走了过来。他身穿一件白色圆领T恤，下面一条五彩条纹短裤，脚下踩一双人字形拖鞋。顾安仪懊丧不已，心想今天真是倒霉到家了，不想见的人都见到了。

钟家浩每次见到顾安仪都发自内心地愉快。

自从在顾安仪家楼下和朱亚光打了一架后，他已经弄清楚了顾安仪、朱亚光和向林珊之间的事情，感叹着自己的聪明，向林珊果然是个要不得的女人，竟然抢了顾安仪的男朋友，替顾安仪鸣不平，既而心中又有些许快意，想当初顾安仪几次三番拒绝自己，高傲、绝情，如今她也有今天！快感从鼻腔中发出，变成重重的一声冷笑，倏地，他想让顾安仪后悔，后悔她自己有眼无珠，现在他已是今非昔比了。

钟家浩思想里的今非昔比就是他如今已经标致换宝马了。

钟家浩在向林珊离开他后，并没有固定女朋友，交往的女孩子越多，他越觉得顾安仪朴素得可爱。虽然对女人不认真，但他对工作还是非常认真的，钟家浩很能干，肯吃苦，脑子灵活，装修公司活儿不多的时候，他自己找私活干，收入不菲。半年前，他买了一辆宝马。很快，作为卡勒姆城唯一一位开宝马的中国人，钟家浩名声大振，带给了他前所未有的飘飘然的感觉。买回宝马的第一天，他不知怎么就想到了顾安仪，想到了顾安仪身边的男人，心中不舒服，鄙夷地从鼻子里哼了两声——一个整天坐在办公室里的男人有什么出息！

"安仪，你好！好久不见了，怎么样？"钟家浩说着，目光不时地打量赖素心，希望安仪能给他介绍一下。

顾安仪有些慌乱，从长凳上站起身，对钟家浩说："我还好。还有点别的事，以后再聊啊。"

"哎……"钟家浩还想说什么，安仪已经拉着赖素心走了。

直到走到了顾安仪住的那条街，她们才放缓了脚步。

赖素心有些气喘吁吁了，长出了口气问顾安仪："那人是谁呀？让你这样避之唯恐不及。"

顾安仪扭头向后看了一眼，说："去我家歇一会儿吧，跟你慢慢说。"

坐在自己的小公寓里，顾安仪很有一种想哭的冲动。对钟家浩，她没有什么可说的，可是那两个人看上去很幸福的样子，让她心痛得仿佛要窒息了。

赖素心握着她的手，充满怜爱地说："你想说什么就说，想哭就哭出来吧，然后就把一切都忘了。我们都在这个小圈子里，以后见面的机会会很多，你不能总是这样逃避。"

顾安仪的眼泪簌簌地掉了下来。赖素心没有去安慰她，任由着她发泄，耐心地等着她停下来。

赖素心说过："泪水尽了，就是新生。"

顾安仪平静下来的时候，满心歉意。

赖素心一挽她的胳膊说："去我家吧。艾默生准备好了我们的晚饭。"

顾安仪不肯去："下次吧，我现在这个样子……"

"怕什么！又没别人。"

素心拖着安仪去了，一进家门发现，果真有别人。

邓星宇正端坐在她家的客厅里。

赖素心一阵惊喜，高兴地欢迎客人；顾安仪可是心里悔得要命，她这双红肿的眼睛让她感到十分难为情。她和邓星宇才认识不久。

顾安仪在和朱亚光分手后，常常被赖素心和艾默生拉去打网球。艾默生每周都去，赖素心带着孩子陪着。

她和邓星宇就是在网球场上认识的。邓星宇和朱亚光没有任何相似之处，从外表到性格。也许不应该这么比较，可顾安仪忍不住要比较。邓星宇身材不高，一米七五左右，因为坚持锻炼，看上去格外结实健壮。他皮肤偏黑，性格直爽，不像朱亚光那么文弱。现在一家银行上班。

邓星宇追顾安仪的原因很简单,他三十岁了,想找个女朋友结婚,有自己的一个家。和顾安仪接触了几次之后,发觉她是一个沉稳的女孩子,不张扬,不攀比,有自己的事情做,现在读博士,毕业后工作也不愁,两个人工作维持一个家,将会是一份幸福无比的生活。

顾安仪对邓星宇的追求不鼓励,不拒绝。有时让邓星宇感到莫名其妙。见顾安仪和艾默生一家很亲近,他偶尔向艾默生抱怨,艾默生鼓励他说:"安仪绝对是个好女孩,你放弃了会后悔的,现在她情绪不好,暂时的。"

邓星宇沉思不语。

向林珊每星期五晚上的查经班学习一直没有间断。每次林珊都是坐了三站公共汽车去,现在肚子越来越大,朱亚光提议她不要参加了,林珊却说:"我平时一天一天的都一个人闷在家里,一个星期只有这么一次和别人接触的机会,你不让我去我会闷出病来的。"

"我不放心你现在这个样子。"

"要不你接送我吧,好吗?一星期就辛苦你这么一次嘛,我平时都没麻烦过你。"

"好吧。"

两个人说定从这个星期五开始,晚饭后朱亚光把林珊送过去,晚上十点半的时候再去接她。

定好之后,朱亚光说:"以后周五晚上的时间就被你占去了。"林珊亲昵地靠着他说:"为了你儿子,你有什么不情愿的。亚光,你现在对我真好。"

朱亚光看着林珊,觉得这个女人也有可爱之处,每天挺着肚子做饭,收拾家,就连花园里的活能干的也干了,也许这就是他的命,他该认命。想到这里他轻轻揽住了她。

"亚光,你抱抱我。"林珊倒在他怀里撒娇。

朱亚光俯在她耳边轻声说:"抱出感觉来怎么办?你现在这样又不能做。"

"我帮你嘛。"林珊说着右手在他的腰间摸索起来。

朱亚光突然推开她,起身便上楼。

"哎……"林珊感到莫名其妙。

林珊这么一主动让朱亚光想起了往事,那一夜林珊就是这么主动地勾引了他,还有她以前的生活……他躺在床上痛苦地闭上了眼睛——难道真的就为了一个孩子牺牲自己的幸福吗?他可以不认这个孩子吗?或者可以只要孩子不要林珊这个人吗?安仪还能和他破镜重圆吗?她怎么看这个孩子呢?他现在这么做值吗?值得吗?

耳边是林珊上楼来的声音。进了卧室,坐在了他的床边。他依旧一动不动。

忽然林珊痛苦地"哎哟"一声。他睁开眼见林珊抱着肚子佝偻着身子,脸痛苦得扭曲着。

他猛地坐起身:"怎么了?"

"肚子疼。"林珊无力地说。

"啊!要不要去医院?"朱亚光慌得下了床。

林珊保持着那个姿势不敢动。

"到车里去。"他弯腰想抱她被她制止了。

过了一会儿,林珊又"哎哟哎哟"地叫了几声,渐渐坐直了身子,长出了一口气:"哎哟,好了,不疼了,刚才真是疼死我了。"

"怎么回事?"

"不知道。突然疼了起来。"林珊说着要起身。

"你坐着别乱动啊。"

"我去厕所看看有没有出血。"

朱亚光陪着她,替她擦了擦下体,纸上干干净净的:"没有。应该没事吧?应该没事。"

林珊这才放了心。"亚光,刚才吓死我了,那一瞬间我以为这孩子要没了呢。"朱亚光心想孩子要是没了就好了,见林珊眼中泪光闪闪,不由觉得自己很卑鄙,愧对了自己的孩子,心里暗暗骂了自己一回。安慰林珊说:"别担心,也许你不小心扭到哪儿了,下次去检查时跟医生说说这种情况。"

星期五晚上十点半的时候朱亚光准时等在了那家泰国餐馆的对面,那扇黑漆漆的大门关闭着。他无聊地拍着方向盘,他知道这种聚会从没准时结束过，决定十分钟后不见林珊出来就给她打电话。就在这时，门开了，有人从里面出来了。

聚会散了！朱亚光发动了车，想掉个头停到餐馆门口去，他看了看路面情况想拐弯，见迎面走来两个人，他停了下来，准备等这两个人过去后他再开出来。

这两个人越走越近，到了他车前时他才看清，那个女的是顾安仪，那个男的，似乎也在哪里见过，他的心一下子乱了。

他痴痴地看着他们的背影，在街的尽头向右拐去，那是顾安仪家的方向。他不由自主地开着车缓缓地跟了过去，在安仪的那条街上停了下来。看着他们在安仪的公寓前停下。朱亚光就在不远处的车里看着他们说话，感觉时间过去了许久，直到安仪进去了，那个男人又继续向前走去，他才回过神来，掉转车头，回去接向林珊。

餐馆的大门重又闭上，人已经走光了。

"林珊，你在哪儿？"他打通了林珊的电话。

"我在公共汽车站。""你等在那里吧，我马上就到。"

几分钟后，林珊沉着脸上了车，朱亚光勉强说："对不起，出来晚了。"

林珊一言不发坐在旁边，朱亚光见她还在不高兴，也无心哄她，他自己的心里还难受呢。

临睡的时候林珊忍不住哭泣起来，朱亚光听了心烦地说："我不过是晚到一会儿，你就这么没完没了的，有意思吗？"

"你是晚到了吗？你别以为我什么都没看到，人家在街上一过，就把你的魂勾走了，你说，你当我是什么？我每天什么都做，什么都依顺着你，只求能留住这份安定的生活，只求你能接受我，这要求过分吗？可你呢？你对我好坏全凭你心情，我忍了多少委屈你知道吗？"

"你还觉着委屈？不是因为你我现在何至于这样！"

"你觉得我毁了你的幸福是吗？"林珊越想心里越委屈，痛哭了一场后说，"不是我逼你，今天你必须给我一个说法，我们什么时候结婚？生之前还是之后？"

朱亚光心头一惊，他一直自欺欺人地不愿意考虑和林珊的未来，看来今晚他不得不面对这个问题了。

他沉默着。林珊不知道他在想些什么，但是她明白他沉默的时间越长，她的希望就越渺茫。在不安的等待中，她听见朱亚光说："我不想结婚。"

果真是这样的结果！向林珊掩面而泣。

朱亚光起身走出了房间。他不知道该如何安慰她，却十分清楚自己的内心，他绝没有可能和她结婚的，在他心里那个位置是属于顾安仪的。和林珊能维持多久他都不能确定，他只等着孩子的出生，他很奇怪林珊怎么看不明白这一切，还做着和他结婚的梦，既然这样他也没办法，还是让林珊自己慢慢想通吧。

下一次查经班学习的时候，朱亚光按时接送了向林珊。回家的路上，林珊说："玛丽安问明天可不可以来我们家玩。"

"来吧，"朱亚光说，"她有什么事儿吗？"

"没有什么事，她说她没来过我们家，想过来看看。"

朱亚光答应后，向林珊给玛丽安打了电话，两个人约好第二天上午十点钟在林珊家里见。

挂断电话，林珊笑着说："玛丽安真急，想九点钟就来，我担心那么早影响你睡觉，告诉她十点再来。"

"这倒没关系，几点来都可以。"

到家后不久，朱亚光的手机便响了起来。他看了看号码，拿着手机到厨房里去接听。林珊顿时警觉起来，她在门口大体听明白了他在和电话里的人商量一件事，忽然有一句话闯进了她的耳朵，在她听来特别清楚，他问："安仪去吗？"林珊一下呆住了。

朱亚光从厨房里出来就跟林珊说明天一早去办公室。

"可是明天我朋友要来啊。"

"你的朋友你接待，我明天真有事。我争取中午之前回来，带你们去吃饭。"

林珊不好再说什么，但心情却再也平静不下来——难道他和顾安仪又交往起来了？那她该怎么办？她下意识地将双手放到肚子上，今晚这孩子特别安静，她忽然悲哀起来，这孩子能否承载得了她全部的希望？

第十章　玛丽安得了抑郁症

第二天吃了早饭朱亚光就走了,向林珊忧心忡忡地等着玛丽安的到来。

玛丽安准时到了林珊家。林珊见她脸上虽化了淡妆,但衣着却不像她参加各种宗教活动时那么考究,不过也没有关系,林珊无论什么时候见到她都觉得很亲切。

"琳达,你的家不错。"玛丽安环顾着客厅说。林珊很高兴,她想一定要将这里变成不折不扣的自己的家,请玛丽安落座后,林珊端出了玛丽安喜欢喝的中国茶。玛丽安喜欢中国茶,全是因为林珊的缘故。林珊和玛丽安刚刚交往的时候,总是把茶当做她们间的主要话题,后来玛丽安喝了几次正宗的中国茶后,再也不喝利普顿袋泡茶了,当初林珊和何飞从国内带来的茶叶也大都给了玛丽安。

玛丽安喝了几口茶后,忽然哭了起来。林珊万分诧异:"你怎么了,玛丽安?"

"琳达,我病了,很严重的病。"说着她从自己的包里拿出三盒药,翻了翻后,又拿出两个玻璃瓶,"你看,我每天都要吃这么多的药。"

"上次我在你家的时候你已经好了啊。"

"这次检查出是糖尿病,琳达,你知道吗,这种病很难治好的。"

"别担心,平时多注意会控制住的,尤其是吃东西的时候要小心。"

"琳达,我要看一会儿书了,你能不能别和我说话了?"没等林珊答应,她便从包里拿出了圣经,走到餐桌旁坐了下来。

向林珊坐在沙发里看着她的侧身,她一翻开书便全身心沉浸到书里,外面的一切都不存在了,包括林珊。林珊很不理解玛丽安的行为,来到了她的家不聊天说话却看起书来。她就这么一直坐在一旁看着她,直到看到她再次抽泣起来。

林珊赶忙走过去握住她的手,关切地问:"哪里不舒服吗?"

玛丽安哭着说:"他回了印度,知道我病得很严重还是走了,拉兹!"

林珊近距离凝望着玛丽安的脸,憔悴、忧心是妆容难以掩盖的,如同一朵衰败的兰花,又皱又蔫,林珊心里一抖,衰老真的很可怕。

"玛丽安,我要是你就离婚。"

玛丽安惊惶地抬起头:"离婚?我能吗?不。"

林珊缓缓地在玛丽安身边坐了下来,心里仍然对拉兹不服:"有什么不可能!他这样对待你。"

"琳达,你不知道,拉兹即使留下来也不会照顾我,他从来不会照顾别人,不是不想,是不会,你知道吗?哦,我们还是不要在背后抱怨自己的丈夫。"

林珊无奈地摇摇头。

朱亚光在十一点半左右回到家时,玛丽安和林珊正心平气和地聊得起劲。朱亚光提议出去吃中午饭,玛丽安不肯,林珊觉得玛丽安是在和他们客气,诚心劝说,最终玛丽安答应了下来。

朱亚光和林珊商量好去哪家餐馆,正准备上车的时候玛丽安突然改变了主意。

"琳达,我想回家去,我走了。"

林珊一愣:"刚说好一起去吃饭的。"

朱亚光在一旁也说:"已经是中午时间了,一起去吧。"

"不去了。"玛丽安十分坚决地向自己停车的地方走去。林珊不由自主地跟了过去,玛丽安打开车门的时候,泪流满面:"琳达,星期一早上陪我去看医生好不好?"

林珊见此情形赶忙答应了。

"我会来接你的,你在家里等我。"玛丽安说。

林珊忙不迭地点头,希望她的眼泪别再流了。

最近这段时间里玛丽安经常感到难过，经常默默地垂泪、哭泣。生活中没有什么可以让她提起兴趣，她的话越来越少，长时间地沉默着，家里总是她一个人，根本用不着讲话。前几年，独自在家的时候她还可以读《圣经》排遣寂寞，现在也没了这份兴致，每周照例有几个教会的活动，她去参加，但极少讲话，她觉得没有说话的必要。

拉兹还在印度，玛丽安很希望他回来，写信去催，一封又一封，拉兹偶尔会给她回信。心情好的时候会哄上玛丽安几句，说自己也很想念她，但是还不能马上回去，要她好好照顾自己。这时候玛丽安会很感动，感动得哭泣。拉兹心情不好的时候就会责怪玛丽安："你这个烦人的女人！我看你该去看看心理医生了！"大多数情况下，拉兹的心情都不好。玛丽安收到的好几封信里拉兹都提到了心理医生，她不觉发起呆来："真的需要心理医生吗？"每次一有这样的念头她马上就会否定自己："不会的，我心里的难过上帝知道，他会帮助我的。"她开始虔诚地、频繁地祷告，可是她却说不出自己难过的原因。日复一日，一天她站在自家二楼的窗前向下面看时禁不住想：如果从这里跳下去会怎样呢？这个念头一出吓了她自己一跳。玛丽安决定去看心理医生，林珊陪她去。

医生给她诊断为轻度的抑郁症，给她制订了一套康复计划，得知玛丽安一个人生活的时候，医生希望她能够有人陪伴。玛丽安看着林珊，林珊马上明白了她的意思，低声说："我——我要和我男朋友商量一下。"

朱亚光在电话里反对玛丽安来家里住，林珊也不再坚持，可碰到玛丽安求救眼神时拒绝的话却说不出口，搪塞道："他在开会，我晚上再和他商量。"可她心里明白，这样说无非是拖延时间，对朱亚光的改变不抱任何希望。

从医院回来后玛丽安就一直在林珊家里，直到朱亚光下班。玛丽安起身告辞，明显地带着不舍。走到门口的时候，她突然问朱亚光："我身体不好，可不可以住在你家里几天？我不愿一个人住，一想到一个人生活会令我很紧张。"

朱亚光显得有些踟蹰，又不好意思拒绝一个老人，何况她说了她有病，他只得勉强点了点头。

玛丽安走了，说是回家收拾些衣物、用品。

林珊心头一阵轻松，又忽然想起了什么，问朱亚光："你上午干什么去了？"

"办公室啊，不是说过了吗？"

"真的？"

朱亚光白了她一眼，没说话。

"看你也挺有同情心的，像是个好人，怎么对我就没有那么好呢？"

"你最好不要跟我说这种话！对了，你朋友要来住，你打算怎么安置她？"

"还要怎么安置？给她一间房子住就可以了，这又不算什么事！我倒是有件事要和你商量，我们该给孩子取个名字了，你想好了没有？"

"没有。"

"我想好了一个，叫丹尼尔怎么样？"

"不行！最烦中国人取个外国名字。"

"取外国名字怎么了？好记！入乡随俗嘛。一个中文名，一个英文名，中文名你起吧，我就叫他丹尼尔了。"

玛丽安住在林珊家后，朱亚光倒有了不少自由空间，因为林珊晚上得陪着玛丽安。

一天晚上，朱亚光在 MSN 上挂着，见赖素心上了线，打了招呼，两个人闲聊了几句工作上的事，朱亚光急转话题问道："安仪怎么样？"

"非常好啊。"

他盯着屏幕上这几个字良久，带着破釜沉舟的决心问出了心里最想问的那句："有男朋友没？"

赖素心打出一个笑脸，说："师兄啊，不用这么关心她啦，过好你自己的生活吧。"

"没有她怎么会好？"

"呵呵，既如此何必当初。"

朱亚光心中一痛，深深的遗憾和无奈蔓延开来。

忽然门"嘭"的一声开了，向林珊气冲冲地进来，坐在朱亚光身边说："没见过这样的，住在我家里还跟我发脾气，真想赶她走！"

"怎么了？"

"玛丽安又不高兴了，本来聊天聊得好好的，说到了教会的一个姐妹，她怪我在背后议论别人，好像我这个人多坏似的，话题是她提起的嘛！气死我了！"

"好了，你别和她一般见识，医生不是说她精神不好吗，你和她计较什么，她也挺可怜的。"

"哟，你还挺有同情心的。你刚才和谁聊天呢？"

"一个同事。"

"同事？那你为什么关了记录啊？"

"不聊了，就关了呗。"

"胡说！你心里肯定有鬼，顾安仪也算你同事，你们还在联系是不是？"

"闭嘴！"

"朱亚光！你这样对得起孩子吗？"

"让你闭嘴呢！别没事找事！"

向林珊抱住朱亚光的手臂恳求地说："亚光，你不要这样对我好不好？等我生了孩子，我会好好带孩子，我也可以去找份工作，我们一家人好好生活，我现在没什么可求的，就是不希望过玛丽安那样的生活，我害怕，你不要抛弃我和孩子。"

朱亚光低垂着头，拍拍林珊的肩头："去看看玛丽安吧，她是个可怜的病人。"

玛丽安见林珊回来既高兴又有些难为情，不知所措地站在她面前，林珊看了眼桌子上的药盒说："你该吃药了。"

玛丽安赶忙回说："吃过了，刚刚吃过了。琳达，对不起。"

林珊笑着说没关系，坐下来问她："你刚才说给你丈夫打电话的，打过了？"

"打过了。他说如果我需要过两个月他就回来。"玛丽安欢快地说，仿佛明天就能见到拉兹。

林珊不以为然，她觉得这样的丈夫有与没有没有什么区别，想不通玛丽安怎么会像个孩子似的这么好哄。她把自己的想法说给朱亚光听，他却好久没作声，他的心还沉浸在和赖素心短短的几句对话里。

"既如此何必当初。"

是啊，何必当初！他早就后悔了，可是这后悔的事他却在一做再做，他不仅受了向林珊的诱惑，还将她接来和自己同住，陪着她一起等孩子出生，那孩子出世之后呢，他就和这个女人必然地联系在一起了。想到此他不由得一阵紧张，后背冒出一股冷气——他不知不觉中一直在受着身边这个女人的摆布，不是吗？

他转脸看着她，她在他面前常常显出很无助，一副没有未来的样子。朱亚光坐起了身，迎着向林珊的眼神说："我想跟你说清楚，我们不可能在一起，不管有没有这个孩子。我这辈子也不会再结婚。"

林珊脑子飞快地转着："亚光，为什么说这种话？"

"你不是催着要结婚吗？"

她叹口气说："知道你看不起我，我不过是想给孩子一个安定的家。既然如此，我走好了，我带着孩子自己过，你也可以不认这个孩子，我不强求。出了满月我可以去打工，我算过了，做两份工就能够维持我们的生活，到时候可以带着孩子去打工，这里的人都宽容，不会为难我一个单身母亲的。"

向林珊是想把孩子以后的生活说得惨点，让本来就心肠软的朱亚光不忍丢开他们母子不管。果然朱亚光听了皱皱眉，说了句"我也没说不管孩子啊"，便不再作声。向林珊心里却有了底，只要他答应管孩子就行！

医生给玛丽安的康复方案中，有一条是每天都到室外散步，在大自然中放松心情。这一天向林珊提议玛丽安去朱亚光的办公楼附近散步："那边有一片树林，环境很幽静。"

玛丽安开车带林珊来到朱亚光的办公区，这一处有六栋办公楼，被树林和玉米地包围着，大停车场的两侧各种植一排银杏树，树龄短，枝叶并不繁茂，零零落落的叶子黄绿相间挂在枝头。

两个人散步到朱亚光办公楼下时，向林珊称自己有些累了，让玛丽安独自到树林里去散步。看着玛丽安走远了，向林珊在大楼下的小径上缓缓踱着步子，之所以不陪着玛丽安，就是希望在这里能遇到顾安仪或那天在商场里遇到的那个女人，朱亚光说那个人也是他的同事。

不知在此地走了几个来回，她终于看到左前方有个身影越走越近，近了，才看清楚那人正是顾安仪，手里拿着一沓纸。向林珊暗暗给自己打气，绝不可浪费了这个难得的机会。于是她站在了大门口，顾安仪的必经之地。

见了安仪，她露出惊喜之色，热情地向前招呼着："安仪！好久没见了！我在这儿等亚光呢，你怎么样？工作忙吗？"

顾安仪淡淡地说："很忙。"说完欲离开。

"等等，安仪。好长时间没见了，真想你呢，再说几句话吧。真挺想你的，常想起我们以前一起逛街的日子，多好啊，无忧无虑的。现在我可不行了，你看，都八个月了，走一会儿就觉得很累，亚光也不让我乱动，现在我们家里就累他一个人，每天上班，回家后还得做饭，做家务，我跟他说等我生完了，就让他好好休息。唉！怀孕真辛苦，女人辛苦，男人也辛苦，亚光还想要再生一个呢。不过这种感觉也是很幸福的，等以后你怀孕了就知道了。"看着安仪脸上阴晴不定的表情，向林珊越说越起劲，"亚光可稀罕这个孩子了，现在还没出生呢，就喜欢成这样，等生下来还不知要宝贝成什么样儿呢，我都担心到时候他会把孩子宠坏了。"

顾安仪再也听不下去了，扭身跑进了大门。向林珊得意地扬起了头，朱亚光既然不想要她，她也不让他和顾安仪有重新和好的机会。她笑了，却发现玛丽安在不远处看着她。

顾安仪被朱亚光和向林珊的幸福气得头昏，疯狂地按着电梯的按钮。电梯缓缓地下到底层，"咚"的一声门开了，顾安仪一头进去和一个正出电梯的人撞了个满怀，那人说了句"对不起"，安仪低着头，见另一双腿欲跨出电梯门又退了回来。

"小安。"

顾安仪这才抬起头，朱亚光正惊喜地看着她。顾安仪的委屈倏地涌上心头，眼泪夺眶而出。

"出什么事了？啊？"朱亚光边问边试图拉开安仪掩面的手。

"放开我！"安仪挣扎着，可朱亚光却抓着她的手腕不肯放。他让电梯在三楼停下，拉着安仪进了301房间。这个房间是他们组的小会议室，不是开会的时间这里很少有人来。

"小安，你怎么会这样？出什么事了？"

"走开！朱亚光我已经躲得你们远远的了，为什么还要来羞辱我？"

"你说什么？"

安仪欲开门离开被朱亚光拦住："小安，知道你还恨我，可我也很无奈。"

"哼！是无奈还是无耻？朱亚光，放我出去吧，我不想和你纠缠，我还有事。"

"可我要你知道，我和那个女人在一起是很无奈的。"

安仪气得冷笑："朱亚光，我今天才算看清你，那个女人刚告诉我你们有多幸福，你就和我说这些？还在哄我？有这个必要吗？"

朱亚光愣住了："你——见到她了？怎么会？"

顾安仪出门后又转回了头，对着发呆的朱亚光说："以后你不要再向别人打听我，我怎么样你也管不着！"

朱亚光过了许久才回过神来，他下楼是要去图书馆的。

朱亚光家的晚饭气氛异常沉闷，尽管向林珊的心情十分舒畅，此时也只能闷头吃饭，偶尔发出的欢快眼神遇到朱亚光阴沉的脸便折了回来。而玛丽安在这种氛围下更加忧郁，她几乎吃不下饭。

后来还是朱亚光打破了眼前的沉寂，他问玛丽安去哪儿散步了？

"去你办公室的地方。"玛丽安说。

"哦？"朱亚光下意识看了向林珊一眼，"你们去树林里了吗？"

"我去了，琳达没去，她在和一个女孩说话。"

朱亚光什么都明白了，冷冷的目光盯住了林珊的脸。

向林珊心中一凉，等待着一场暴风雨的来临，同时心思急转地想着对策，可朱亚光却没有再说下去。此后整个晚上他没再和她说过一句话。

第二天，第三天依旧风平浪静。

向林珊心慌了。朱亚光知道她见顾安仪一事一定是顾安仪自己和他说的，她羞辱了她，她却到朱亚光那里诉苦，看来他们还有着非同寻常的关系！她向玛丽安要主意，玛丽安却说："男人发脾气的时候你要忍耐。"

向林珊很扫兴，关键的时候玛丽安真是没用。她越发觉得自己的前景不妙。也许，以后朱亚光会留下孩子而将她扫地出门？她开始后悔了，不该去找顾安仪逞一时的口舌之快，自己原想做个唯唯诺诺的小媳妇的，朱亚光心软，她越是弱势也就越安全。唉，全怪自己一时冲动，她寻思着怎样打破和朱亚光之间的僵持局面。

他们又继续无语相对两天后，玛丽安说："琳达，我要回自己家去了。"

"你一个人可以吗？"

"拉兹快回来了。"

"不是说两个月后回来吗？"

"我要提前回去。不然他回家后家里没人，他会不高兴的。"

"哦，随便你吧。"

林珊此时对玛丽安的事有些心不在焉，她得思考如何单独面对朱亚光的问题。

玛丽安走的当天晚上，向林珊决定包饺子吃，饺子是朱亚光最爱吃的。因为玛丽安吃不惯中餐，这段时间家里一直没做中餐，虽然做这一顿饭要耗尽她差不多一个下午的时间，加之她现在的身体状况，她很犯怵，但是她必须得找个和朱亚光和解的台阶。

朱亚光傍晚到家的时候，向林珊热腾腾的饺子也刚好出锅。朱亚光看到饺子的瞬间，脸上的惊异之色一闪，林珊乘机说："想吃饺子了吧？我们好久都没吃了。"

朱亚光坐下来吃着饺子，问林珊说："后天该检查去了吧？"

"嗯，上次医生说过，这次要搞个模拟训练，模拟生孩子时的情形，建议最好两个人都参加，好有思想准备，免得到时候慌了神，你去吗？"

朱亚光想了想，说："去吧。"

林珊很高兴，问："饺子好吃吗？"

朱亚光点点头。

这又是向林珊没想到的结果，朱亚光不追究反倒让她更觉不安。

第十一章　想要和你牵手

顾安仪遇到向林珊的当天下午情绪异常低落。佛劳伦和赖素心都不知她因何高兴不起来。弗劳伦甚至在她面前跳起了肚皮舞都没能博她一笑,他僵硬的动作倒是惹赖素心笑得前仰后合。

趁弗劳伦出去的当儿,赖素心问安仪到底怎么了?安仪才把经过给素心讲了一遍。

素心劝解她说:"你没有必要这么伤心,不是已经说过,要放下这些好好生活吗?"

"他欠我一个解释。"

"算了,安仪。事实就在眼前,什么样的解释都是多余的。"

可是她做不到心平气和地面对朱亚光的幸福生活。

放眼望向窗外,太阳正慢慢西沉,几片枯黄了的树叶在半空中寂寞地舞着。顾安仪盯着那几片叶子,向下飘着,飘着,不见了,天边一片暗红映入眼帘。太阳要没去了,可明天还会升起,周而复始,人就跟着它的脚步循环着过每一天,开心也好,伤心也罢,它不会为你增一分,少一秒。自己曾经说过了要放下,要活得开心。

"素心,有时候我会想,他到底是个什么样的人?他对我说过的话哪句是真,哪句是假?"

素心淡淡笑着说:"安仪,你不该总想这个问题,我要是你,我就想想邓星宇和我是不是来真的。"

顾安仪低垂了头。

"上次邓星宇送你回去怎么样？"

"没怎么样啊。"

"没聊什么？"

"没说什么，他好像也没什么话说。"

赖素心心里纳闷了，邓星宇不是说挺喜欢顾安仪的吗，怎么这个机会不好好把握？"那周末你还去不去打球？"

"去。"

最近这几次打球，邓星宇开始带着顾安仪打，这对增进两个人的友谊，加强两人的关系大有好处，渐渐地顾安仪也认识了邓星宇的几个朋友。

见到何飞，也是在邓星宇的一个朋友家里。

再次见到何飞，顾安仪非常高兴，何飞却不同，没有惊喜，倒似乎有些不情愿，敷衍着和顾安仪说了几句话便躲开了。

何飞还在那家餐馆里打工。"不上学了吗？"安仪问。

"上呢，不然怎么延续身份。"何飞说。当安仪问他在哪个学校时，何飞支支吾吾地不肯细说，只说现在学费很贵，自己不得不多打工，而打工多了又影响学习，该毕业毕不了业，"唉，安仪，有时候我都想，出国这一步是不是走错了。"

"嗨，既来之则安之。出来了就别后悔。"

何飞呵呵笑着，顾安仪还想安慰他，他已经和别人聊了起来，这个晚上，何飞一直没到她身边来，他们再没有说话的机会。顾安仪不由感念物是人非，一时勾起了伤心事，看别人说说笑笑的越发多了一份落寞，她跟邓星宇说不舒服，得先走一步。星宇陪着她离开了朋友家，在确定安仪并非身体不适后，才放下心来，问安仪是如何认识何飞的，何飞并不住在卡勒姆。安仪叹气说："认识他是我不幸的开始，也许我命中注定有这一劫。"

"嗨，说的哪里话！老气横秋的。"

这一晚邓星宇给了安仪很大的安慰，使得顾安仪开始认真对待和他的关系。

在赖素心一次次的劝导下，顾安仪主动给邓星宇打了电话，约他出来吃晚饭，然后俩人去看电影。

邓星宇大喜，心想这小姑奶奶今天终于开恩了！他特意冲了澡，吹了吹头发，让自己看上去更精神些，然后早早赶往约定的地点。

顾安仪将地点约在了市中心的酒吧一条街，邓星宇到了之后，在街口徘徊，等待，漫不经心地看着街的两侧。街两侧各种风格的酒吧里已陆续坐了人，更有三三两两来此休闲的人坐在露台，那里更热闹。音乐声渐渐响了起来，音乐也是多风格的，纷纷扰扰，让你心情难以平静。

邓星宇心想今天顾安仪的确不同寻常，约会选在这种地方实在不是她的风格。

果然顾安仪一到此地就皱紧了眉头，邓星宇问她想去哪一家？

"你是说在这里吃饭？"安仪诧异地看着他，"这里乱糟糟的，烦也烦死了，还吃什么饭！"

"嘿！是你定在这里的。"

"是我定的又怎么样？你能不能别总是指责我？"

"我没指责你的意思！我说的是事实。"

顾安仪气冲冲地抬腿就走，邓星宇追上去拉住她的手和她一起走了一段路。

"好好的出来吃顿饭，为什么要生气啊？"

顾安仪心想，也是啊，好好的出来吃顿饭，不能生气。她带着歉意看了邓星宇一眼。

星宇说："想好了去哪里吃饭了吗？一会儿还要去看电影，得抓紧点时间了。"

"我无所谓看不看电影，你呢？"

"我只要和你在一起就行，不管干什么。"

两人决定将看电影的事先扔到一边，先去悠悠闲闲地吃一顿西餐。俩人选了一家环境相当优雅的西餐厅。安仪点了一份海鲜套餐，邓星宇点了一份牛肉的。

吃饭的时候，安仪沉痛地说："我今天心情不好。"

"嗯，感觉到了，不然不会一见到我就发火。"

过了片刻，安仪下着决心说："我碰见我前男朋友了。"

"哦，要我做什么？打他一顿替你出气？你放心，一对一地打我不会吃亏。"

安仪瞪了他一眼。

俩人都不再说话，都有些没精打采。良久，邓星宇才低声地说："请你也顾及下我的感受。"

安仪深感歉意，望着他许久不知说什么好。

侍者走过来问两个人是否吃得满意，才把他们从消沉中拉起。

饭后邓星宇问安仪还想不想去看电影，安仪摇摇头，她特别喜欢在夜晚的街上散步，安静的小街和窗口透出的橘黄色的温暖灯光可以安抚人烦躁的心。

星宇说："安仪，想跟你商量一件事，下个月我爸妈过来探亲，想带你见见他们。"

"啊？我还是不见了吧。"安仪心里非常犹豫。

"是不好意思还是对我不满意？"

顾安仪很不满地看了一眼邓星宇，这个人有时候就是这么直接得让人讨厌。她甩掉他的手走到一边。星宇说："你什么想法就直说嘛，怎么？又不高兴了？"

安仪失望地说："你这个人！真是没一点情调。"难道他就不能说些别的吗？告诉她他是多么高兴带她去见他的父母，告诉她这对他有多重要，让她感觉到他对她的情意绵绵，他竟问她是不是对他不满意！可不是吗？就是对他不满意。安仪险些将自己的想法脱口而出。

星宇倒笑了，他说："什么叫情调啊？让我钻到你心里去猜你的心思？安仪，那样不是很累吗？是不是？两个人都累，再说有那工夫，我可以做一些别的让你更快乐的事。"

"说大话！你能做什么让我快乐？"

"安仪，"他走近她，真诚地说，"我的想法我可以直接告诉你。我认定了你，会和你相守一生，尽我的全部力量保护你，不让你受到伤害，要让你生活得安定、幸福。这就是我一直以来的想法。你也许认为这样的话不够浪漫，可却是我的全部真实情感。"

安仪的确觉得这话不够浪漫，没有年轻人的激情。

"我已经跟我父母讲过我们的事了,到时候你不见,他们也要见你的。"

"是因为他们要见我你才要求我去的?你到底是为了敷衍他们还是……"安仪终于忍不住了,可话还没说完就被星宇截住:"你理解错了,我当然特别希望你去见见他们,因为我对你的感情所以才跟他们说了这件事。唉,你为什么就不信我呢?"星宇说着说着着急起来。

"好了,这件事再说吧。"

"安仪,你还犹豫什么?"

"让我再想想吧,好吗?"

邓星宇非常伤心,他知道安仪还没有完全接受他,她的心还可以轻易被那个人影响,他感到泄气,甚至有些失魂落魄地走在安仪身边,不知不觉地,他们朝安仪的家走去。站到公寓门口邓星宇才恍然,他有些舍不得就这么分手:"我们再转转吧。"

"算了,既然到家了我就上去了,你也回去吧。"

"不行,我还舍不得呢。"他说着把安仪拉进怀里拥抱了一会儿,"去中心花园走走。"随后拥着安仪朝另一个方向走去。

安仪恨不得打他,早有这一刻柔情蜜意她之前也不会生气,他们之间还缺少默契,这让她感到十分遗憾。想到这里她幽幽地说:"邓星宇,如果这辈子真和你在一起,我会被你折磨死的。"

邓星宇吓了一跳,呆呆地看着安仪。按照安仪的话理解,他们之间是没有未来的了。

"你怎么这么说?我,我怎么会折磨你?"

"今天晚上,你已经在折磨我了。"

星宇沉默了,走了很长的一段路后,俩人在椅子上坐下。星宇说:"也许我们在一起真的不合适。"

安仪闻言吃了一惊,难道他将自己的一句气话当了真,要知难而退了?她心情复杂地等着他的下文。

"安仪,听说过'磨合'这个词吧?给我一个机会,也给你自己一个机会,如果你非要到此结束,你会损失很大,你将无缘享受我带给你的幸福生活。"

安仪"扑哧"笑出了声儿,她笑着,叹着,眼前这个男人,真让她无话可说。

顾安仪每天早上去办公室的时间都很早,这天刚出了电梯,就看见办公室门口放着一束花,是一束鲜红的玫瑰和几支满天星。鲜花中插着一张卡片,上面分别用中文和英文写着"送给顾安仪"。

安仪带着花进了办公室,临近中午的时候,她接到邓星宇打来的电话,问她收到花没有。

"一早来就看到了。谢谢。"

"嗯,为了去买这束花,我上班迟到了两个小时。"

"天啊!你何必要去买花呢?"

"我想也许这样会让你高兴些。"

"嗯,我很高兴。"

后来赖素心打趣地说:"你总是抱怨人家不够浪漫,你看看,现在人家在进步嘛。"

安仪笑着说:"送花,这种做法太老土了。"

"不能说是老土,只能说这种做法传统了些,不够有新意。"

邓星宇觉得女人比自己的老板还难对付:"还要有新意?"他瞪大眼睛问安仪。

安仪咯咯笑着,继续逗他说:"那当然了,否则怎么显出你的诚意呢?"

邓星宇想了一会儿,愁眉苦脸地说:"女人真是不可理喻,偏要些虚无缥缈的无用的东西!浪漫能当饭吃?"

"你为什么总是让我扫兴?总是这么气我?讨厌!走开!"安仪气得大叫,邓星宇没走开,她自己已跑到一边去了,他走过去揽住她的腰,低声抱歉地说:"我以后一定注意,说话之前先用用脑子,就像饭前便后要洗手一样,保证做到!你别生气了啊。"

安仪撅着嘴说:"你总这样气我,我以后再也不见你了。"

话虽如此说,第二天晚上两个人又见面了,而且是在医院里。

第二天晚上顾安仪一见到邓星宇就哭了。邓星宇见到顾安仪时心中也暗自一惊,一天不见,她的脸上、胳膊上都缠了纱带。

"怎么了？"他失声问道。顾安仪的泪顺着眼角淌了下来，他轻轻替她擦着。

　　这一天的大风是从夜里开始的，如此狂啸的大风实属罕见，上午的时候阵风还可以达到七八级的样子，人们纷纷议论这场多年不遇的大风。到中午时分，风势没有减弱，顾安仪和赖素心去学校的餐厅吃饭，事故就在去餐厅的路上发生了。

　　顾安仪被风刮倒的告示牌砸倒，脸和手被碎玻璃扎伤，走在她外侧的赖素心，被砸到了肩膀。顾安仪用一句话给邓星宇讲完了经过，星宇听得有些不可思议，怎么就这么巧呢？安慰安仪说："没关系，这点伤很快就会好的。"

　　安仪知道自己伤得不重，赖素心在医院检查完了就回家去了，她因为被砸倒，检查的项目多些，虽然有的检查结果还没有出来，但安仪不担心，唯一担心的是自己的脸，会不会留下疤痕？她还没照过镜子，不知伤了几处，只是能感到脸上有痛感的地方有好几处。

　　见她还在哭，星宇问："你觉得哪里特别难受吗？""没有。""那有什么好哭的，一会儿我去问问医生什么时候允许出院。"

　　"我想，我脸上的伤很可能会留下疤的。"

　　"哈哈，担心这个？没事儿，不会那么严重，即使有疤也大不了。"

　　"难道还要多大？有一点儿也难看死了。"

　　"别怕，即使真的有了，遮盖的办法很多，再说，我不觉得难看就行了。好好休息，别胡思乱想。"

　　安仪闭上眼睛，心里还是不好过，邓星宇是在安慰她，真的有疤谁知道他会怎么想呢。

　　两天后，顾安仪获准出院，为了使她脸上和手上的伤很快痊愈并不留疤痕，医生开了两种药膏，叮嘱安仪在不同的时间使用，基本可以保证不留疤痕。回家的路上，安仪手里紧握着这两支药膏。星宇见了笑了起来，说女孩子真臭美，就是在意一些表面的东西。安仪瞪着眼睛，星宇赶快讨饶，老老实实地开车。

　　安仪脸上的伤都很小，除了左脸颊有一条一厘米长的伤，这是最厉害的一条，当别的小伤都慢慢痊愈，消失无痕的时候，这处伤还在。安仪坚持抹药，每天照镜子观察它的变化，渐渐地，心中的忧虑越来越重——看来这处伤很难消褪了。

她常常为这条疤伤心，邓星宇却常常抚摸着这条疤，对安仪说："谁说没变化？还是有变化的，是小了，你看的是镜子里的，哪有我的眼睛看得清楚。"

"真的？我再照镜子看看。"

"算了算了，跟你说了镜子里的不准确，以我的眼睛为准。"顾安仪感动地抱住星宇的腰，哽咽着。眼前这个男人，少了许多花花绿绿的修饰，却让她感到了踏实，也许属于她的感情注定是这么平淡的，平淡却牢靠，朱亚光哄得她像个公主，却和别的女人生了孩子。想到此，她更加紧紧地抱着星宇。星宇笑了："你劲头真不小，做什么呀这是？"

安仪脸埋在他胸前说："怕你跑了，你跑了没人要我这个丑女人了。"

"嗨，其实呀，再美的女人看惯了也那么回事；再丑的女人习惯了也不丑了。"

听听，他就是这样，无论什么时候都讲大实话。安仪心里又有些疙瘩，他怎么就不能说："你不丑，你在我心中永远都是最美的。"都知道这是骗人的话，可听来舒服啊。唉，安仪不禁叹口气，暗自安慰自己说："也许只有这样的人才靠得住。"

被伤过的顾安仪现在对安全感看得比什么都重要。

第十二章　谁的儿子

向林珊住进医院的时候有些狼狈、有些艰难。一个即将生产的孕妇，拖着一个大包，痛苦地弯着腰来到护士面前，几个护士马上围在她身边，照顾她。

向林珊去医院很匆忙，她是自己叫了一辆出租车来的，当时朱亚光在开会，散会后他赶到医院，不停地给林珊打手机，才在迷宫一样的医院里找到了林珊的病房。

"你现在觉得怎么样？"一进病房门朱亚光就关切地问，孩子马上要生出来了，他内心充满了兴奋的期待。

"医生说还要等等，可我在家的时候很疼，我真的以为要生了呢。"

"我也以为马上要生了呢。"他说着坐下来握着林珊的手，"紧张吗？"

"你在这儿好一点。一个人在家的时候真害怕了，给你打电话你关机，我一下子就慌了，真在家里生了我可怎么办啊！"

"算了，来了也好，住在这里就安心了。"朱亚光说着打量起这间病房来，进门的左侧是个衣柜，右侧是卫生间和浴室，房间里除了一张床外，还有一个沙发，林珊说沙发拉开可以当床，电视、冰箱都有，俨然是一个五脏俱全的小家了。

"这里条件真不错。"他说。

"嗯，亚光，我想我住这样的房间到时候会有一些费用保险公司不给报销，你知道，我账上一直没有多少钱的。"

"这些你就别操心了，我出就是了。"

向林珊安心住了下来，第三天晚上的时候才顺利生下了一个男孩，整个生产过程不足一个小时，相当顺利，朱亚光一直陪在她身边，握着她的手，给她安慰和力量。她感动得直落泪，她觉得自己不是在受罪，简直是在享受天堂般的幸福。孩子生下来后医生、护士都向朱亚光和林珊表示祝贺，两个人也非常欣喜。向林珊没有特别疲劳的感觉，朱亚光心情激动，他很渴望着能抱抱那个肉乎乎的小生命。

　　医生将孩子处理好，穿上小衣服后放到林珊怀里，向林珊和朱亚光两个人一见到孩子不觉都目瞪口呆！

　　这孩子一头金黄的柔软卷发，大大的眼睛深眼窝，皮肤异常的白……

　　向林珊的脑子一片空白，她不敢看朱亚光，心里感到欲哭无泪，人一下子委靡下来。尼尔斯！尼尔斯让她再次心碎，她全心全意地爱过他，可他不但欺骗了她的感情，还毁了她的生活。这孩子为什么不是朱亚光的？为什么！她在心里呐喊着。

　　两个护士将向林珊和孩子送到了病房，并交代了一件又一件的事情，林珊强迫自己的脑子记住她们说的话，等护士离开后，房间里安静了下来，她才发现朱亚光不知什么时候不见了。

　　泪水无声地流，她感到心疼得要窒息了，唯一的希望落空了，眼前一片黑暗。

　　朱亚光不知道自己是怎样开车回家的，他脑袋里什么也没有，什么也没想地将自己放倒在沙发上，一切都空旷旷的，他也不知道自己是谁。

　　时间在黑暗中流失。

　　天亮的时候，朱亚光才找到他自己的感觉——愤怒！原来自己这几个月里是在养别人的孩子！越想越窝囊，越窝囊越觉愤怒！他快要爆发了，他抓过眼前的一只水杯向远处掷去，"哗啦"一声，水杯掷地有声，摔得粉碎。当他抓起第二个准备扔出去的时候，突然住了手，这种乳白色、杯体上画着kitty猫图案的陶瓷杯子还是顾安仪买的，当时觉得可爱，就买了两只。

　　想到顾安仪，朱亚光崩溃了，他拿起电话颤抖着手给顾安仪打了过去，一遍又一遍，拨着那个号码，终于听到了顾安仪冷冰冰的声音。

"真荒唐！小安，想得到吗？这真是一出闹剧，阴谋，哈哈哈……"朱亚光一阵狂笑，使得顾安仪紧张起来，她问："你说什么呢？"

"说我自己，地地道道的笨蛋，愚蠢，哈哈哈……"

朱亚光挂了电话。

顾安仪不放心起来，到了办公室后焦急不安地等着赖素心。

赖素心笑呵呵地一进门，顾安仪就将早上接到的这个莫名其妙的电话告诉了她。

"从没见过他这样，你说他不会有什么事吧？"顾安仪问。

赖素心仔细打量了她一番，问道："你想怎样？他若真的有什么事你会怎样？"

"我，我不会怎样。"安仪支吾地说，目光移向了别处。

"我可以去打听一下，你最好平常心。"

"我知道，我当然不会走回头路，那样对不起星宇。"

"不是对得起对不起星宇的问题，是如何面对自己的问题，感情很重要，理智更重要，人要学会自私，自私并不是坏事，也并不是对不起自己的另一半，就像我和艾默生，我们感情很好，都在为我们的家做共同的努力，可是我不会无原则地牺牲自己。"

素心的话让顾安仪的心渐渐平静了下来，他曾经那样伤害过她，她何苦还这么牵挂他呢？她收拾下自己的心情，准备开始工作。

向林珊一个人在医院里，精神恍惚，每次孩子哭时她都会像从梦中醒来一样，痴痴呆呆的，几分钟后才知道做什么，或者喂奶，或者换尿不湿。好在护士经常来指导，孩子的一切都正常。

向林珊再见到朱亚光是她出院的那天早上，她本已绝望的心因为他的到来又重生了新的期待，可又不敢对此抱太大希望。

"我去和院方办手续，你收拾下东西。"朱亚光冷冷地吩咐。

向林珊收拾东西，见到什么都装进包里，后来像想起了什么，又把包里的东西拿出来重新清理，她的心里太乱了，简单的东西都理不清楚。直到朱亚光办齐了手续回来，帮着她收拾，才整理好了两个包。

朱亚光拿着包，向林珊抱着孩子，她把孩子包裹得很严，两人默默地从医院出来，上了车，朱亚光始终没有看孩子一眼。

车子一开出医院的停车场，朱亚光就问："你打算去哪儿？"

向林珊一愣，随即明白了朱亚光的意思，泪水扑簌簌地落在包裹孩子的小毯子上。

朱亚光将车靠边停了下来，等着向林珊的答案。

"我没地方去。"她痛哭失声。

向林珊的哭声让朱亚光心烦意乱，他下车站到了大街边。

向林珊哭够了，哭累了，这一次她没能用眼泪泡软朱亚光的心，只得抱着孩子下了车。其实在医院的这几天里她已经在想这个问题了，孩子现在虽然给她带来了极大的麻烦，但她绝不会放弃这个孩子，她知道这里讲人权，要达到她长期居留此地的目的，一定得让这个孩子拖累她。

朱亚光见向林珊下了车，不知她意欲何为，迟疑地跟在后面问："你去哪儿？"

向林珊一声不吭，走到一条长椅旁，将孩子放在上面，拿出手机打起了电话。

在这件事上能帮她的，现在也只有玛丽安了。

四十分钟后，玛丽安到了。向林珊到朱亚光的车里拿上自己和孩子的两个包裹，上了玛丽安的车。她和朱亚光始终一句话也没说。

朱亚光目送着她们离去，从向林珊的表现来看，他们的关系就此完结了，意识到这一点之后，他心中五味杂陈，木然地开了车。

中午时分的马路上空荡荡的，他有些走神，竟错过了回家那条路的路口，只好掉转车头，走了一段回头路，可是生活中有多少回头路可以走呢？

朱亚光到家的时候，向林珊也到了玛丽安的家。玛丽安家房子大，房间多，给向林珊安排好房间后又要去准备一间婴儿房，林珊说："不用，孩子和我一个房间就可以了。"

玛丽安没有任何育儿经验向向林珊传授，向林珊白天黑夜的一个人摸索着带孩子，同时思索着以后怎么办。住在玛丽安家不过是权宜之计，也不能永远在她家白吃白喝，可还没等到向林珊想出办法来，玛丽安就要求林珊搬出去，给了林珊一个措手不及。

向林珊带着孩子只在玛丽安家住到第四天，玛丽安就对林珊说："琳达，我很抱歉，我希望你能搬到别的地方去，你孩子的哭闹影响了我休息，你知道，我是个病人。"

向林珊默不吭声。

玛丽安又问："你有地方去吗？"

林珊摇摇头。

"好吧，我帮你找个地方。找到之前你先住在我这里。"

"谢谢。玛丽安，你能帮我找找工作吗？我需要钱养活我自己和孩子。"

玛丽安答应去试试，向林珊每天心神不宁地生活着，又过去了一个星期，一天晚上玛丽安从教会参加活动回来后，跟林珊说她没能帮林珊找到工作，但是把她的情况跟教会的负责人说了，他们答应由教会出面，每月资助她和孩子六百欧元生活费，但要求林珊搬到阿黛莱德家里去住。

"琳达，如果你同意，明天就会有人来帮你搬家。"玛丽安说。

向林珊对每月六百欧元的生活费感到心动，但仍有一事未明："玛丽安，阿黛莱德是谁？"

"是教会的一个姐妹，八十多岁了，没有儿女，一直身体不好，最近又患了腿疾，行动不便，需要人照顾。"

"好的，我同意去。"

第二天中午的时候，林珊带着孩子已经在阿黛莱德家安顿了下来。

阿黛莱德的家在卡勒姆城一条狭窄街巷的公寓楼里。这套三室一厅的房子比玛丽安的家小了许多。阿黛莱德满头白发，坐在轮椅上迎接着向林珊，和她贴过脸后，又要过林珊的孩子抱了抱，说："这个孩子多可爱啊。"

林珊顿时觉得和阿黛莱德亲近了，她有点喜欢这个充满温情的小家了。

向林珊这段时间是应该舒舒服服地"坐月子"的，可是她不能休息，她要照顾一个老人、一个小孩，每一天的生活都不轻松。一个月过后，她拿到了教会资助的生活费六百欧元时相当高兴，随之而来的，心里又有了另一个想法。

在和阿黛莱德接触中，向林珊发现阿黛莱德虽然年纪大了，但在一些事情上比玛丽安更热心。有一天向林珊跟她说:"我想申请难民可不可以?"

"为什么?你的理由是什么?"

林珊想了想,说:"我只想能获得此地的长久身份,再说我这样一个人带孩子回中国很难生活下去。"

阿黛莱德沉吟半晌,轻轻拍拍林珊的手说:"把你的情况跟我说说,我帮你想想办法。"

向林珊把自己从出国到现在的全部遭遇说了一遍。她遭受过家庭暴力,怀孕后男朋友又神秘失踪,她无家可归,险些露宿街头,后来的男朋友又不愿抚养她和别人的孩子而抛弃了她。

向林珊声泪俱下,惹得阿黛莱德无限同情,最后她又说:"虽然遭受过如此不幸,但幸运的是每当遇到苦难的时候,都有教会和教会的姐妹帮助我,我觉得这是主的力量,为了感谢仁慈的上帝,我愿意受洗成为一名基督徒,和你们一样。"

阿黛莱德决心帮助向林珊。玛丽安也常过来看望阿黛莱德和向林珊,阿黛莱德便常和玛丽安商量此事,商量的结果,当然还是找教会。

于是向林珊的遭遇便在教会里传播开了,每个人都很同情她。

两个月后的一天,向林珊被通知前往市政厅,拿到了三年的居留证,她喜不自胜,从没感到自己像现在这么扬眉吐气过。走在大街上,每见到一位中国人,她都禁不住想:他/她有身份了吗?也许他们在这里待上七八年也不一定有她这么幸运,尽管也许他们的学历比她高许多,她又想到了顾安仪,她知道顾安仪现在虽说是博士,也得凭着每年的工作成绩找老板要合同,然后才被允许一年的居留,而她,这一下就是三年,有了三年的基础,如果不出意外,拿到长期居留是水到渠成的事儿。向林珊越想越得意,这一切都归功于她的宝贝儿子丹尼尔。

如今向林珊每月有教会给的生活费,照料阿黛莱德的生活,日子渐渐安定了下来,手上也有了一点积蓄,正所谓饱暖思淫欲,向林珊又开始不安分起来。

夏天到了的时候,向林珊带着孩子和阿黛莱德常常上街散步。阿黛莱德坐在电动轮椅里,向林珊用婴儿车推着丹尼尔。有时她们在露天酒吧坐上一个下午,有时在公园的草地上晒太阳。向林珊漫不经心地和阿黛莱德说着话，眼睛不住地左顾右盼。

阿珍是唯一来阿黛莱德家里看望向林珊的中国人。她是向林珊在教会里认识的姐妹。阿珍比林珊大十几岁，大半生为生活操劳使她具有强烈的忧患意识，她认为目前这种使林珊满足的生活状况不是长久之计，她强烈建议林珊尽快做打算，免得到时候被动。一提到另做打算，林珊一下子就想到了嫁人，在她心里似乎只有嫁人这一条出路，可是眼前根本没有供她选择的人。阿珍和林珊说话时一直逗着丹尼尔，也没注意林珊的表情。

"我能有什么打算？你帮我想想吧。"林珊向阿珍讨主意。

阿珍想了想说："做工你肯定是不行的，这么小的孩子就是你的拖累。哦，对了！到我老公堂弟那里想想办法，你有身份对不对？看看那里的黑工有没有人愿意和你结婚的。"

"啊？这我可不干！那些黑工都是些什么人啊！"林珊不满地大叫起来。

"是什么人？人家也是正经人嘛，有的人外表形象还相当不错呢。你有身份，他娶了你后他的身份也解决了，他能对你不好？你帮他解决身份，他养你一辈子，两全其美，你还有什么不满意的？"

林珊还是不愿意，自己怎能下嫁给黑工呢？好像自己还没那么悲惨呢。

"好了，你不愿意就算了，当我没说。"

林珊虽然当时就否决了阿珍的主意，可到了晚上，林珊的脑子里又由此衍生出了另一个想法，一个赚钱的方法，她有些激动，马上给阿珍打了电话。

"林珊，我正忙着呢，等下我打给你。"林珊一时性急，忘了阿珍家开着外卖店，晚上是很忙的。等到阿珍打回电话的时候已近午夜了。

"什么事，林珊？我才关了店门。"阿珍问。

"阿珍，就是今天你给我说的那事儿——"

"怎么，你同意了？那我明天就帮你问问那个表弟。"

"哎，不是不是，我想——可不可以我帮助对方解决身份，让对方给我一笔钱——"

"那结婚吗？啊？你的意思是假结婚！你疯了！这可是违法的事情，被查到你们两个都完了。再说那些黑工都有不少债的，哪还有钱给你啊，你怎么想到这个，真是！"阿珍对向林珊这种趁人之危打劫的做法非常反感。

"哎呀，我一时想到就跟你商量嘛，不可行就算了。"林珊赶紧解释，"我也是这么一说，真做起来我也紧张呢。"

"这是不行的，我们不能做违法的事情。"阿珍放下电话还在自言自语着，"不能做违法的事情。"

阿珍的拒绝让林珊多多少少有些失望，但知道了自己的身份还可以有这个用场时心里也平衡了，万不得已的时候自己还是有路可走的。她又回想起阿珍的话："那些黑工都有不少的债的"，哼！既然知道这些还要我嫁给黑工，存的什么心嘛！林珊愤愤地想。

一场严重的感冒之后，阿黛莱德的身体状况大不如前，腿上的风湿病更加厉害。阿黛莱德的这次感冒持续了有一个月之久，伴有断断续续的发烧症状，林珊一面照顾她一面照顾着自己的丹尼尔不要被传染。

林珊比原来辛苦了很多。丹尼尔成长得很快，她要花更多的时间陪伴看护自己的孩子，可阿黛莱德那里也离不开人。

阿黛莱德虽然大部分时间都在卧床休息，可她希望林珊能时刻陪在她身边，她叫林珊过来坐在床边的方凳上，听她说话。

阿黛莱德目前不能外出看看外面的世界，心灵只好沉浸在过去里，靠着回忆打发时间。向林珊就是她唯一的听众。她给林珊讲她年轻时候的故事，她那个时候上学也是很辛苦的，中学的时候必须要学习英语、法语、拉丁语和德语，看到林珊脸上惊异的表情，阿黛莱德带着胜利者的得意微笑肯定地说："是的，这都是必须要学的，别无选择！""你那个时候是不是学习很好？"林珊问。"那当然！我后来有一份很好的工作，你知道吗，我后来当上了大学教授，我研究生物学，非常非常有趣的学科。"阿黛莱德脸上洋溢着光彩，目光幽然地看着远方，思绪显然又回到了过去。

"她一定因此感到自豪。"林珊望着她的表情想到。

"可是，后来，又过了许多年后，我发现了更有意义的工作，那就是全心侍奉上帝，上帝给了我们一切，告诫我们不要为明天忧愁，我便辞了职，做了上帝的仆人。"说这些话的时候，阿黛莱德的心情是无比愉悦的。

"那你靠什么生存呢？""我卖掉了工作时买下的房子，琳达，我不后悔自己的选择，我做了我想做、喜欢做的事情，我感到非常愉快。"

林珊点点头，暗暗叹服阿黛莱德的勇气和执着。

阿黛莱德曾经有一个非常英俊的丈夫，某一天她情绪好的时候曾把照片拿给林珊看。

"我的前夫，"她说："是名法国的摄影师，一个非常浪漫的人，浪漫得让人吃不消。"阿黛莱德对她的前夫说得不多，但林珊却对那个"浪漫得让人吃不消"的人充满了好奇，阿黛莱德却不再讲下去，她也不好追问，即使是离婚的夫妻也曾拥有过一段浪漫，这一点林珊还是明白的。

现在一见到林珊闲下来，阿黛莱德就给她讲自己的过去，林珊听了几次发觉没有任何新内容，听的兴趣大减，常常在阿黛莱德讲到某一处时借口孩子或其他的事情离开。后来阿黛莱德觉察出林珊是在有意逃避，心里十分不痛快，开始在一些事情上找林珊的茬子，林珊心里不服气，对阿黛莱德越来越没有耐心，两人的关系正在往恶性循环上靠拢。

向林珊给阿珍打电话时经常抱怨阿黛莱德。阿珍说："我跟你讲过啊，要你早做打算，你年纪轻不懂，照顾生病的人不是一件容易的事情，即便是亲生儿女也会落下一大堆的不是，何况你是个外人呢？不管你怎么用心去做也不会令她满意的！"

"唉，整天唠唠叨叨地重复那些话，听得人烦死了。现在我都很少能出门了，都是因为她的缘故，我就得在家陪着她。我准备不管那么多了，从明天开始我要有固定的外出时间，丹尼尔不能每天都闷在家里呀。"

"是啊，现在这个季节适合外出，再过一段时间天气就要热起来了，孩子多出来活动很有好处。"

"就是啊。"向林珊在电话的另一端热情地附和着，她要出去并非完全为了儿子的成长，也想给自己制造机会，看来离开阿黛莱德已经是大势所趋，她得考虑考虑自己的将来了。

第十三章　一条短信

七月底的时候，弗劳伦回法国自己的家乡休假，办公室里只剩下顾安仪和赖素心两个，两个人感到少有的自由自在，想聊天便聊天，不必再像之前有所避讳。

有天早上，赖素心边敲着电脑边对安仪说："哎，听说和朱师兄在一起的那个女人生孩子了，孩子不是朱师兄的。"素心说得轻描淡写，安仪却感到无比震惊，她猛地转过身，惊问道："你说什么？"

素心又说了一遍。

"怎么会这样？怎么会这样？"安仪喃喃地说，忽然想起那天一早朱亚光那个莫名其妙的电话，那些失态的话。

素心看着安仪耸了耸肩。房间里沉寂了片刻，赖素心又继续说："昨天晚上我们带着孩子在外面散步，走到市中心的时候，艾默生看到朱师兄坐在酒吧外面喝酒，只他一个人，他也看见了我们。这样艾默生就去跟他打招呼，我们在一起坐了一会儿，他喝得不少了，跟我们说了这件事，那孩子是个混血孩子，他说的时候流了很多泪。"

安仪默默转过身去。又听得素心说："唉，这个男人又可气又可怜，到最后鸡飞蛋打一无所获。"

安仪什么也没说，手指将键盘敲得啪啪作响。素心轻叹一声。

顾安仪用力敲着键盘，瞪大眼睛看着屏幕，可是，屏幕越来越模糊，她不得不起身躲进了洗手间。

老天真会捉弄人！她把清水捧到脸上，这样泪水可以肆意地流一会儿，也仅仅是一会儿，她反复冲洗眼睛，不想让赖素心看出哭过的痕迹。一切都掩饰好了，可是心还在隐隐作痛，她又待了几分钟才回到办公室。

"安仪，你们想不想去度假？"素心的声音轻柔地传了过来。

"这个，还没想过呢，你要去哪里？"

"我正在网上查着呢，去奥地利怎么样？你看照片多漂亮啊，嗯，就去奥地利了。"

安仪凑过来看了看，也羡慕不已："我跟星宇商量一下，看他去不去？"

"好啊，要去我们一起去，你们不去我们也要去。"说着素心恍然想起来，朱亚光曾经去过奥地利，"我去找他了解下情况，景点啊，旅馆什么的。"说完素心就去找朱亚光。

顾安仪想起以前朱亚光说带她一起去奥地利的那天晚上，那是他们交往的开始，可回忆的事情太多了，掉进去的思绪难以收回，直到看着邓星宇的短信时，顾安仪还沉浸在伤感中。

邓星宇说今天正常下班，会过来接她。

她默默地把手机放到一边，看了看时间。

赖素心高高兴兴回来时，顾安仪还在痛苦的悲哀中。

朱亚光听赖素心说要去奥地利，不禁也想起了他和顾安仪的一次玩笑，那时他们刚刚开始，他正满怀期待，如今，这将是一个永远无法实现的梦想，心中难抑悲伤。

"好吧，"他答应素心道，"我晚上给你整理一个详细的资料发给你。你们一家去？"

"嗯。也许安仪也去，不过她不一定。"

朱亚光衷心希望顾安仪也能去，所以晚上在整理这份"奥地利自助游攻略"的时候，心中只有顾安仪一个读者，他在心里和她对话，告诉她在优美的自然风光中该注意什么，在哪里会找到舒适的家庭旅馆，等等，他尽量详细，唯恐她会在途中遇到什么困难。"也许这是为她做的最后一件事了，真希望能帮到她。"写完的时候他这样想，"不知道那个男人会不会像自己这样对她好？"很快他又感到愧疚，自己对她好却伤害了她，"如果一切可以重新来过……"可是人生没有回头路走，他永远都只能当做她生活的观众。当目光落在书桌上那个褐色的手摇琴上时，一股强烈的爱怜升腾起来，这只手摇琴是顾安仪唯一遗落的东西，那天，她那么冷静地收拾着自己的物品，还是遗落了这只放在抽屉里面的手摇琴。

有很多个夜晚，他都守着这只手摇琴，听着它叮叮咚咚的声响，现在，他像珍爱生命一样地珍爱着顾安仪留下的唯一一件物品。

邓星宇搞不清楚顾安仪今晚为什么闷闷不乐。

他们在咖啡馆里沉默相对，邓星宇仔细观察着她，看上去她不开心也不是因为他。他尽量逗她说话。

过了好一会儿，顾安仪才说起度假的事。

邓星宇想了想，说："不要去了吧，以后有的是机会，我想多积攒些假期春节回家结婚。"

顾安仪顾不上遗憾，吃惊地抬起头看着他。

"你为什么这么看我？我希望你也留些假期。"

"你自己就决定结婚了？我答应了吗？"

邓星宇哈哈笑着揽她入怀："这个还用说吗？一切尽在不言中。"

顾安仪佯怒推开他说："谁跟你尽在不言中啊！"

星宇说："我只想早点结婚，然后买房子，生活就此安定下来，有什么不好？"

"你想怎样就怎样，为什么不跟我商量？"

"我现在就在和你商量啊。安仪，有个家，早点安定下来是我的梦想啊，你知道吗？"

"你的梦想？你也太武断了，你就确定我一定会嫁给你？"

"那我现在向你求婚好不好？不过，地点不太好。安仪，你还不明白我的心思？"

"邓星宇我提醒你，有些事情你不能替我做主，得事先和我商量征求我同意。比如上次你同事过生日，你凭什么不提早跟我说一声，来了就拉我去，害得我那么被动，还有……"

"好了好了，"星宇笑着打断她，"为什么总翻旧账，我不是已经道歉了吗？"

"道歉不是目的，你得从心里彻底地改，你的事你做主，我的事我说了算，两个人的事要商量，你记住了？"

邓星宇目不转睛地望着安仪，听她说完，点着头说："我记住了。现在就有一件事要和你商量。"

于是邓星宇又讲起了他的结婚安排，安仪静静地听着，越听越伤心，不是对星宇的安排有意见，而是眼前的邓星宇让她想起了朱亚光，他也曾这般信誓旦旦地跟她谈婚论嫁。忧伤湿润了她的眼眶。

"星宇，别说了。我想安静一会儿。"

"怎么？我这是在和你商量，你有不同意见也说出来呀。"

"不是的，我，我现在不想提这件事情，我回家了，你也别送我，我就想一个人走走。"

邓星宇突然明白她想起了什么，握着她的手深情地说："有时候历史会惊人的相似，但结果是不一样的。安仪，既然你现在不愿提这事儿，今天就不提了，我陪你出去走走。"

夏日的夜晚，卡勒姆小城要比白天时候热闹一些，特别是市中心这里，中心广场通向不同方向的街道上，人来人往。

"这么热闹，我们找条安静的路吧。"邓星宇说着带安仪转了一个方向。

他们走上了一条安静的小街，两侧的路灯，寂寞地亮着。两个人偎依着，默默走了一段路，顾安仪想让自己表现得高兴些，不要受不必要的影响。耳边听到邓星宇故作轻松地说："在卡勒姆生活真的可以延年益寿，清静得如世外桃源一般，你刚来的时候什么感觉？我反正被这种安静吓一跳，有一段时间适应不来。"

"我还好吧。"顾安仪回忆刚来的时候的情景，念及邓星宇的感受，又补充了一句，"你以前一定过得很疯狂。"

"哈哈，你看我像那种人吗？"

"星宇，结婚的事情就按你说的吧，我也想不出什么来。"

"说了今天不谈这件事了，过几天再说吧，过几天，给家里写信征求下意见，你看呢？"

"嗯。"

"怎么样才能让你开心点呢？带你去酒吧？"

"不去不去。"

"那就回家了？"

顾安仪默默地点头。

邓星宇牵着她的手走了几步，忽然问道："想起小时候的一段儿歌，记不全了，你知道吗？"

"就是这个：一年级的小豆包，一打一蹦高；二年级的小水碗，一捅一个眼；三年级的什么来着？"

顾安仪努力回想着，想了起来，说："三年级的吃饱饭；四年级的装子弹……"

"对对，五年级的一开火；六年级的全滚蛋。"

"哈哈哈。"

快乐无忧的童年记忆让顾安仪的心情一下子轻快、明朗起来，她挽着邓星宇的手臂，两人开心的笑声在寂静的小街上回荡。

这一夜顾安仪睡下后又起了床，打开电脑给妈妈写信，她问妈妈，邓星宇向她求婚了，她已经答应了，他们该怎么办婚礼？

第二天妈妈就回信说，你们还是先安排双方父母见一面吧，不然自己的独生女儿嫁到谁家去了都不知道。

顾安仪看了暗暗吐了下舌头，她和邓星宇只顾着两个人的感受，忽视了双方的家长。她给邓星宇打电话，星宇说："那就等我们回家的时候再安排吧。那个，你父母见到我不会反对我们在一起吧？"

安仪笑了，说："如果反对，那就是你以前的照片 PS 得太过火了。"

星宇呵呵笑着，说："不管怎样，我们这边的准备先做了吧，重新租房子、买家具等等。"

此后邓星宇的业余时间大部分都在做着结婚的准备。

赖素心悄悄问安仪："要结婚了，心情怎么样？"

"好极了。"安仪笑着说。

"看得出来。"

"你们出去度假准备得怎么样了？"

"万事俱备！你们要是一起去多好啊。"

安仪无奈地耸耸肩："星宇最近很忙。"

"没关系，你们以后会有很多机会的。"

安仪也只好这么认为，心里彻底放弃了出游的念头。可是一个星期后，事情又有了变化。

一个星期后的一天晚上，邓星宇突然问安仪说："素心有没有再找别人同游？如果没有我们和他们一起去吧。""什么？还有两天他们就出发了，你让我现在问人家？""安仪，既然你那么想去就去吧，不想让你有遗憾，光在心里羡慕别人。如果他们车的人满了我们自己开车去。"顾安仪生气地盯着邓星宇半晌无语，他总是这样自作主张，让她措手不及，邓星宇也迎着安仪的目光，脸上慢慢漾起笑容，顾安仪的气也消了，他到底是为了自己能开心啊。"好吧，我问问素心。"顾安仪给赖素心打电话过去，素心一听立刻欢快地说："你们一起去太好了！我们的车没有别人，加上你们两个刚刚好，这样星宇和艾默生可以轮流开车，缓解疲劳。真是太好了！只是，我们已经预订好了我们的旅馆，你们不知还能不能加进去，现在是旅游旺季呢。这样吧，我马上给奥地利的家庭旅馆写信，让她给我们调一下房子。"

突然的变化的确让赖素心感到措手不及，不过她的心情还是愉快的。

安仪感到抱歉，素心说："没关系呀，只跟房东协调下就好了。"

安仪也忙着到秘书那里办理休假手续。

他们把一切安排妥当，就只等着七月二十号出发的那天。

那天一早淅淅沥沥的雨让两家人出游的快乐心情大打折扣。艾默生说他观察过，雨是从后半夜开始下的，开始下的时候雨势要比现在大得多，他还担心今早走不了了呢，还好今早一看没有那么大了。

吃过简单的早饭，他们带着收拾好的行李上路了。

不过他们还是担心这雨会越下越大，没想到出城十几公里后，竟是艳阳高照，真是太神奇了，大家不由得惊叹起来，此后天气一直是晴好的，邓星宇和艾默生交换着开车，傍晚的时候他们到了德国的海德堡，他们住在了那里。

海德堡城小，也不是他们游玩的重点，只在第二天的时候对城堡和海德堡大学广场做了走马观花般的探访,然后便起程去了目的地——奥地利。

到奥地利的时候,依旧是个傍晚,因为对奥地利心仪已久,在进入奥地利国境的时候,终于将画片中的美景和眼前的景象联系在一起了,一行人一扫赶路的疲惫,热切地盼望着他们即将开始的度假生活。

他们说说笑笑,快乐异常。顾安仪已迫不及待地取出了相机,她憧憬的浪漫旅程开始了。然而令她没想到的是,在美丽的奥地利,让她和邓星宇的感情经受了一次考验。

这考验来自朱亚光。

赖素心订好的家庭旅馆坐落在阿尔卑斯山下的一个小村子里,他们到的时候,已是黄昏时分,暮色给这个村庄蒙上了淡淡的灰色,远处绵延的阿尔卑斯山脉模模糊糊地呈现出深灰色。路上已没有行人,只有从家家户户窗台上探出的一盆盆五颜六色的鲜花迎接着远方来的客人。

到了旅馆门口,他们将车开进停车场后,男主人就迎了出来,带领着他们走进一栋两层楼的别致小房子,房子的绿色木门爬满了青藤,开着鲜花,推开门后要弯腰低头才能进去,进去后是一道窄窄的门廊,右侧低矮的长条木柜子上同样摆着鲜花。这栋楼的一层全部被赖素心租了下来。

这一层有两个卧室,大的卧室素心一家人住,小的安仪和邓星宇住,另外还有餐厅、厨房、浴室厕所,都供他们使用,俨然一个家。

邓星宇和顾安仪住的小房间里,两张单人床分别放在房间的两侧,中间放一张桌子。两个人各坐在一张单人床上,欣喜地相视一笑。

邓星宇说:"有一部老电影叫《一夜风流》,看过没?"

"没有,讲的什么?"安仪问。

"讲的是一个女人和一个男人的故事,这房间的情形让我想起了那部电影,如果,"他说着站起来右手在前面一画,"如果中间挂道帘子的话。"他走到安仪面前,双手捧着她的脸,两人目光胶着着,一股力量在他们的体内升起,由弱到强,仿佛要挣脱轻薄的衣衫。

星宇带着沉重的呼吸吻住了她的嘴唇,没一会儿,便双双倒在了床上。他抱紧了她,似乎还是不尽兴,翻身压在她身上,稍稍用力,安仪呻吟两声,他伏在她耳边轻轻地说:"我们先来个片刻风流。"

"别,哎呀,你轻点,他们那里……"安仪没讲完就被星宇打断了:

"素心说了要大家先休息一会儿的。"

邓星宇的热情感染了安仪,她不再阻拦他放肆的手,放松了身心尽情享受着。片刻风流的时间并不短,足以让两个人都尽情尽兴。当两个人筋疲力尽地抱在一起休息时,敲门声响了,邓星宇示意安仪再躺一会儿,自己去开门。

素心来问他们要不要去超市。

原来赖素心见到整洁的厨房里有冰箱、烤箱和齐全的炊具,心血来潮,想去超市买材料自己做晚饭。星宇两个都同意,于是大家准备出发。艾默生和星宇去找房东问路,素心带着孩子和安仪坐在车里等。

素心笑吟吟地看着安仪说:"年轻真好!"安仪一时间没明白,素心说:"年轻,有激情,不好吗?"安仪涨红了脸,无力地辩解道:"没有啊。"素心笑了起来:"你以为我没看见啊?我敲门进去的时候才懒洋洋地起身,一副'侍儿扶起娇无力'的模样,我们刚到这里的时候还精力充沛,怎么休息一会儿反而身上没劲了呢?不过,我真为你高兴,安仪。"安仪低了头,带着一脸难为情的幸福。

他们一行赶到超市的时候,超市已经快到关门的时间了。几个人不敢耽搁,快速买齐了晚饭的材料,驱车回到了住地。

两个男人一路开车辛苦,女人们让他们坐在一旁等着吃。素心用一只玻璃碗拌沙拉;安仪则将腌制好的小羊排放到烤盘里;小安妮早已拿着自己的食物坐在爸爸腿上吃了起来。

大家说笑间安仪的手机来了一条短信,她让邓星宇帮她看:"我手上有油呢。"她举着双手朝邓星宇晃晃。邓星宇拿起手机按了几下,脸色渐渐变得难看,安仪并没有注意他的表情,还在问他什么内容。"没什么。"他说。

没有人将这件事往心里去,包括顾安仪。她和素心把晚饭摆上桌时才发现邓星宇不在了。

"咦,他去哪儿了?"她问艾默生。"他说回房间躺一会儿,去叫他吃饭吧。"顾安仪才想起自己的手机,调出那条短消息一看,不由得愣住了,她明白邓星宇为什么离开这里了。

"小安,知道你们要去露营,我忘了提醒你们,一定要提前一天打电话预订地点,否则会白跑路。现在是旅游度假的季节,露营点经常人满为患,下面三个露营地和电话,你们任选。好好玩,开心点!朱亚光。"

"安仪,去叫星宇吃饭来呀。"素心在一旁催促着。

"好的好的。"安仪神色不安地离开了房间,站在走廊里,心情起伏不安,不明白朱亚光为什么要给她发这么一条短信,也不知道该怎么跟邓星宇解释。一切都没有头绪,她硬着头皮推开了房门。

邓星宇头枕着双臂躺在床上,出神地盯着屋顶,顾安仪坐在他床边,他眼皮都没有眨一下。

"星宇,吃饭去吧。"她试图去拉他的胳膊,被他躲开了。

"星宇,有什么话我们晚上再说,现在去吃饭,不要扫大家的兴。"

邓星宇这才一跃起身,大步走了出去。

为了不扫大家的兴,顾安仪和邓星宇面对着赖素心一家人强颜欢笑,食而不知其味。安仪想尽快找个机会和邓星宇解释一下,晚饭后挽着星宇的胳膊对素心说:"我们出去走走啊。"

"去吧,我给安妮洗个澡,换身衣服再出去。"

离开了素心的视线,邓星宇便气恼地甩开了安仪的手,闷声说:"我不想出去!"说完转身回了房间,顾安仪愣了几秒钟也跟了进去。

两个人再次各自坐在一张单人床上,静默着。几个小时前的温馨气氛再也找寻不见了。

顾安仪正集中精力琢磨着该怎么开口解释,若说自己什么都不知道他是否会相信?就听见邓星宇说:"我明天回去!"安仪吃惊地望着他:"星宇,你不要意气用事。"

"对!我该留下来陪着,让你好好玩,玩得开心,否则有人不答应!"

"邓星宇!你怎么这么刻薄?如果有朋友出去玩说句玩得开心过分吗?不应该吗?"

"你承认你们还是朋友?顾安仪,你厉害!"

"不是你想的那样,我跟他早没有来往了!"

"你骗鬼呢!"

两个人压低了声音、大瞪着双眼争吵着,互不相让,谁也说服不了对方,不久,俩人就都泄了气,坚守着各自内心的想法,不再说话。

沉默使室内的空气似乎要凝结了,顾安仪不甘心,沉痛地问:"你为什么不信我?"

星宇苦笑着说:"让我信你?你真不该让我替你看短信,我不看,你在我心里还是纯洁美好的。"

安仪气得哭了起来。

邓星宇终究没有负气离开,第二天他们游了萨尔斯堡。萨尔斯堡河两岸的旖旎风光并没有让两个人走出心中的阴霾,在莫扎特故居前,艾默生诧异地问邓星宇说:"你们怎么不照相呢?"他才勉强举起相机对着安仪按动了快门,镜头里是安仪严肃的脸。

随后的几天里,他们走着既定的行程。在赖素心一家人眼里,邓星宇和顾安仪依旧是幸福的一对儿,可是顾安仪心里却明白,邓星宇对她是何等的冷漠。每天晚饭后回到他们自己的房间,两个人不约而同地都放下了面具,邓星宇一言不发,顾安仪和他说话他概不搭腔,顾安仪自言自语几次之后也觉得无趣。房间里静悄悄的,两个人各做各的事。在这个闷热的夏天里,两个人心里冷冰冰的。

艾默生对露营的兴趣高涨,一直想着找个好天气去露营,他们在结束旅行的前两天,终于被他等到了。

这一天阳光特别好,午饭后结账离开了家庭旅馆,他们一路寻找着露营的地点。艾默生一边开车一边高兴地说:"真是天公作美,否则我们的露营装备都白带来了。"

邓星宇说:"我来开车吧,你专心看着窗外寻找地点。"

顾安仪没说朱亚光给她的三个露营点的地址,她没精打采地坐在后面,安妮倒在她身上睡,素心也一副困倦的模样,抱怨阳光太强烈。车子一路开来,找到的几个露营地点均已满员,正像朱亚光说的那样,他们走了许多冤枉路。傍晚时分,他们终于找到了一个还有空位的。办好了手续,有专人引领着他们进入露营区,在指定给他们的两个位置旁停好车。

艾默生一刻不停,兴致勃勃地拿出两个帐篷。

"搭起来,搭起来。今天真是幸运,终于被我们等到了机会。"

顾安仪将她的帐篷袋子拖到指给她的位置,东张西望,却不见了邓星宇的人影,她颓然坐在袋子上,一个人是搭不起来帐篷的。

艾默生看着安仪,纳闷地问道:"星宇哪儿去了?你等着我装完了去帮你。"

顾安仪不得不打起精神过去帮他们的忙，顺便学学帐篷怎么搭。

整个露营区很大，很热闹。他们的帐篷边停着几辆房车，此时房车里的人已经开始在厨房里做饭，安仪闻到了披萨和烤肉的味道。

艾默生笑着对素心说："过几年我们也买辆房车。"素心朝安仪吐了下舌头，对丈夫说："那要努力赚钱哟。"

安仪问艾默生："你就那么喜欢露营吗？"

"是啊，充满野趣。怎么你们不喜欢吗？我看你和小邓都兴致不高呢。"

安仪呵呵笑着说："也没有不喜欢，感受一下总是好的。"

艾默生吩咐素心给安妮用厚的防潮垫："草地上夜里会很潮的。"

安仪满心羡慕地看着眼前的一家人。

在顾安仪的帐篷即将搭好的时候，邓星宇回来了。

"往左面走不远就是洗澡的地方，右面有厕所，离我们这儿也不远。"他高声说着，看了看搭起来的两个帐篷，说，"你们动作真快。"

艾默生说："我才和安仪说呢，你们好像不喜欢露营。"

"不会呀，我很喜欢露营。我本想先熟悉下地形，再搭帐篷的。"

顾安仪坐在地上看着他，心里明白如果没有朱亚光的那条短信，他是喜欢的。

夜间帐篷里很冷，顾安仪蜷缩在睡袋里冷得睡不着，不停地翻转着身子。邓星宇也感到了阵阵清凉，他知道安仪更怕冷。帐篷里、车里都没有值得拿出来盖在她身上用来取暖的东西，想过去抱抱她，可还是忘不了那条短信，"好好玩，开心点。"简单中透出的亲切让他妒火中烧，顾安仪开不开心是他的责任，关他朱亚光屁事！

顾安仪还在动，邓星宇打开手电，帐篷里顿时有了光的温暖。"冷吧？要不把我的睡袋给你，我穿好衣服。"这是几天来他第一次主动和她说话，安仪不动声色地摇头拒绝，邓星宇见她这种态度生了气："我就这么让你不开心？"

安仪闭上眼睛，她不想说话，更不想争吵。

邓星宇盯了她一会儿，气恼得重新躺下。

顾安仪哭了，泪水划过脸颊，有一点温热。只要再熬过两天，这一切就结束了。

第十四章　看着你幸福

　　这一次旅行赖素心一家玩得十分开心，离开奥地利时仍依依不舍，可回到卡勒姆的时候素心情不自禁地说："终于回来了，还是家里好，再不回来我要想家了。"

　　安仪点头赞同，她也盼着早点回来，回来了自己也就解脱了。

　　车子在邓星宇家楼下停住，邓星宇和顾安仪下了车。艾默生的车离开后，星宇拿出钥匙去开门。

　　顾安仪站在原地没动，淡淡地说了句："我们分手吧。"

　　邓星宇转动钥匙的手停了下来，紧跟着身后传来安仪离去的脚步声，他看着她的背影，潜意识里觉得他该追上去拦住她，可是双脚却不听使唤。

　　顾安仪回到了自己的小公寓，电脑里有妈妈的信，妈妈说家里也已经做好了她结婚的准备。妈妈用今年最新鲜的棉花为她做了两床缎面的棉被："两个缎面可漂亮了，你看了肯定喜欢。我知道你们现在都不喜欢棉被，要鸭绒的、澳毛的，可是这样的棉被又轻又软，非常保暖，还是应该要的。"

　　顾安仪痛哭起来，觉得自己是中了魔咒，每一次的感情到了谈婚论嫁的时候就会出现问题。不浪漫的邓星宇曾经让她感到安全，可没想到他也是如此的小心眼、嫉妒。到底为什么两个人能走到一起？爱情是一个不可靠的理由，她感到绝望。她没有向邓星宇解释那条短信，事实上她自己也不明白朱亚光为什么要这么做。

　　她不知道现在要不要告诉妈妈被子用不到了，写了几句话，又删除了，最终换成了简单的一句话："我从奥地利回来了，一切都好。"

随后两天里，她和邓星宇没有联系，顾安仪心如死水，恨邓星宇这么轻易就放弃了这段感情，想要自己主动联系他，这念头只在脑子里一闪便放弃了——是她自己提出分手的。如今她对男人万念俱灰，以至第三天邓星宇打来电话时她一言不发地挂断了。

邓星宇这才意识到问题的严重。顾安仪那天提出分手后，他本想冷战两天，让她清醒一下再打电话过来，他做好了顾安仪和他争吵、抱怨的准备，却没想到她根本不接他的电话，难道她真的下决心分手了？这下可不好了。

邓星宇下了班急急地来接顾安仪，在外面等了十几分钟不见她出来，他坐不住了，不知她是否走了，准备打电话时却见顾安仪正从大门里出来。

邓星宇满脸笑容地迎了上去，说一起出去吃饭。顾安仪见他轻轻松松的样子不由得起了抵触情绪，不客气地说："我为什么要和你去吃饭？"

"没有为什么，晚饭总是得吃的吧，就去以前我们常去的那家餐馆吧。"

"不去！"

"好吧，安仪。我现在跟你道歉行不行？晚上我们好好谈谈吧。"

"不去！我已经和别人约好了。"

邓星宇收敛了笑容，认真地说："我真心来找你道歉的，你得给我一个机会。"他说着从衣袋里拿出一张纸，打开，说，"你现在还在气头上，我知道我不会讲话，不知哪句说得不好会更让你生气，我把我的道歉都打印了出来，这些话我琢磨了一个晚上，应该不会再冒犯你。"于是他念道，"安仪，我对带给你的不愉快向你道歉，我是个心胸狭隘的人，不该因为一件不值一提的小事惹你生气，让你的旅行不开心，我会补偿你，我保证以后每年带你出去玩一次，地点你选。那条短信确实不值得一提，是我自寻烦恼，也给你带来了痛苦。你说分手的时候，我也在气愤之中，但你真的走了，我才体会到没有你的空虚，怀念和你在一起时的快乐。让我们重归于好吧，我会好好爱护你，让你远离痛苦。"

他念完后，满怀期待地望着安仪，安仪眼里泪光点点。

十几分钟后，他们坐在了常去的那家餐馆，点了常点的饭菜。安仪边往烤三文鱼上撒着胡椒边说:"听素心说,朱亚光本来是给她发短信的,可是那天她关机,就发给我了。"

"这件事我们都不要再提了,好吗?"

"好。拿来吧。"她朝他伸出手去。

"什么?"

"你的道歉。"

星宇赶忙交上了自己的道歉,安仪将它放进包里时加了句:"白纸黑字,休想反悔!"

走出餐馆星宇搂着安仪的肩说:"还是回我那里吧。"安仪停下了脚步,看着他的眼睛问:"你为什么找我和好?"

邓星宇送安仪回了她自己的住处。

两个人和解了,可安仪并没感到快乐,坐在自己的小屋里,她开始怀疑自己,不明白自己为什么这么容易就原谅了他,是因为那份让人哭笑不得的道歉,还是自己真的不愿离开他?她从包里拿出那张纸,又看了一遍,缓缓地撕掉,她不会幼稚到用这么一张纸指导以后的生活。

邓星宇在经历了这次分手风波后,暗自反省了自己,对顾安仪更加用心,两个人的感情平稳发展,顾安仪终于获得了她渴望已久的甜蜜而稳定的感情生活。

第二年的春天,他们回国结婚。

从国内回来后他们便着手买房子。本来两个人收入不高,又没有什么积蓄,没做买房的打算。星宇的爸爸坚持认为儿子结婚了,就是成家了,成家没有房子怎能算是有家?他对星宇说:"看来你们以后也不会回国了,不如把之前给你准备的那套房子卖了,你们拿着钱在那边买个房子吧。"星宇和安仪一商量,决定依照父亲说的做。

买房子是件让人费心伤神的大事,安仪两个人上班时在网上找,周末的时候做实地考察,他们看了大约二十几栋房子,唯一让他们觉得在价格、环境、建筑物结构、质量上都称心的是位于诺贝尔大街上的一栋白色房子。

这房子也在诺贝尔街上,让安仪心里多了几分顾忌,迟迟下不了买的决心。

邓星宇深知顾安仪的顾虑，他自己心里也在权衡着。若是在诺贝尔大街上住下来，就要一辈子和朱亚光相对，他们必定要见面，他们无法改变各自的社交圈子，逃避不是办法，他们必须努力做到随遇而安。

"买了吧。"星宇经过一番深思熟虑后对安仪说。安仪刚要睡着，听他这么一说费力地抬起沉重的眼皮，没说出话来又合上了，她不想表态。

"你怎么困成这样子啊？才几点啊！"他推醒了她，很认真地问，"是不是因为朱亚光也住在这条街上所以不想买？"

安仪垂下眼睛，低声说："我是担心你哪天又生出什么事儿来。"

"我能生出什么事儿？安仪，我们两个都记着彼此的一份责任和承诺就行了。我无法左右你的思想，事实上你也根本做不到不将我和他比较，在各个方面……我也难过，我希望在认识我之前你是一张白纸，我拥有你全部，可是这不现实。"

顾安仪惊愕不已。这和她曾经的思想是那么的相似。

"你为什么这么看着我？"邓星宇伸手在她眼前晃晃，又摸着她的脸。她控制不了自己的情感，快速背转身去。

"生气了？——咦，怎么哭了？"他摸到她脸上的泪水，惊惶地问。

顾安仪又转过来，深情地抱住了邓星宇，一瞬间的温暖感动了她，或许一段如火的爱情比不上平淡相守一生的幸福。

因为顾安仪和邓星宇是回国办婚礼，在卡勒姆城他们只请了各自的亲密朋友，三五个人。即便是这样小范围的聚会，也无异于将他们的婚事在卡勒姆城昭告天下了。因为卡勒姆实在太小了，而中国人间又是好传这种新闻的。仿佛传递一次自身也沾了些喜气。几天后传的人厌了，听的人也腻了，这两个中国人的婚事渐渐被人淡忘了。唯独在朱亚光心中，不仅没有淡忘，反而变本加厉地酝酿出一波又一波的痛苦。顾安仪在他的心里完美得不可替代，可他却永远地失去她了。他常常会回忆过去的生活，过去的快乐，成了今天无尽头的伤怀。

更让朱亚光感到不可思议、感到痛苦不堪的是，顾安仪竟将家安在了诺贝尔大街上。

一个星期六的早上，朱亚光不经意间透过窗户看见外面有人搬家，打开窗探出头看了一眼，心被刺痛了，他看见顾安仪在往房间里搬东西，还有几个人，也在干着活儿。他安慰自己也许她是在帮朋友的忙吧。他一天都在观察着街那头的动静，汽车来往了五六次后，那家大门紧闭，再也没有看到有人出入。想必是搬完了。

这一晚他又不可避免地失眠了。

如果没有向林珊的介入，他和顾安仪会怎么样呢？在这个不懂说将来的时代里，有一点是可以肯定的，他爱她，这热情并没有减弱。他不敢再想下去，本该属于他们的美好生活刺痛着他的心。

清晨的阳光把他唤回了现实世界，他收拾妥当出门买了面包。一路上面包的温热与香气，激发了他的食欲，他快步走到家门口，掏钥匙开门的当儿猛然见到昨天搬家的那栋房子里走出两个亲密的身影。他一下子呆住了。

那两个人依偎着走，并没有回头，他呆呆地站在自己门口，直到两个人的身影消失了许久，他才回过神来——顾安仪果然住在了这条街上，他心底有几分说不出的高兴，可是他又受不了她和别人亲密的样子。转念一想，他又不由得心痛，那不是别人，那是她的丈夫，怎么不可以亲热？

这份早餐食不甘味，他总是忍不住要想，有一天他们面对，会是一种什么样的情形？

人的渺小在于他既不能掌控大自然，又不能掌控自己。朱亚光在做了很多和顾安仪面对的设想后，当他们面对的时候，他还是显得有些失魂落魄，他的目光爱怜地落在顾安仪脸上不忍离去，旁边邓星宇客气地说了句："请到家里坐坐吧。"

这句话当即令他尴尬万分，他慌张地说："谢谢！不打扰了。"随即落荒而逃。他对自己的表现非常不满意。

顾安仪见他走了，心才安定下来，这是他们三个第一次相遇，因为有邓星宇在，让她极不舒服。此时抬眼看了看邓星宇，他开门，替她脱下外套，和平常一样，自然极了。

他们谁也没有提到这次相遇，正因为没有再提起，顾安仪觉得，邓星宇还是介意朱亚光的，顾安仪暗暗告诫自己以后要多加注意，她不想惹出什么不必要的麻烦影响两个人的感情，一时间她又后悔买了这里的房子。

通常顾安仪下班时都是等着邓星宇顺路过来接，这天晚上邓星宇告诉安仪说："明天下班我不能接你，部门有个聚会，你自己回来没问题吧？"

安仪笑着说："那有什么问题？真是小看我，你放心去玩吧。"

邓星宇也笑了，他从背后环住安仪的腰，脸埋在她的头发里，说了句："好香。"

顾安仪觉得很幸福。尽管邓星宇还是个粗线条的人，但他现在做事情也尽量顾及着她的感受，她也满意了。

"星宇，你明天晚上能几点回来？"

"我尽量早点回来陪你，你放心。"

"我不是要你陪，你要回来晚我就不等你看碟了。"

邓星宇想起安仪说过她向别人借了《功夫熊猫》的碟，笑着说："你看完了我再看吧。听说挺好看的。"

《功夫熊猫》的确很好看，第二天晚上顾安仪看着屏幕上的肥波练功时被折磨得一副惨样忍俊不禁的时候，邓星宇刚好回来，瞥了一眼电脑屏幕，随口问道："你今天怎么回来的？"

顾安仪一时愣在了那里。

邓星宇看着顾安仪愣愣的表情觉得很奇怪，又问了一句："你下班怎么回来的？"

"我，"安仪只怪自己看电影太投入，没有防备邓星宇会问这个问题，"我，我搭了朱亚光的车回来的。"她慌乱中没决定好是实话实说还是编个善意的谎言，这句实话就脱口而出了，她木在那里等着邓星宇的反应。

邓星宇什么也没说，转身朝浴室走去，顾安仪解释说："我本来是不想坐的，我在等公共汽车……"浴室的门砰的一声关上了，安仪咽回了后面要说的话。她的心情沮丧到了极点。

肥波在和师傅争抢着包子，顾安仪看得面无表情。

邓星宇换好了睡衣出来，顾安仪的目光紧随着他，他表情很平静，走到床边，唰地一下拉开了他们的双人被，他准备睡觉了，并且不打算搭理顾安仪！

顾安仪见了心头火气，心想自己没有做对不起他的事，他凭什么要这么冷淡自己？她关了电脑也上了床，心里斗争着要不要跟他说说怎么回事。

过了许久，顾安仪才尽量平静地说："你生气了？其实今天挺巧的，我本来……"没等她说完，邓星宇快速转过身来说："我没生气，我为什么要生气？尽管我没时间接你，你还是有车坐，我老婆运气这么好我高兴得很呢！从此以后我可以省心了……"邓星宇见到顾安仪泪水在眼里打转，忽然住了嘴，把那句"你以后来去跟着他走简直太方便了"忍住没说，他也搞不清自己怎么一开口就说了这些话，他一直告诉自己要冷静，要平常心对待，心平气和地问问她经过就算了的。可他还是暴露了他的愤怒。

顾安仪委屈地哭了起来。

他拉过被子给她盖好，说："睡吧，不早了。"

顾安仪推开他想搂住她的手臂，坐起来靠在床头上。

"你干什么？"邓星宇也起了身，"快点睡吧，啊？我真的没生气，这事也不算什么。听话，躺好吧。"

任凭邓星宇怎么说，顾安仪依然不为所动，倔强地坐在那里。邓星宇重重叹口气说道："你究竟要我怎么样？"

顾安仪说："你根本不信任我，还说什么要记住彼此的承诺。我现在后悔买了这里的房子了，我早就知道住在这里不会太平，你当初怎么答应我的？"见邓星宇沉默不语，顾安仪更加生气，发狠地说，"要么我退学，每天足不出户，让你放心；要么我们搬家，眼不见心不烦，这样你也放心；要么我们分手，从此少了烦恼，反正你也不信任我。说吧，你选哪条？"

邓星宇闻听冷笑着说道："这是你和他商量好的是不是？哼！我说呢，我本来不想再提这事，你不依不饶没完没了，就想达到你们的目的是不是？告诉你，你们休想！"

"邓星宇！"顾安仪气得大叫一声，翻身下床，被邓星宇用力一拉，膝盖咚的一声撞到床边上，站立不稳趴到了床上。邓星宇又一用力把她放到床上，恶狠狠地压住她，一面粗暴地动作着，一面咬牙切齿地说："告诉你，你这辈子都是我老婆，休想动别的念头！"

顾安仪的泪水哗哗地流着，她反抗不了他，却下了分手的决心。

只有完全彻底地占有她才能让他感受到安全，才能让他痛苦的心得到安慰。邓星宇完全沉浸在自己的欲望里，丝毫没有顾及到安仪的感受。他终于耗尽了最后的力气，心里却没感受到快慰，只有疲惫劈头压了下来，他什么也顾不得，昏昏睡去。

第二天他险些迟到。

他醒来的时候，身边不见了顾安仪。床上的凌乱让他想起了前一天晚上，他暗叫一声"不好"，飞快地冲出了房间。

家里没有顾安仪的影子，他拨了她的手机，关机。这下他真的慌了。给顾安仪办公室打电话询问，弗劳伦说没看到顾安仪，只有他一个人在办公室。他给赖素心打电话，素心说还在上班的路上："安仪怎么了？"

"没什么，你见到她后务必给我打个电话！"

邓星宇匆匆挂了电话，开车出了家门。昨天刚从老板那里领了任务，今天不能不去。

一个上午，他也没能联系上顾安仪，赖素心也没有打电话过来。他心里充满了恐惧——顾安仪不会真的去找朱亚光了吧？他不敢再想下去，怨恨自己昨天真是疯了，他明明知道顾安仪只是要一句他的道歉，可他就是赌气不说。

只好再给赖素心打电话，素心说："安仪没上班啊，也没有她电话。"

"我也找不到她，你帮我找找吧，问一下你们认识的人，知不知道她在哪儿？"

"你们吵架了？好，我问问吧，一会儿给你电话。"

十几分钟后，赖素心回话说没有人见到安仪。

邓星宇不安地问："你确定问过了所有你们共同认识的人？"他很想让素心问问朱亚光，只是开不了这个口。不想素心主动说："我都问了。我还问了朱亚光，他也不知道顾安仪去哪儿了。"

邓星宇真的坐不下去了，他找老板请了假。他先回家看了看，顾安仪没回来，又开车上了街。他不知道该到哪里去找她，开着车在卡勒姆的街上慢慢驶着，眼睛注意看着路上的行人。整整一个下午，他没有任何收获，没见到人也打不通电话，他的心因为对她的担忧而渐渐变得恼火——她怎么可以这么任性！

他在绝望中回到了家，家里依然静悄悄的，他走进楼上卧室时，见顾安仪正坐在床边。一时间他百感交集。"你——"他快步走上去搂住她。

"我找了你一天，你去哪儿了？"他望着她红肿的眼睛，刚才的恼火消失得无影无踪，心里只剩下愧疚。

顾安仪厌烦地推开他的双臂，低声说："我在等你回来。我想好了，我们暂时分开一段时间，想想还有没有必要再生活下去。"

"你！就因为我说过的那几句气话吗？我给你道歉好不好？"

"那不是气话，你根本在心里就不信任我，我不愿意生活在猜疑和防备中。"

"安仪，没有那么严重！你别这样。"

"你觉得没有那么严重吗？可我身上的伤……你为什么要那么对我？"安仪想起前一晚星宇凶狠的样子，忍不住哭了出来。

"是我的错，我会好好弥补你的，相信我！你知道今天找不到你我有多着急，你问赖素心，我真的快急疯了，上午就请了假出来到处找你。"

"你别说了，"顾安仪擦了把眼泪说，"我主意已定。我也无法原谅你昨天晚上那样子。还是先分开一段时间吧。"说罢起身。

"你去哪儿？"

顾安仪哭着说："我没地方去，我害怕别人说才结婚就分居。"

邓星宇爱怜地搂住她肩头，说："如果现在你不愿原谅我，那我走吧，我睡到隔壁房间里反省思过，等你气消了我再回来。"

顾安仪痛哭，哭自己的软弱。

一连三个晚上，邓星宇都老老实实地去隔壁小房间休息，对顾安仪接送照顾，呵护有加。顾安仪的心情也不像几天前那么忧郁了。第四天晚上，两个人各自回屋后不久，邓星宇轻轻推开了顾安仪的房门，小心地问道："老婆，睡着了没有？"

顾安仪立刻警惕了起来，邓星宇很少这么称呼她的。

邓星宇过来打开了床头的小灯，笑吟吟地看着安仪。

"还没睡吧？"说着他趴在了顾安仪身旁。

顾安仪向外推他："正要睡着呢，你干什么？"

"想问你一件事。"

"什么事？"

"你到底什么时候解放我？"

顾安仪嘟起嘴巴垂下了眼帘。

邓星宇乘机吻住了她的嘴唇。绵长温柔的吻解除了顾安仪的武装，她被一股愿望召唤着，叹息着敞开了胸怀。一种久违了的酣畅淋漓袭遍全身，她情不自禁地唤着星宇的名字。

两个人重归于好。

邓星宇拥着顾安仪说："对不起，是我不对，是我小人之心了。"

"就是你的错嘛！那天我下班就在公交车站等车，他车停在我身边要我搭他的车，我哪里肯，可是他也不走，别人都看着我们，我只好上去了。"

"嗯，我知道，我本来也是告诫自己不要生气，不要胡思乱想的，但是不知怎么就说出那些话来了。对不起。"

他们互相凝望着，邓星宇温柔抚摸着安仪的脸说："老婆，以后我们不会再因为这样的事情吵架了，我保证。"

"你要记住你的话。"

"会的。你放心。"他话音刚落，街上响起了刺耳的火警警报声。两个人不约而同冲向窗边，声音不知是从哪家发出的，顾安仪不由自主地朝朱亚光的家望去。邓星宇说："要不我出去看看？"顾安仪按住他的手，张望了一番一挥手说："算了，别管了，睡觉去吧。"

声音还在响着，邓星宇躺着很不踏实，他起身披了一件外套，对顾安仪说："我出去看看到底什么情况，毕竟这条街上还住着我们的同胞呢。"

"我——"

"你在家别动。"

邓星宇来到街上才分辨出声音就是从朱亚光家那个方向传来的。他往前走了几步，声音突然停了下来。又等了一会儿，他感觉一切正常了。

"或许家里做什么东西吃时烟大了。"

"哦，可能。中国人做饭时常有这种情况。"

"你确定是朱亚光家？"

"我希望是！"

顾安仪说完拉着被子转过身，邓星宇轻轻拍拍她的背，叫着"安仪"。顾安仪没有应声。邓星宇出神地盯着眼前的黑暗，体会不出此时顾安仪的心情。

第十五章　何飞归来

经历过一系列的变故后，朱亚光除了上班，不常离开家，外面的世界什么样儿了他很久都不关心了，也没有什么还能引起他的兴趣。但是那一天他实在觉得无聊，无聊得心里像长了草，想起日程表上有不少工作要做，可心不平静，他一样也做不来，他决定到街上散散心。

到了街上，不知不觉间又走到了特雷西亚大街，酒馆里吵闹，他不想进去，就漫无目的地闲逛着。突然旁边有人惊喜地喊了他一声："老朱？"

他闻声转脸看到了何飞。

"何飞！你怎么在这里？"朱亚光心中涌起亲切感，这是近来都没有的。"你怎么在这儿？又回来了？"他激动地又问道。

何飞比原来瘦消，但更精神，眼睛里满是坚毅的光彩。

何飞笑着，握了朱亚光伸过来的手，说："是啊，刚搬过来，正琢磨着怎么联系你们呢。还用着原来的电话吗？"

"是的，是的。"朱亚光仓促地应着，东张西望，"走，我们找个安静的地方好好聊聊。"四周可以供他们聊天的地方似乎都不令他满意，他猛地一拍额头，自责地说，"看我糊涂的！走吧，去我家。"哪里还有比自己家里更安心的地方呢？

何飞一进朱亚光的家门就赞叹起来："行啊，老朱！现在住这样的房子了，厉害啊！"朱亚光呵呵笑着，说："嗨，有什么呀，还不都是贷款。"

"那也可以啊！不简单，我什么时候能买这样的房子就满足了！"

"很快的，用不了几年。"朱亚光递给何飞一听啤酒，俩人在沙发上坐了下来。

"你来卡勒姆玩？还是长住？"朱亚光问。

"长住了，又搬回来了。我申请到大学的心理学博士了。"

"真的？好！可喜可贺！"

何飞显得有些不好意思，低声说："是不给奖学金的那种。"

"那也很好啊。有没有奖学金是小事，拿到学位是大事。"

"是啊，我也这么想，继续打工下去没有任何提高，看不到任何希望，最终人就毁在这儿了。"

"不过你别担心，我听说这种文科类的博士开始时不给奖学金，过一段时间也是会给的。"

"嗯，我导师也说帮我争取。不过没关系，给不给我都会读下去。"

朱亚光很久都没有这么轻松开心地和别人说话了，可这种好心情没持续多久，何飞就问起了顾安仪。

"你和顾安仪怎么分手了？我曾经见过她和一个男的在一起，那大概是她男朋友了？"

朱亚光"啪"的一声又开了一听啤酒，闷声不响地一饮而尽。何飞知道自己问了不该问的话，抱歉地拍了拍朱亚光的肩头，说："对不起，老朱，当我什么都没问。"

"没什么，问了也无妨。我们分手了，因为向林珊，但是向林珊生的那个孩子，也不是我的。"

何飞只觉自己像要窒息了，这样的一句话他理解起来十分困难。

朱亚光还从没有像今天这样畅快地谈起他们三个人之间的事，面对着何飞，他坦诚得赤裸裸，自己心里的痛苦也表现得淋漓尽致，忽然间他感到一种解脱，不再掩饰，瞪大了眼睛看着自己的过去，这才是真正的解脱。

何飞惊得半响无语。

两人脚边空的啤酒罐越来越多。后来何飞涨红着脸说："如果我现在很有钱，向林珊会不会来找我？"

朱亚光奇怪地看着他。

何飞低头说道："向林珊是个非常物质的女人。"

朱亚光只顾低头喝酒，不肯接他的话头。他不愿意评价向林珊，他和向林珊的那段过往，如同草叶上的露珠，见不得阳光。

"你有没有再见到顾安仪？"何飞酒喝得不少，话也越来越多。

"见过！卡勒姆城这么小怎么会见不到？何况我们有共同的圈子。"朱亚光怅然说，"唉！见面也疏远得很，现在她也很少参加我们这个圈子里的活动了，她如今结婚了，之前我从没想过会失去她。"朱亚光急急地喝了几口酒，吐出一口重重的酒气，幽然说道，"一念之差啊！"他心里有着许多的不甘，却早已无回天之力。

两个男人借着酒力，发泄着心中的感慨。对于女人，爱也好，恨也罢，他们都从中得到了很多感悟。何飞说："我们都吃了女人的亏！"

朱亚光一摆手，大声地说道："算了！不提女人，说说你自己吧，这几年你都在哪儿？"

何飞叹口气说："我那年离开的时候回到了打工的那家餐馆，除了那里我没地方去。"他又想起了当时的走投无路。

向林珊改了银行卡的密码，他不仅身无分文，还有两千五百欧元的债。挣钱、生存、还债是他的当务之急。他在餐馆的厨房里做杂工，偶尔也送外卖、接电话，只要能挣到钱，他什么活儿都干。

"唉！那段日子什么也不想，睁开眼睛就找活儿干，干活才能挣钱。"何飞到今日依然能体会到当时自己紧张的生活。

朱亚光听着何飞的话暗暗吃惊："你一走就杳无音信，我们也给你写过信，你也没回过，真不知道你过得这么辛苦。"

"那时候我根本不上网，没时间，也没心情。那么拼命地干了几个月后，餐馆生意到了淡季，老板说用不了那么多人了，幸好我平时勤快，老板留下了我，可是活儿不多了，工钱也降下来了。餐馆没活的时候我就跟一个跑堂的女工到外面做家庭清洁。那个女工很有本事，手上有四五个清洁工作，她一个人干不过来，就带上我去。真的，只要能挣到钱，什么活我都愿意干，你看我的手，"何飞伸出双手，朱亚光看得更加心惊，那仿佛是一双操劳了大半生的手，关节粗大，皮肤粗糙，指甲磨得秃秃的，而何飞不过才三十几岁。

何飞的伤不仅是精神上的，也有肉体上的。

朱亚光禁不住感叹，打开一听啤酒放到何飞面前。

"在餐馆打长工的好处就是省了房租和伙食费，挣多少剩多少，所以我还了债，又有了点积蓄。才感到生活不能总是这样下去，好在自己以前的基础还过得去，和几个大学联系了一下，就回卡勒姆来了。虽然没有奖学金，但终归是个博士，这是我改变自己生活的唯一途径。"

何飞在朱亚光那里消磨了一夜，两个人喝酒聊天。开始两个人说的话多，喝的酒少，渐渐地，两个人除了拿起易拉罐彼此碰撞一下，一饮而尽，已不再说话，内心里翻腾着过往的种种事情，悔恨和遗憾，伴着啤酒酿成无奈，郁结在胸中。后来不知又过了多久，他们倒在沙发上睡着了。

何飞第二天一清早离开朱亚光家时，精神依旧很差，头涨得难受。躺在自己的小屋里，心底一丝一丝地疼痛起来，那个无家可归的向林珊跟着一个传教的老女人走了，不知现在怎样了？

经历了生活的苦难，何飞对向林珊也不再那么恨，回到了卡勒姆城，他们还有再见的机会吧？真是造化弄人，她竟然走到了这一步。

这一天何飞不用去学校，陷在对往事、对向林珊的回忆中不能自拔，想到她跟着他一起出国，他没能力给她想要的生活，才造成了现在这种局面，他痛苦地自责，自责后他又感到是向林珊自己把路走成现在这样的，他一直都在努力，只是她不肯理解他、不肯给他时间……

"咚咚"两下敲门声，他一激灵，打开了门，一个陌生的小伙子站在那里。礼貌地朝何飞一点头问道："请问你的网络是好的吗？我那里上不了网，不知是怎么回事。"

这是他的邻居，他才搬来没几天，邻居还认不清。

何飞试了试说："是好的。"

那男孩耸耸肩说："很奇怪，我的不行。我还有作业要做。"

何飞说："你可以用我的。"

那男孩谢过了他，说自己再查一查，实在不行再借用何飞的。他走了，何飞也彻底从往事中抽出心思，他必须振作，他要努力学习、努力工作！

几年前何飞心灰意冷地离开了卡勒姆，那时，他没想过再回来。现在，他认为卡勒姆是给他希望的地方，是他的希望之地。

因为常常和朱亚光接触，他逐渐了解了一些申请奖学金的途径，这是一个独特的圈子，有圈中人朱亚光的指点，何飞有拨开迷雾重见天日的感觉。他感受到了希望，自己动手申请，另外也接受了朱亚光的建议，找他的老板帮忙。一切努力都没有白费，在何飞自费读完一个学期后，老板为他联系到一家机构提供的奖学金，这让何飞心花怒放！出国几年来，第一次如此放松，如此欢畅！一连几日，他给卡勒姆的朋友们打电话，请客，聚会。

何飞住的地方狭小局促，一次只能请三四个人，以至连续几个周末他都忙得不可开交。这样的忙碌更让他兴奋，他的心情都像被吹起的气球，飘荡在半空中。让他沉静下来的，是顾安仪。

何飞请了很多次客，在他的朋友名单中，自然有着顾安仪。他给顾安仪写了封邀请信后，心里盘算着见到她时该好好聊聊别后的生活，但是顾安仪给他的回信却说"近来很忙，实在排不出时间"，同时祝贺他拿到了奖学金。也许是真的忙，也许就是借口，不管是何种原因，何飞的心情顿时低落下来，他感到顾安仪的疏远，情不自禁地又想到了向林珊，若没有向林珊的一系列荒唐行为，顾安仪也不会拒绝他的邀请。

一想起向林珊，他的心情就再也好不起来了。回卡勒姆城这么久了，怎么就一次都没有碰到过她呢？世界总是在该大的时候不大，该小的时候不小。

而此时的向林珊，也在构建着她的生活。

第十六章　新的男友

　　何飞对朱亚光说他们都吃了女人的亏，向林珊也觉得自己吃了男人的亏。
　　她接触到的男人，从何飞到朱亚光，没有一个人给她稳定的幸福，她愤懑，也为自己觉得可惜。和玛丽安接触久了，她的婚姻倒是给了她不少启示。她现在找男人只有两个标准：一是要有固定的收入，不一定很多，够生活就行；二是要喜欢她，肯为她付出。
　　经过几番寻寻觅觅，也是皇天不负有心人，她终于遇到了一个叫罗伯特的人，罗伯特正是符合向林珊要求的人选。
　　说起向林珊和罗伯特的相遇，是再平常不过的一次相遇，没有人会认为这样的相遇会衍生出故事，可是，向林珊毕竟是不一般的女人，她让这段故事发生了。
　　向林珊是个不想安静待在家里的人，儿子丹尼尔也被她带得总想向外跑。这天午饭后，阿黛莱德想休息一会儿，向林珊带孩子回了自己房间，可孩子不肯在房间里玩，林珊看了看窗外，阳光灿烂的好天气，不由得也想出去。她把儿子安顿在童车里，母子两个离开了阿黛莱德家。
　　向林珊边走边和孩子说着话。现在丹尼尔已经长得眉目清秀，向林珊常常能从他的脸上发现尼尔斯的影子，她相信自己的儿子长大后肯定也像尼尔斯一样，充满魅力。
　　午后，街上行人稀少，偶尔有肥胖的野猫大摇大摆地横穿马路，它们不叫，悠闲地晃着尾巴，头向四周张望，然后隐没在灌木丛中。

这样的街逛起来没什么意思，向林珊推着童车漫步，感到有些腻烦，她想到市中心那里去，那边人会多一些。路过一个公车站时，向林珊在候车亭里坐下来休息。递给丹尼尔水瓶喝水，自己百无聊赖地东张西望，公车站旁边有一户人家正在装修，有干活的工人进进出出。向林珊留心看了一会儿，发现进出的都是一个人——一个穿着工作服的、中等身材的健壮男人。凭经验，林珊判断此人应该来自东欧国家。不久，那人感觉到林珊的眼神，向这边看过来，林珊一个激灵，下意识坐直了身子，笑了笑。那人却毫无表情地进去了。

"没礼貌！"林珊没得到相应的回报，有些不快。

街上仍旧空无一人，向林珊茫然四顾，童车里的丹尼尔已经睡着了。隔了一会儿，那人又出来了，向林珊笑脸迎着他的目光，道了一声："hello"，干活的人稍微一愣，也回了一声"hello"，随后放下手中干活的工具，朝林珊走了过来。

他不自觉地朝四周望了望，笑着对林珊说："天气不错！我正要休息一会儿，你来自哪里？"

林珊热情地回答道："中国来的，叫我琳达。"

"琳达。嗯，好的，我叫罗伯特。"说完罗伯特便坐下来和向林珊聊天，向林珊非常高兴，说的话很多，脸上一直挂着甜蜜的微笑。后来，罗伯特不得不回去干活了，向林珊一直在那里坐到不得不离开时才走开，没有再见到罗伯特出来，她稍稍有些失望，不过心情还是很快乐的，她空虚了好久的心终于有了些填补的内容。"罗伯特"，对那个人她除了知道名字、知道他是波兰人外，他其他的一切她都一无所知，不过，这也正是他的魅力所在，吸引着林珊的思想整晚都在他身上。

第二天相同的时间，相同的地点，向林珊和那个工人再次相遇，聊了几句。

第三天，第四天……

两个人熟识起来也不是一件难事。

向林珊搞不明白罗伯特更喜欢她还是更喜欢丹尼尔，有时候她感觉他对他们俩都喜欢。

罗伯特伸出一个手指小心地碰碰丹尼尔的脸蛋时,向林珊问道:"你有没有小孩?"

罗伯特耸耸肩道:"没有。女朋友也没有。"

向林珊笑了笑,笑得很可爱。罗伯特看得有些呆,他觉得向林珊脸上的皮肤细腻得不可思议。

向林珊脸上的笑意愈发深了,她太了解男人的这种眼神了。

罗伯特用这种眼神大胆地盯着林珊,许久他才说:"也许我们可以做个朋友。"

"我很高兴。"林珊不假思索地脱口答道。这不正是她希望的吗?她感到上帝这次站在了她的一边。

向林珊依旧去那个工地和罗伯特"约会",碰到何飞正是在那里。

因为阿黛莱德的病情加重,向林珊一连几天没出家门,那天阿黛莱德感到舒服些了,向林珊便去找罗伯特,带着孩子在街对面等。施工的那家进进出出的工人里,就是没有罗伯特。她等得不耐烦了,过去问一个工人,对方告诉她罗伯特今天休一天假。

向林珊大失所望,带着孩子往回去。经过市中心广场的时候,迎面走来的何飞让她心中一动,当确定那就是何飞无疑的时候,她的心跳得更快,忙掉转脸,推着儿童车向一条小巷中走去。这条路与回阿黛莱德家该走的路南辕北辙,她慌不择路,只想尽快避开何飞。

何飞也看见了向林珊,不由一惊,之前也想到过会遇到,可是真的见了仍有些难以置信。稍一犹豫便循着她的方向走过去。他站在巷口,看着向林珊快步前行的背影。

小巷里冷冷清清,向林珊的脚步声和车轮碾过凹凸不平的石头路的轱辘声在回荡。

何飞跑了几步追了上去。

"珊珊——"他已经习惯了这样称呼她。

而向林珊对这称呼感到几分陌生,她现在叫琳达,她听惯了人们叫她琳达。她飞快地瞟了何飞一眼。

"珊珊,我回卡勒姆了。你——现在住哪儿?这是你儿子?——挺漂亮的。"

听着何飞慌里慌张的言语，听到他提到了丹尼尔，向林珊勉强挤出了一个笑容。

"你住哪儿呢？"何飞稳定了心神又问。

"就那边。"向林珊淡淡的，不知朝哪个方向摆了一下头，之后又加了一句，"不远。"

何飞一时不知该说什么好。

"我该回去了。"向林珊说。

何飞慌张地从包里掏出一张纸，刷刷写了几笔："这是我的电话。"

向林珊接了过来。

"你以后有什么事给我打电话。"

向林珊嘴角一扬："你不恨我？"

"一切都过去了，如果当初我好好努力，像现在这样，你也就不会……"

向林珊惊异地望着何飞。

何飞把自己的情况简单向向林珊讲了，期待着她能够展颜一笑，果然，向林珊微笑着低声说："挺好的。"

何飞的心里由衷地欢喜。

目送着向林珊母子走远，何飞才挪动了脚步。

回到自己的家，小书桌上杂乱地翻开着几本书，何飞坐下后才收回了心神，遇到向林珊的情形像是一个梦，更对自己的行为大感不解。自己为什么要这样做？向林珊背叛了他，搅散了朱亚光和顾安仪，自己为什么还要对她说那么多话？

何飞走后，向林珊心中五味杂陈。如果她能和何飞好好生活，现在她也应是衣食无忧，过着和顾安仪一样的生活了，可是她却没有耐心等待。

后悔吗？

向林珊的心里再也不能安宁，何飞的现在本该是她的，她感到愤懑，恨老天一直不让她如愿，她把写着何飞电话的纸条拿在手上。

要不要给他打个电话？或者去找他？向林珊的心开始摇摆不定，在何飞和罗伯特之间做着各种利益权衡。何飞那天虽是心平气和地与她说了话,可是自己回到他身边的可能性能有多大？何飞真的原谅自己了？何飞真有这样的心胸？她不太确定,转念一想,原谅不原谅有什么关系,她现在有罗伯特,何飞目前的状况也只是衣食无忧,后面还会有一连串的难题,毕业、找工作,这一切都是个未知数,而和罗伯特在一起是不会有这些问题,那才是真正的无忧无虑的生活。可是,罗伯特是可以天长地久的人吗？天长地久的愿望使她想到了尼尔斯,她感到头疼,她想躺下休息,于是把何飞写给她的纸条放到抽屉里,随手关掉了灯。

黑暗中罗伯特的影子在脑海里清晰了起来,她暗下决心,不能再失去罗伯特。

她忽然精神了起来,拿起手机给罗伯特打了过去,铃响了很久才听到罗伯特的声音,与之相伴的,一阵嘈杂的声音也传进了林珊的耳朵。

"罗伯特？"

"宝贝儿,要过来玩吗？"

"罗伯特,你在哪儿？"

"宝贝儿,来吧,来喝一杯,我在一个好玩的地方,宝贝儿,我想你,我需要你。"

听着罗伯特语无伦次的话林珊不觉皱了眉头,毫无疑问,罗伯特还在酒吧里,这么晚了："罗伯特,马上回家,太晚了,明天还有工作。"

电话里传来"啵啵"亲吻的声音。"琳达……"罗伯特的声音被一波哄笑声淹没,林珊无奈地挂断电话,心里非常不快,转念一想,也许是朋友聚会呢,男人嘛,应酬的事情多些。

第二天向林珊不放心罗伯特,照顾阿黛莱德吃过了早餐就迫不及待地出门了。罗伯特精神很好,没什么异常,唯一与往日不同的地方,是对向林珊多了一些缠绵。

他把向林珊挤靠在墙上,扔掉大手套双手扳住她的肩低头吻了下去。向林珊的心怦怦跳着,眼角的余光看到门口有个在搬运瓷砖的人并没有注意他们。她静下心来,罗伯特的气息里还有着昨夜的酒气,她浑然不顾,给了他强烈的回应,她渐渐感到罗伯特有些控制不住了,才挣脱出来,带着一脸的沉醉和眼睛里的诱惑跟罗伯特告别："阿黛莱德在等着我,我必须得走了。"

"不！我需要你琳达，琳达……"罗伯特激情难抑。

向林珊欲拒还迎地撩拨起了罗伯特的火热欲望，自己却硬着心肠离开。

在她依依不舍转身的一瞬间，罗伯特拉住了她，使劲在她脸上吻了一下，他感到自己要爆炸了，却找不到发泄的地方，只好用火热的眼神，护送着向林珊的身影消失在街口，他的灵魂，被这个妖精般迷人的女人带走了。

向林珊感到很满足，罗伯特已经成了她的俘虏，写着何飞电话的那张纸条放在抽屉里再也没拿出来过。

阿黛莱德的健康每况愈下，生活基本不能自理。这对阿黛莱德来说是非常痛苦的事情。八十多年的生活中，她养成了自己的习惯：每天必须将每个房间都打扫一遍，室内纤尘不染。如今她有心无力，向林珊也很少主动收拾，所以阿黛莱德自己做不了了，就只好要求林珊做这儿做那儿，向林珊不得不天天都陪着阿黛莱德，带她出去也仅限于楼下，那还要天气好，阳光充足的时候。林珊感到自己比生活在监狱里也好不到哪儿去，不能自理的阿黛莱德监管着她这个活蹦乱跳的人。

阿黛莱德的房间里，大床上躺着垂垂老者，小车里躺着半岁多的丹尼尔，向林珊就在这一老一小之间坐着，眼巴巴地望着窗外湛蓝的天空。

罗伯特的电话来得总不是时候，阿黛莱德对搅扰她睡梦的电话感到十分不悦，恶狠狠地盯着林珊接电话，林珊压低声音背转过身去，但直觉让她感到阿黛莱德的目光狠得像要穿透她。她在心里厌恶着阿黛莱德，这个几个月前还和善的老太太近来被病折磨得已经变态了。

罗伯特打电话约向林珊单独出来一次，不要带孩子，林珊不敢和罗伯特在电话里讲太多，匆匆挂断后想办法自己如何能出去一趟。

阿黛莱德已经不耐烦了："琳达！"她低沉地声音唤道，"过来帮我坐起来。"

林珊快步走到她床边，用劲托起阿黛莱德的上身，让她靠床头坐好，随手拿起床头桌上的水杯递给她。

"不要！帮我梳头发。"她吩咐道。

于是林珊轻轻地将她日渐稀疏的白发理顺，随后，阿黛莱德伸出瘦骨嶙峋的右手，小心地在床上，身上捡着掉落下来的一根一根的白发，并示意林珊和她一起捡。林珊觉得恶心，硬着头皮捏起一根根掉落的头发，阿黛莱德却很喜欢做这种事，陶醉其中，越捡心情越好。

"琳达。"她叫道，脸上也有了笑容。

"什么事？阿黛莱德？"

"把你手里的头发给我，去帮我把那个小袋子拿来，你怎么忘了？"

"哦。"林珊应着，急忙打开柜子拿出一个有着玫瑰花图案的三角形布袋。

阿黛莱德将手里的头发小心地放到床头桌上，然后1，2，3，4……地数了起来。"36根。太好了。"阿黛莱德欢天喜地地把头发装进布袋，随手捏了捏，感觉布袋又充实了，阿黛莱德心里十分高兴。

向林珊不知道阿黛莱德从什么时候开始收集掉落的头发的，她只觉得这种爱好脏兮兮的，懒得问。

林珊一直寻找着机会能出去见见罗伯特，直到玛丽安来看望阿黛莱德，林珊才心头一亮，低声和玛丽安说："替我照顾下阿黛莱德和丹尼尔，我有急事出去一小会儿，马上就回来的。"说罢不等玛丽安回答就一阵风似的离开了家。给罗伯特打电话，他还在上班，她只得赶到罗伯特干活的地方。

"对不起，罗伯特。阿黛莱德离不开我，我出来一次很不容易。"向林珊见到罗伯特时气喘吁吁地说。

"没关系。"罗伯特想了想，问道，"我可不可以去你那里呢？"

"对呀，你可以去我那里。"林珊想阿黛莱德行动不便，不会见到罗伯特，这不失为一个好主意。她把地址留给了罗伯特便急着回去，罗伯特也得去干活，两人就这么匆匆一晤便分手了。

向林珊一刻不停地赶回家，还是被阿黛莱德骂了一通。

"你去哪里了？你不愿意照顾我了？我要把你赶走，赶出我的家！"

林珊倔强着不想做任何解释，阿黛莱德每一次发火，都减少着林珊在心里对她的尊敬，她心想，"不会等你赶我我也要走的"，对阿黛莱德的厌烦，有时候情不自禁地流露出来。

玛丽安将林珊拉到一旁说："阿黛莱德需要一个小本子和笔，我没有找到，你也不在，所以她才生气。"

林珊回到自己的房间里，拿出一个薄薄的本子递给玛丽安："可以吗？她要这个干什么？"

"要登记她现有的一些东西。"玛丽安压低了声音又说，"你不在的时候，她跟我讲了许多话，她感觉自己要不久人世了，想提前处理这些东西。"玛丽安把本子和笔给了阿黛莱德。阿黛莱德把它们放在床头桌上，对林珊说："琳达，你该准备晚饭了，玛丽安也会留下来，你多做一份。"

向林珊抱着孩子离开了房间。

房间里只剩下阿黛莱德和玛丽安的时候，阿黛莱德拿出一串钥匙递给玛丽安，说："请你把衣柜旁的柜子打开，把里面的两个小盒子拿给我。"

玛丽安去打开了柜子，里面有一大一小两个暗红绒面的盒子，拿了出来交到阿黛莱德手里。

阿黛莱德先打开了那个小的，里面是一层丝绒衬里，同样是暗红色，盒子里装的是阿黛莱德的首饰：项链、戒指等，有金银的，有珍珠的，数量不等。她将这些东西记录在本子上，而后略带伤感地说："我不知道该如何处理它们，也许留给我的侄女她会喜欢的。"

那个大一点的盒子，里面是阿黛莱德保存的厚厚的一沓照片。有父母家人和朋友的，更有她自己不同时期的照片，每张照片都是一份回忆，阿黛莱德和玛丽安一直谈到晚饭开始的时候。

阿黛莱德和玛丽安坐在餐桌前做着饭前祷告，向林珊不由得想到上帝还是眷顾她的，让她遇到了罗伯特。

阿黛莱德要赶她走的话虽是气话，可是如果阿黛莱德真的活不长了，她也一定要面对新的难题，不知教会还会不会给她提供生活费，不知她还可不可以继续住在这里，即使住下来了，她也负担不起房租。遇到罗伯特的确是令人感到欣慰的事情，尤其是在遇到这些难题之前。对罗伯特还不太了解，但肯定的是他喜欢上了她！要想迷住罗伯特对林珊来说不成问题，让她花心思的是如何让罗伯特娶她，她一个人带着孩子飘荡不起了。

玛丽安常常过来帮助阿黛莱德登记物品。

玛丽安来了之后，阿黛莱德的情绪就会好些，视玛丽安为亲人，两个人经常头挨着头窃窃私语。林珊见了极不舒服，对阿黛莱德的态度也冷淡起来，而将满腔的热情给了罗伯特。

罗伯特经常在下班后过来找林珊，每次林珊引着罗伯特悄悄躲进自己的小屋里时都觉得异常刺激，人不知鬼不觉的，然而，阿黛莱德毕竟是存在的，他们的甜蜜幽会仍然会被阿黛莱德搅得七零八落，阿黛莱德不时呼唤林珊帮她干这干那。林珊不得不在两个房间之间穿梭，带着掩饰不住的厌烦应付着阿黛莱德，心思全在罗伯特那里。因此罗伯特每次来的时间都不长，一到两个小时左右，在这段时间里向林珊自然就成了女皇，她很有分寸地掌握着他们亲热的节奏，既拒绝又不使罗伯特感到绝望，她浑身散发出迷人的诱惑，罗伯特成了诱惑的奴仆，在女皇的指挥棒下喘息连连……

罗伯特经常想留下来过夜，但林珊以各种理由温柔地拒绝着，这次她下了决心，一定要把罗伯特的胃口掉得高高的，让他主动、迫切地提出和自己结婚。

向林珊更加注意保养自己的身体，她知道罗伯特迷恋她细腻嫩滑的肌肤，除此之外，她还想让罗伯特感受到她温柔的情感。她到网上学习厨艺，利用外出的时间到罗伯特的小屋里和他相聚，将学到的手艺露给罗伯特。虽是现学现卖，但她做的大都是中餐，她的手艺瞒不过中国人，但对没吃过中餐的罗伯特来说她做的什么都是好吃的。她将 spaghetti 煮熟后，用炸好的干黄酱来拌，并加入新鲜的黄瓜丝、煮熟的黄豆等等蔬菜，有点像北方的炸酱面，罗伯特吃惯了又甜又酸的西红柿酱拌的 spaghetti，偶一尝到炸酱拌的面条顿觉是人间美味，常常要林珊做给他吃。林珊虽然对做饭没什么兴趣，但为了能够取悦罗伯特，对他有求必应。不仅如此，她还给他收拾房间，熨衣服……外出为儿子丹尼尔买东西的时候，总是给罗伯特带点什么，衬衫、T恤等等，她正在使自己逐渐走进罗伯特的生活。罗伯特已是多年的单身汉，此番有人嘘寒问暖倍觉感动，林珊在他眼里是个母亲般的可以依赖的好女人。

一日，向林珊无意中听到玛丽安对阿黛莱德说："你无处安排的东西也可以送给琳达的,她什么都没有。"

那时候玛丽安正拿着一盒十六件套的餐具给阿黛莱德看,这是一套不同大小的盘子和碗,虽不值钱但却是新的。林珊没有听到阿黛莱德的反应,但玛丽安的话却提醒了她,让她不禁思索起一个问题来。

再见到罗伯特的时候,她问他道:"我这样照顾阿黛莱德直到她去世,她是不是要留一些东西给我?"罗伯特憨憨地一笑,说:"这个不是必须的。看你们的关系如何了。"

林珊明白了。

此后林珊对阿黛莱德的照顾自然主动热情了很多,她甚至提出夜里睡在阿黛莱德的房间里,以便帮她翻身。林珊说这话是当着玛丽安的面说的,她希望玛丽安能了解到她对阿黛莱德有多悉心呵护,关键的时候能为她说话。这会儿玛丽安对林珊的提议却很反对,她认真地说:"你自己的孩子怎么办?也和阿黛莱德一个房间会影响她休息的。"

向林珊对玛丽安感到失望,强辩说:"丹尼尔自己睡在我那个房间啊。"这时阿黛莱德说话了,她似乎对林珊的提议心存感谢,看向林珊的混浊的目光中带着慈爱:"琳达,夜里不用陪我,不管翻不翻身,我都很难受,还是不要浪费时间了。"阿黛莱德说得痛苦,说得有气无力,一时间林珊真的以为她马上就不久人世了。

然而事实并非林珊所预想的那样,阿黛莱德就这样虚弱地又熬过了几个月,林珊的耐心也被拖得所剩无几,有时候她真觉得阿黛莱德家就是人间地狱,阿黛莱德虽然衰弱但却喜怒无常,脾气愈发乖张,自己的孩子也需要照顾,非常累人,林珊真觉得自己招架不住了,心里的苦闷无人诉说,对罗伯特,她不想跟他说这些,可罗伯特也是细心人,看着林珊的憔悴,他建议把丹尼尔送去幼儿园。

林珊有些舍不得,平日没有丹尼尔陪着,只她一个人面对阿黛莱德更是一件难以忍受的事。罗伯特见她不答应,误解了她的意思,解释说:"送去幼儿园像你这种情况差不多可以不收钱的,我们可以去问问的。"

"那我考虑一下吧。"林珊正说着,忽然门铃响了起来,她让罗伯特躲进自己的小屋,然后抱着丹尼尔去开门。

进来的是阿黛莱德的侄女,林珊已经见过一次。她对林珊客气地问候,随后就走进了阿黛莱德的房间,林珊没有跟进去,带着孩子在客厅里玩。罗伯特悄悄打开林珊房间的门探出头来,被林珊几个眼色打了回去。

林珊听到阿黛莱德的侄女和阿黛莱德在房间的说话声、阿黛莱德的叹气声。十几分钟后,阿黛莱德的侄女出来了,她非常客气地向林珊点点头,林珊知道她有话要对自己说,起身迎住她的目光。

"琳达,"她说,"非常非常感谢你对阿黛莱德的照顾。现在阿黛莱德的情况不是很好,我们商量过了,认为还是应该把她送到医院里去,那里有专业的医生和护士。把她送到医院后,这套公寓我们也要处理了,所以,我今天通知你可以找自己的房子住了,当然,我们会给你足够的时间。"

这突如其来的变故让林珊感到无比震惊,离开阿黛莱德家,自己能到哪里去呢?她呆呆地看着阿黛莱德的侄女,似乎她还说了很多感谢她的话,可林珊只见到她蠕动的嘴唇。

罗伯特一直在林珊的小屋里仔细听着外面的动静,阿黛莱德的侄女告别、开门、关门的声音都消失后,他知道她已经走了,从小屋里出来见到呆若木鸡的林珊,不禁问道:"你怎么了?"

林珊轻轻摇摇头。

"没事我先回去了,晚上约了朋友。"

这时阿黛莱德在房间里叫林珊,罗伯特慌忙离去,林珊本想问问他为什么晚上总是有朋友相约呢?

林珊服侍阿黛莱德吃过药后,看阿黛莱德情绪不错,坐在她床边问道:"感觉怎么样?"

"不错。"

"阿黛莱德,你家人要送你去医院了吗?"

"是的。"

"那我也要离开了,是吗?"

阿黛莱德混浊的眼神扫过林珊的脸,头不易察觉地动了一下,似是点头。又问林珊:"你打算什么时候离开?"

"我?你知道我在来你家之前没有地方去,所以……"

"哦,没关系,你有时间找房子。我的意思是你走的那天我会让我的侄女过来检查下你房间的东西。"

林珊听明白了阿黛莱德的意思，感到心寒，当玛丽安来的时候，她忍不住向她抱怨了几句，玛丽安却说："这样没什么不好啊，你走了也会安心的。"林珊一筹莫展，叹着气说："要马上找房子了，真发愁。""琳达，亲爱的，我们不用为明天担心，把明天交给上帝吧。"林珊觉得自己不够虔诚，对上帝的信心不足，她无法不为自己的明天担心。

林珊每天要照看阿黛莱德，根本没时间出去找房子。阿黛莱德的侄女几次问林珊找到房子没有，林珊都说还没有。阿黛莱德的侄女有些不高兴，她说："你不可能住在这里不搬走的，这里的房租每月将近一千欧元呢，你能负担得起吗？"

林珊当然负担不起，她心里十分气愤、委屈，对阿黛莱德的侄女说："你给我放假，我才能去找房子啊。"

于是林珊得到了三天的假期。

卡勒姆小城深处窄窄的街巷中，会有一些出租广告张贴在房子的窗玻璃上，向林珊推着童车走在其中，不时瞥一眼这样的广告。这些不同颜色、不同字体的广告，就像通常见到的普通人家窗台摆放的一盆盆鲜花一样，只是个装点。林珊没有刻意地记住任何一个。对于租房子，她还是有些不甘心，如果阿黛莱德不用她照顾，教会是不是仍旧给她生活费呢？她几次想问玛丽安，却都因为害怕听到一个令人失望的答案而缄口不提，一天天地抱着这个疑问得过且过，如今事情迫在眉睫，她决定先去找罗伯特，看看他对这件事是怎样的想法，如果可以，她想和他谈谈结婚的事情。向林珊对这件事虽没有十足的把握，但也没料到罗伯特的反应如此令人失望。

罗伯特已经干完了那家的装修活，现在正在另一处新建公寓的工地上干活，林珊只能等到中午罗伯特休息的时候去找他。

罗伯特喜欢向林珊的到来，因为已经蹒跚学步的丹尼尔十分讨他的喜爱，他越来越喜欢这个孩子，向林珊把丹尼尔从小车里抱出来递到罗伯特怀里。

向林珊见罗伯特逗着丹尼尔玩得很高兴，就乘机说："罗伯特，我出来是为了找房子的。"

"阿黛莱德不需要你照顾了吗？"罗伯特问。

"她家里人要将她送到医院里去。"

"那么你找到房子了吗?"

"没有。我今天才有时间出来,刚刚看了几个广告,都不适合我,我很担心,不能尽快找到房子我和丹尼尔怎么办?"

"琳达,你愿不愿意住到我那里去?"

"罗伯特,你的意思是我们结婚?"林珊感到机会来了,她深知罗伯特不是这个意思,可不得不在这个问题上狠狠装了一回傻。

罗伯特愣愣地看着林珊:"亲爱的,这个问题我们不应在这里讨论。"罗伯特说着向四周看看,中午时分,路上只零落的几个行人,虽然很清静,但是这里是工地。林珊当然知道罗伯特让她去他那里住并非就是要结婚的意思,但是既然罗伯特提到了这里,这个机会林珊怎能不抓住?

"罗伯特,没关系,如果你想讨论这个问题我不介意地点。"

"这样的,琳达,我们结婚的事情……"罗伯特说得犹犹豫豫,结婚的事的确让他感到有些突然,之前他从没考虑过这个问题。他惶惑地看着向林珊。

"不结婚,我带着丹尼尔去哪里呢?"向林珊心里急,想逼一逼他。

见到向林珊一脸的委屈,罗伯特不知如何是好。

"结婚……可是——"

这时有人喊罗伯特,提醒他该回去干活了。

罗伯特朝那人点点头,急急地对向林珊说:"琳达,对不起,我们晚上再谈,晚上好不好?"

向林珊没说话,带着丹尼尔转身就走。

罗伯特因为向林珊生气了,一个下午魂不守舍,他不理解她为什么一定要结婚,晚上怎么谈起呢?

罗伯特是个自由快乐的单身汉,中学毕业后就工作了,但他自由的天性时时让他有出去看看的念头。他在自己的国家里工作了五年左右,就想着到别的地方碰碰运气。这些年下来,他去过了不少国家,走走停停,还从没想过要在哪里安顿下来。如今向林珊出现了,并且深得罗伯特欢心,他甚至离不开她的温柔体贴。

向林珊放假了，时间自由。她等到罗伯特下班后去了他家，她想如果罗伯特不同意马上结婚，她就不搬到他家。这是她的底线，在来罗伯特家的一路上她都在下这个决心，不然她真的没有保障。见到罗伯特，一谈及此事，他就爽快点了头，给了向林珊意想不到的惊喜。

接下来的两天假期里，她就待在罗伯特家，她感到自由是何等的可贵。罗伯特让她去市政厅问问像他们这样的情况结婚需要什么程序。

向林珊欢喜鼓舞地答应着马上去办。

一切都打听清楚了，手续并不复杂。向林珊心情无比愉快，情不自禁地哼唱着一首首开心快乐的歌儿，林珊不知道自己多久没有唱歌了——结婚，对她来说是地狱与天堂的分界线，这个说法一点也不为过。

再回阿黛莱德家时，她的心情和离开时真是天壤之别，对阿黛莱德也耐心了许多。她没告诉阿黛莱德自己要结婚，她才不想这么快告诉她。不过她的好心情到傍晚时分就结束了，取而代之的是对罗伯特的忧虑。

她在罗伯特的下班时间里给他打电话，没什么事，只想说说话，可是一直打不通，尝试了许多次，依旧没成功，罗伯特就像人间蒸发了一般，一点讯息没有。整个晚上就在不安中过去了，她自己的手机犹如死一般的沉寂。直到早上，突然铃声大作，吓得林珊一个激灵。

林珊接了电话，正想责问他昨天晚上去干什么了，为什么不接她的电话，还没开口就听到罗伯特哀求地说："琳达，到我家里来一趟，我需要你的照顾。"

罗伯特说他的右臂摔伤了，不能动了。向林珊随即带着孩子去了罗伯特家。

罗伯特躺在床上，右臂被固定住。

"怎么会这样了？罗伯特？"林珊无比惊讶，她昨天看到他还好好的。

罗伯特垂头丧气地说是摔的。

"是工作的时候摔的？"

"不是在工作的地方摔的，是昨天晚上我喝多了酒。"

"你，为什么喝那么多酒呢？"

"和朋友在一起啊。好了，不谈这些，你什么时候能够搬过来住呢？"

"要我搬过来？"

"是的，结婚的事情我们以后再安排吧。"

林珊听到罗伯特说结婚的事情往后拖，心头一阵犹豫，可见到他伤成这样，而他现在是她唯一的希望，又不敢让他伤心，只好采取迂回策略，边轻轻扶着罗伯特受伤的胳膊问长问短，边答应他回去就和阿黛莱德商量，一定尽快搬过来照顾他。

罗伯特用另一只胳膊高兴地搂住了林珊。

向林珊一面陪着罗伯特，一面在心中不住地加加减减，终于决定晚上和阿黛莱德及阿黛莱德的侄女好好谈谈，既然阿黛莱德是靠不住的，还不如早点离开。

离开阿黛莱德没有任何阻力。

晚上林珊抱着孩子来到了阿黛莱德的房间，阿黛莱德的侄女艾米莉照看了阿黛莱德一天，此时也还没有离去。林珊问候了阿黛莱德这一天的情况后便跟他们提出要搬走。

这一天阿黛莱德的身体状况非常好，情绪也随之好了起来。"你租到房子了？"她问道。

"没有呢。我不可能这么快找到房子，我只是暂时住到一个朋友家，暂时的。因为艾米莉说你们这几天就要去医院了，我必须得离开。"林珊一再强调是临时住在朋友那里，阿黛莱德和侄女互相看了一眼，艾米莉有些不好意思，带着歉意说："我们给你一点补偿吧，你需要我们给你补偿吗？"

林珊摆弄着怀里丹尼尔的小手没发表意见，房间里出现瞬间静默，最后艾米莉对阿黛莱德说："我们还是给她些补偿吧，你觉得呢？"

林珊低着头，没看到阿黛莱德在点头，但也没听到她的反对声音，心中自然觉得此事很有希望。

艾米莉问阿黛莱德："给多少呢？"

阿黛莱德伸展开右手。

"好吧，琳达，我们给你五百欧元算作是对这件事的补偿，你同意吗？"艾米莉问林珊。

"哦，好的。谢谢你们。"林珊虽然看不上区区五百欧元，可也没有信心争取到更多，也只好这样了。

两天后，向林珊收拾了自己的物品，带着儿子丹尼尔告别了阿黛莱德，来到了罗伯特的住处，开始了新的生活。这种新的生活开始不久，林珊便发现了对自己柔情蜜意的罗伯特的另一种情形。

向林珊搬过来后，罗伯特兴奋得不得了，跟在林珊身后忙，尽量让他的一居室小屋显出些新意。中午过后，丹尼尔睡了，罗伯特用左臂环过林珊的腰，低头吻着她。很快，林珊变得呼吸急促，假意推挡着罗伯特，喃喃地说："别这样，你受伤了。"罗伯特贴着她耳边说："亲爱的，你知道该怎么做。"林珊软软地应着，一面应付着罗伯特的手和嘴，一面说："罗伯特，结婚需要的文件你准备好没有？我的都准备齐全了，嗯，不要这样，罗伯特，你受伤了，今天不要，好了，我来帮你。"俩人身体纠缠了一番后，林珊让罗伯特躺在床上，在罗伯特的催促声中解开了他的皮带。

过后，林珊柔声对他说："亲爱的，你不要忘了准备好文件。"

罗伯特应着，身心还沉浸在林珊带给他的欢畅中。

"等你的伤好了我们就去市政厅注册结婚吧。"

罗伯特仍旧应着。

可是罗伯特伤好后并没有像林珊期待的那样着手准备结婚的事情，他早出晚归，似乎生活中从没有过这样一件事。

罗伯特的生活变得紧张、忙碌而有规律。向林珊只能在晚上有机会跟他说说话。她发现罗伯特迟迟不准备文件，心里焦急，甚至怀疑他有意拖延这件事。本想趁晚饭后的空闲时间和罗伯特谈谈结婚的事情，一个朋友的电话打来，罗伯特二话没说就出去了。林珊看着他出去，心里烦躁不已。

丹尼尔睡了，向林珊一个人孤零零地坐在幽暗的小客厅里，时钟滴答滴答地在她心上滑过，她感到孤独，也很想找朋友聊聊天，可却找不到合适的人选——玛丽安习惯早睡，这时候时间不合适；阿珍这会儿正在忙碌中，她无聊之极，给罗伯特拨通了电话，问他什么时候能回来，电话的那头声音嘈杂，她无论如何也听不清楚罗伯特一句完整的话，但是那意思她明白了，他不会很快回来。林珊叹口气关掉客厅的灯，回了卧室。午夜过后，她困得有些支撑不住了，躺在床上迷迷糊糊地睡意上来了。

突然"咣当"一声，她一个激灵站起身跑了出去："罗伯特，是你吗？"

她慌忙开了灯，罗伯特正在地上摸索着被碰倒的椅子，嘴里嘟哝了句什么。

林珊走到他身边扶住了他，一股刺鼻的酒气呛得林珊一阵犯呕。"你又喝了这么多酒！"林珊第一次见到他这样，又惊恐又厌烦。

罗伯特转身抱住了林珊，带着满嘴的酒气朝她的脸上凑过来。

"干什么呀？"林珊厌恶地推挡着。

"丹尼尔呢？"罗伯特大着舌头问。

"早已经睡了。你知道现在几点了吗？"

"可惜了。我给他带了玩具来。"罗伯特说着竟从怀中拿出一瓶番茄酱来。

"哎哟，这个你是哪来的？"林珊说着欲从他手中拿过来。罗伯特把番茄酱紧紧抓在手里，摇摇晃晃地朝卧室走去。林珊不放心地紧跟其后。

罗伯特进了卧室直奔丹尼尔的小床："baby，看我给你带来了什么？"说着拉起丹尼尔的手，想将那瓶番茄酱塞进他手里。

林珊赶忙制止他："别动他，他睡着了。"

罗伯特不死心，伸手摸着丹尼尔的脸、耳朵。林珊费了很大劲才把他拉到一边。罗伯特离开了丹尼尔，就开始纠缠林珊，林珊不肯他就去骚扰丹尼尔，俩人你进我退地几番较量，林珊为了丹尼尔只好妥协了。罗伯特搂着林珊嘻嘻地笑，林珊以为他想做爱，可是他又不像，只是两手在林珊身上不停地乱摸，惹得林珊厌烦不已。终于熬到罗伯特睡了，林珊才松了一口气，心里盼望着仅此一次，以后罗伯特千万不要这样了。

第二天早上罗伯特醒来后又和往常一样，喜欢丹尼尔，陪他玩了一会儿，吃了林珊准备的早餐，临上班的时候为昨晚醉酒向林珊道歉。

林珊心中很快就原谅了他，只叮嘱说："以后不要再那样了。"

罗伯特乖乖地点了头，他上班走后，林珊便带着丹尼尔玩，忘记了这一场不快。一连几天罗伯特都在家规规矩矩的，两个人也商定好了结婚的事情，罗伯特要请他父母过来，结婚后他再陪林珊回中国。林珊把自己的婚期告诉了父母，把罗伯特大大地夸奖了一番。这件事定好之后，林珊为自己的生活长长地舒了口气，终于要安定下来了，她决心和罗伯特好好地过日子，养大丹尼尔，如今带着丹尼尔她再也不敢过以前那种飘来荡去的日子了。可是，这种轻松愉快的好日子过了十来天，罗伯特又故伎重演，并且这一次还向林珊借钱。

那天罗伯特下班后就跟林珊说一个小时后要出去一下，不在家里吃饭。

"你又去喝酒吗？"林珊问道。

"朋友们聚聚，你放心，这次我不会喝太多酒了。"

林珊还是不愿意他出去，阻拦他说："如果没有什么重要的事情就不要去了。丹尼尔快过生日了，他人生的第一个生日，我们商量一下该怎么过，好不好？"

"丹尼尔生日还早呢，没必要现在商量这件事。"

林珊见用丹尼尔的事情也拦不住他，只得沉着脸不再说话，罗伯特对她的脸色视而不见："琳达，你能不能借我一点钱？"

"干什么？你自己的钱呢？"

"和朋友出去总要花钱，还有几天我工资就到账了，我会还给你的。"

"你的钱花光了？"林珊很吃惊，"你和朋友出去要你请客？"

"不是的，我们AA的，可是一个晚上吃饭、喝酒总是要花一些的。"

林珊非常不快，不肯借钱。

"琳达，我这个月受伤花了一些钱，这是额外的开支，你和丹尼尔来了，生活费用增加，所以我没钱了，你只借给我一百欧元就可以了。"

林珊深深地吸了一口气，又粗粗地从鼻孔呼了出来。她找来自己鲜红耀眼的皮夹，在里面零零整整地凑了一百欧元给罗伯特，阿黛莱德给她的五百欧元她都放在了这个皮夹里，这段日子只给丹尼尔买婴儿食品花掉了不足五十欧元。

"你一晚上就要花掉一百欧元吗？"林珊递给罗伯特钱的时候十分心疼。

罗伯特耸耸肩。"我也不知道。"他说。

"罗伯特，你这样以后我们将如何生活？你说过要养我和孩子的，可现在，你看，要我来养你了！"林珊拿出了钱很不甘心。

罗伯特憨憨地笑着："不用担心，我能养你们的。"

罗伯特走了，林珊落寞地坐在光线昏暗的客厅里。夜色覆盖下来，林珊心事重重地懒得去开灯，丹尼尔坐在一小块地毯上玩着大块的积木，她坐在椅子上发呆。这是这栋红砖结构的古老公寓里的一间，时代的久远，使房间里的一切，墙壁、桌椅、摆设、窗帘都暗淡了下来。罗伯特曾经说过，他们结婚后也要住在这里。向林珊虽不愿意，但考虑到他们的经济条件，也只能暂时在这里凑合。但是这些暗淡、陈旧的陈设，她还是想换一换的。这几天里，林珊正兴致勃勃地为重新装饰房间做着预算，她单纯地憧憬着以后的日子，她就在这个小天地里过安定的生活，可是今天罗伯特竟然向她借钱了。她又开始为未来的日子担心起来。

罗伯特又是午夜过后回来的，喝得酩酊大醉，被同伴送回家，林珊送走来人并锁上门之际，罗伯特已经从椅子上滑到了地上。林珊走过来试图拉他起来，罗伯特就如同摔在地上的烂泥，林珊努力了半天也无济于事。她赌气不管他，自己走开。没走出几步，身后突然传来罗伯特的哭声，她猛地回过头，见罗伯特正嘭嘭地以头撞地。

"你干什么呀？"林珊惊叫着跑过来抱住他。

罗伯特依旧哭泣着用头撞地面，林珊在一旁吓得手足无措，过了好一会儿才想起来给他解解酒。"用什么解酒？"她飞快地思索着，家里似乎没有这一类的东西，她跑进厨房从冰箱里拿出一瓶冰镇的矿泉水，打开，哗哗浇在罗伯特头上……他需要清醒。

罗伯特清醒过来的时候，就会向林珊道歉，赌咒发誓地保证以后绝不再出去喝酒了，林珊信了他，他也乖乖地表现好几天，几天过后还是要出去，还是要喝得烂醉如泥地回来，回来后不是又哭又笑，就是骚扰熟睡的丹尼尔，要么纠缠林珊，无视她的泪水，在她身体上为所欲为。

不过罗伯特还是有一个好习惯的，那便是如果晚上和朋友们出去一定会打电话通知林珊。所以每到傍晚，临近罗伯特下班的时间，林珊的心里就开始七上八下地不安起来，怕电话响，紧张得什么也做不下去，仿佛整个世界就要塌下来了，让她产生出难以摆脱的焦灼感。她全部的心思都被小小的手机牵扯着。

铃声不响，罗伯特会按时回家，他们会有一个愉快的晚上；铃声响了，林珊的整个夜晚就不敢奢望踏实，罗伯特不喝醉是绝不会回家的。林珊为此感到极大的精神痛苦，可是她却离不开他，离不开他绝非是爱得难舍难分。

在家里极其无聊的时候她忽然想到了那张纸条。那张写着何飞电话号码的纸条她从没用过，却也没有丢掉，这就是向林珊的心机。

她这会儿强烈地想给他打个电话，说什么？先听听他说什么吧。

何飞接到她电话颇感吃惊："珊珊？还以为你不给我打电话了呢。"

"怎么，是不是盼着我的电话？"向林珊大着胆子开了一句玩笑。

何飞没理她，问道："你这几年是怎么过来的？"

向林珊沉默一阵，低声说："我这个人命不好。"

何飞说："是没遇到好男人吧？"

向林珊哼了一声，突然有了想哭的冲动。

何飞听不到她的反应，便说："那我说对了。"

向林珊气愤地说："何飞，你是个混蛋！是你让我受了这么多苦！"

"可我没让你去害人！"

"我害谁了？顾安仪？她该恨朱亚光，是他强迫我的。"

"好了，你打电话来干什么？"

"你告诉我电话干什么？"

何飞一时不知如何回答，问道："你现在住哪儿？"

向林珊觉得没有说下去的必要，匆匆道了再见。

放下电话，她开始发呆。何飞说她没遇到好男人，那他何飞也不是好男人了？钟家浩、尼尔斯、朱亚光还有现在的罗伯特，哪一个不让她伤心呢？也许这就是命！她不由得落泪不止。良久，她才平静下来，心里怎么也不服气。她觉得给何飞打的这个电话简直是自取其辱，何飞自然不会将她看做是个正经女人，愈发看不起她，嘲笑她。

何飞倒没有这么想，向林珊的电话让他感觉到她生活得不如意。他回想起了他们在国内时的日子，无忧无虑，相亲相爱，可是出国后，这一切都改变了。经济基础决定一切，没有人愿意过辛苦的日子，向林珊更不愿意。他没能力给她想要的生活，她离开了他。

何飞感到不寒而栗，再浓的感情在艰苦的生活面前也是苍白无力的。

向林珊主动打给何飞的这个电话，让她接连几日心里都像吃得最开心的时候见到了美味里的死苍蝇，怨愤无处发泄，积聚在心里成了坚强的决心，她一定要过上稳定幸福的生活，她就是要让何飞他们看到她的幸福！

幸福的生活要有必要的财富支持。向林珊深刻地意识到这一点，于是她试图改变罗伯特大手大脚花钱的习惯。在罗伯特的日常开支中，她尽量参与，并劝说罗伯特放弃没有必要的消费，罗伯特受到了限制，心里很不痛快，向林珊耐心地对他说："你不能把钱都花光，你得为以后的生活着想。"向林珊说出这番话，完全是这几年的生活对她的教育，她也曾经是一个为了享乐不管不顾的人。罗伯特有自己的理论，他说："我有工作，钱花完了还可以再赚回来。"

向林珊摇摇头，仍然尽可能地控制着罗伯特的消费，她希望他能理解她，可罗伯特常常因为钱和她争吵，让她感到非常失望。

其实在罗伯特的心里，也不是没有向林珊和孩子。只是他的爱，有些随心所欲。一天傍晚，罗伯特一进家门就喊着："我有礼物给丹尼尔！"向林珊和丹尼尔都从房间里出来，见罗伯特带回来一辆崭新的儿童车，是三个车轮的，车身宽大，孩子在里面可坐、可躺。向林珊记起以前听人说过这种车叫"巡洋舰"，不知是真的叫这个名字，还是别人对这种车的戏称，她对此不曾关心，她知道这样的车价格不菲，不是她能负担得起的。现在丹尼尔用的车是她从二手店里花十个欧元买回来的，很破，很旧。而这辆新车，车轮比较大，推着孩子走在石头路的大街小巷减震效果非常好！

向林珊凑过来看着，惊喜地问："这是给丹尼尔的？"罗伯特放丹尼尔坐进去，开心地说："当然是给丹尼尔的。"

林珊喜出望外，她凑过去在罗伯特脸上亲了亲，说："谢谢你！"

除去罗伯特喝酒，林珊觉得他有很多优点，对她和丹尼尔也很大方。

丹尼尔有了新车，卡勒姆城似乎又多出了一对幸福的母子。人们常常会看到向林珊推着丹尼尔悠闲自得，边走边玩，转遍半个卡勒姆城。这时候的向林珊是幸福的，可是这幸福的感觉没持续多久，差不多是童车买回来一个星期左右，向林珊傍晚时分接到罗伯特的电话，告诉她晚上和朋友出去。

向林珊知道阻止不了他，只好耐心地叮嘱他少喝些酒，不要喝醉，早点回家。罗伯特非常爽快地答应着，说保证早点回家。

向林珊不敢相信他的话，放下电话心情忐忑，心神不宁地带了丹尼尔一晚上。果然，这一夜罗伯特到凌晨两点多才回家。

向林珊瞌睡得十分难受，又不敢睡去。不停地犯迷糊，刚一睡过去就猛地惊醒。看看表，时间越来越晚了。她知道罗伯特越晚回来，情况就会越糟糕，她开始在绝望中考虑着如何面对各种场面。但是这一晚罗伯特的表现她是没有想到的。

听到罗伯特进门的声音，向林珊慌忙起身出去，并随手关紧了房门，免得罗伯特会像以往那样惊扰丹尼尔，不过这次罗伯特并没有直接回房间。

他见到林珊时显得很激动，摇晃着身体过来抱住她，突如其来的力量使林珊支撑不住，和罗伯特双双跌坐在地上。她拿开罗伯特的手，先站起了身，然后预备着拉他起来。

罗伯特却双手铺在地上，不停地交替拍打着地面，这动作，让林珊想起了以往看过的电视剧里面失去了亲人的老妇人，哭天抢地地号哭。再细看罗伯特时，他竟然也哭了，渐渐地哭出了声儿。

林珊呆在一旁。罗伯特哭着，说着。林珊听不清一个完整的句子，只听到他不停地重复："为什么，为什么……"

向林珊呆呆地望着他，难道他有什么伤心事儿吗？看他哭得伤心，实在可怜，俯身去劝他，连拖带拉地，总算把他带到了卧室床上，没多久，罗伯特睡着了，林珊惊惶的心才安定下来。

罗伯特清醒的时候心情都很愉快，林珊拿他醉酒哭泣的事情问他，到底是怎么回事。他先是大笑，后来又认真地想一想，说："不知道，我没什么伤心的记忆，为什么哭？你肯定是在骗我。" 向林珊说这一切都是真的，可是罗伯特就是不相信，她也无可奈何。

向林珊开始对自己的生活不满意，心里不安起来。

这样的生活，平静中时时感到恐慌，她以为得到的幸福生活又变了味儿，也许用不了多久她又成了不幸的女人。该怎么办呢？惶惶不安的心情，加之数日阴雨绵绵的天气，她不得不闷在这个小家里，让她郁闷得要发疯了。

"在这个小家里，差一点这里就充满温馨。"向林珊失落地想。天气终于放晴了的时候，向林珊无论如何也不想憋在家里了，给玛丽安打了电话，说很想出去散散心。

玛丽安说她正在卡勒姆城，里马上过来接他们。

林珊为丹尼尔收拾了一包随时会需要的东西，抱着他坐在窗前等。

向林珊给玛丽安讲了自己的境遇，当玛丽安开车载着他们到郊外的时候。

"哦，琳达，你很不幸遇到了一个酗酒的男人。"玛丽安听了林珊的叙述后不禁如此感叹道。

"是啊，本来打算结婚的，现在该怎么办呢？"

"琳达，你好久没去教堂了吧？这个星期天你去教堂吧，在那里向上帝祷告，求他帮助你。"

林珊心中暗暗叹息，上帝能帮助她什么呢？她对此一直都信心不足，找玛丽安诉苦也是找错了人，她早该知道她在婚姻家庭的问题上帮不上忙的。唉！此刻她心头一片茫然，离开罗伯特吗？她和孩子怎么生存？

她目光犹豫地望向车窗外，外面是一片开阔的草地，绿草茵茵，草地的中央有几把长椅，草地的另一侧是茂密的树林，树高参天，树与树的枝丫交织在一起。

这地方有些眼熟。

后来她终于想起来刚出国的那一年，她和顾安仪来过这个树林，她记得她们曾好奇地仰望一棵树干笔直的树，她们谁也不知道那是棵什么树，只觉得它好直，好高，她们一直仰头看着，看着，直到感觉有些头晕，不得不抱住身旁的一棵树。那时认识的人早已各奔东西，互不来往了，林珊更觉心境苍凉，如今还和她来往的只是在教会认识的几个姐妹，这几个姐妹都劝她为了孩子着想和罗伯特赶紧结婚，结婚了，很多事情都变得简单了。

"琳达，我们到那片草地上去好不好？"玛丽安问。

"哦，好的好的。"林珊收回思路，抱起丹尼尔跟着她走了过去。

"琳达,你为什么不去市政府的培训中心学习呢?"

"那是什么地方?"

"培训机构啊,你参加几个月的培训,会得到一个证书,可以用来找工作。而且培训是免费的。"

"我能行吗?"林珊心头一亮,但又对自己的能力和信心将信将疑。

"为什么不行?丹尼尔可以去幼儿园了。"

林珊觉得她必须拼一拼了,她有了工作就不会这么依赖罗伯特了,她会拥有更多的自由!一瞬间她就打定了主意,甚至即使罗伯特反对她也要去学。

可是罗伯特怎么会反对这样一项对大家都有好处的计划呢?

第十七章　幸福在哪里？

　　当天晚上罗伯特准时下班回家，向林珊问他是不是还要出去，罗伯特非常肯定地说："不，我不和他们一起喝酒了。"

　　向林珊特别高兴，对罗伯特说："你这样做很对！另外，我也有一件事情要告诉你，听玛丽安说政府部门有个培训机构，给可以长期居留此地的人提供职业培训，我想参加，是免费的。我希望以后我也能找到工作，那样我们的日子就好过多了，你说是不是？"

　　罗伯特全力支持向林珊的决定。

　　向林珊仿佛看到了他们的美好未来，心底一片阳光，谈兴更浓，继续对罗伯特说："我认识一个人，一个中国男人，他工资还没有你的高，早已经买了带花园的房子，我们也可以买，是不是？"她说的是朱亚光。

　　罗伯特对买带花园的房子感到茫然，他对房子没有过分的要求，有个睡觉的地方就可以了。向林珊完全不同意他的观点，带着恨铁不成钢的心情反驳道："房子是身份的象征！住什么样的房子体现了一个人在社会上的地位。"

　　罗伯特对此观点更是感到难以理解，他困惑地说："我的工资每个月都要花光，我用什么买房子啊。"

　　"我知道！但是你想想你有多少开支是根本没必要的？罗伯特，如果你愿意，我来帮你管钱吧，我保证你每个月都有节余，怎么样，罗伯特？"

　　罗伯特对她以前的限制心有余悸，此刻听向林珊说要帮他管钱，毫不犹豫地说："不愿意！"

向林珊的心情从憧憬幸福的快乐巅峰一下子沉入谷底，阴沉着脸说："罗伯特，你要和我结婚必须得买房子！"

罗伯特一脸莫名其妙："我们不是说好结婚后还住在这里吗？"

"暂时住在这里我同意，长久可不行。"

罗伯特眼睛一眨不眨地望着向林珊，林珊心里气愤，转身去翻看她从培训学校拿回来的一堆资料，才想起第二天晚上那里有个咨询活动，她得去咨询下课程的情况。

"罗伯特，明晚你帮我照看丹尼尔好不好？我去学校。"

"当然可以，你去吧。"

于是第二天晚上向林珊留下罗伯特和丹尼尔在家，自己去了培训学校。

到那里才发现，那里的培训课程不像玛丽安说的那样只有几个月的时间，向林珊仔细了解后，发觉最短的培训课程也要一年时间，通常都是一年半到三年。她犹豫了，这么长的时间，自己能否坚持得下来呢？而且课程多是电脑、会计一类的，她不知道这些课程有多大的难度，也不知道自己究竟想学什么，总之，一提到学习，林珊倍感六神无主，心中充满了畏难情绪，一门课程还没学，她已经想出了很多条学不下去的理由。

她很明白，她不是学习的料！时间到九点钟的时候，她带着矛盾、举棋不定的心情回了家。回到家时却发现家里空无一人，罗伯特和丹尼尔都不见了！向林珊这下真慌了，她急着找孩子。

她颤抖着手拨通了罗伯特的电话，铃响了，无人接听，再打，一遍又一遍，终于听到了罗伯特含混不清的声音和现场的一片嘈杂。林珊一下明白他在什么地方，顿时心头火起，对着电话大喊大叫，命令罗伯特马上带着孩子回来："你不马上回来我就报警了！"

罗伯特喝得晕晕乎乎，可向林珊的话他还是听清了。"报警！"他心里一凛，抱起丹尼尔一刻不停地往家里赶。

向林珊简直要被气疯了，她扔下电话就开始收拾自己和孩子的物品，她决意离开这里，只等着孩子回来，她就带着他离开罗伯特这个混蛋！

差不多半个小时后，罗伯特抱着丹尼尔回来了。

向林珊已经收拾好了两只大箱子。

罗伯特满身酒气，但思维还是清晰的，丹尼尔在他怀里睡得正香。他把孩子放到小床上后就忙着给向林珊赔礼道歉。

向林珊没理他，看孩子平平安安地睡着，突然一阵心痛，失声痛哭。

她能带着他去哪里呢？深夜去打扰玛丽安吗？她那个脾气古怪的丈夫令她心生畏惧，其他的地方呢？向林珊哭声不止，她已经不似从前了，如今她带着孩子无处可去，除了罗伯特这里。

罗伯特不知所措地站在原地，心中愧疚，他经不住朋友的电话召唤，本想带着丹尼尔去一会儿就回来的，也没打算喝这么多酒，可是，不知怎么回事就成了眼前这种局面。

"对不起，琳达，有一个朋友刚刚从波兰过来，所以我去和他见面了。"

向林珊依旧在嘤嘤地哭泣。哭她自己的可怜处境。她曾经是怎样的一个人啊，现在却沦落到如此艰难的处境。过往的一切电影画面一般在她脑海里重新过了一遍，在哪里她没有把握住机会呢？回想起来她和朱亚光一起的那短暂的日子竟是她几年里最安定、最舒心的日子，以至于她现在想起来都万分留恋。眼前的罗伯特虽然爱她，也喜欢丹尼尔，可他酗酒的恶习无疑是他们未来生活中的一颗毒瘤。

罗伯特自然不知向林珊这一连串的心理活动，他向她道歉，又把她的两只箱子搬回到卧室里，然后紧紧搂住林珊说："我保证不再有下一次了，求你不要离开我。"

向林珊听得无动于衷，他已经不止一次地保证不再有下一次了。她挣脱开他的怀抱，走到丹尼尔的小床前，泪眼婆娑地望着孩子，她不想带给他这样的生活。

罗伯特也走了过来："琳达，对不起。"他轻轻抚摸她的头发。

向林珊哭累了，也安静了下来。她又想到了学习，也许这是改变眼前境况的唯一途径了，可是，要学一到三年，这时间太长了，在这段生活里，她还要经历怎样的磨难呢？她不敢想下去。

"罗伯特，你保证以后不再做伤害我们的事？"

"是的，我保证，我保证。琳达，相信我。"他急着表白自己，"还有，你可以帮我管钱，我同意了。"

这倒是个意想不到的收获，向林珊想。如果控制住了罗伯特的钱，他出去的机会自然就少了。

"你说真的？"

"是的，真的。"罗伯特说着掏出自己的钱包，把银行卡塞进向林珊手中。

夜深了，向林珊终于可以满意地去睡了。

向林珊只要在管理家上稍动脑筋，罗伯特就体会到了其中的变化。他对这一变化非常满意，对向林珊更是喜爱有加。为了表示他的谢意，他暗中留心怎样给她一个惊喜。终于在一条报纸广告中找到了他该做些什么。于是第二天下班时给向林珊打电话，告诉她自己晚一点回去。

向林珊一听心中不悦，问道："你是不是又要去喝酒？罗伯特，你忘了你的誓言？"

"不，我办一件事情，晚上回家吃饭。"

向林珊将信将疑。

罗伯特回到家的时候一脸兴奋，告诉向林珊要给她一个惊喜。

"什么惊喜？"林珊看着他的样子也好奇起来。

罗伯特从衣袋里掏出一张折着的纸，展开，递到林珊面前说："看看！我为我们三个预订了机票，圣诞节的时候我们要去希腊度假一个星期！"

"你去旅行社了？我们要去度假了？"向林珊兴奋地叫了起来。

"对！你好像说过没有人带你出去度过假。"

是啊，向林珊很早就渴望着去度假，否则真是辜负了生活在欧洲这么便利的条件，去希腊，当然可以。那是个充满阳光和激情的地方，还有一个月的时间，她就要身临其境，领略它的神秘，享受它的阳光了。

向林珊高兴地投进罗伯特怀里——他待她真是太好了！

罗伯特问林珊，是不是一定要买了房子才肯结婚，林珊犹豫得不知该如何回答，她当然想要房子，她做梦都想要一个大房子，可是要罗伯特买房子也十分困难。而她和罗伯特这样拖下去不结婚对她自己不利。

罗伯特说："我家里有我的一栋房子，是父母给我的。"

"在波兰吗？"

罗伯特点点头。

"你可以把它卖掉在这里买一栋房子啊。"

"那不可以。"

林珊不便再说什么，罗伯特要她做好度假的准备，因为他们都是第一次去希腊，路线、景点，以及旅馆等都要提前准备，这些都是很消耗精力的。特别是旅馆，罗伯特说："圣诞节期间是度假高峰期，一定要提前预订旅馆。到每一个旅游地方，如果要住宿的话，都要提前订好。琳达，你一定要考虑到各方面的因素，确定要游览的地方，这件事就交给你了，我不过问了。"

"嗯，好的，明天开始我就到网上去查这些资料。"

林珊玩的心思被罗伯特鼓动了起来，一想到要去玩心情仿佛又回到了几年前的无忧无虑中去了。那时候她无所事事，整日上网，想玩，却没有离开过卡勒姆城，现在要去希腊她更感兴奋。

接下来的几天里，林珊认真地做着出游的准备。通过查资料、访问网站，她制订了三套方案，和罗伯特商量后确定下一套，林珊说："我们只有一个星期的时间，又带着这么小的孩子，不要太辛苦。"罗伯特完全同意。要她开始购置三个人旅途中的必需品。"不要买太多，我们是去度假，不是搬家，不要大包小包的一大堆东西。"

"好的，我知道的。"

林珊备齐了东西，并且和玛丽安约定好到时由她送他们三个去机场。

一切都准备好了，就等着出发的那一天。

十二月二十三号，这个日子被向林珊不断地重复着，她向教会的姐妹们提起，也不断反复地向丹尼尔说着。

"宝宝，我们要去度假了，去一个非常美丽的地方，坐飞机去。你多幸福啊，这么小就要坐飞机度假去了。"林珊的喜悦要和儿子分享。

二十二日上午，罗伯特打回电话说有个波兰同乡家里晚上要举办一个圣诞聚会，请大家都去。林珊说："我们明天一早就要去机场了。"

"没关系，来得及啊。你可以做一些中国食品，带上丹尼尔和我一起去。"

"哦，这样啊。那我们就一起去吧。"林珊爽快地答应了。一方面她想认识一下罗伯特的朋友们，另一方面，她和丹尼尔在，可以监督罗伯特少喝些，早点回家。

当晚向林珊带上一盒炸春卷和罗伯特一同去了他朋友的家。这是一套三室一厅的公寓房，林珊一行三人进去的时候，里面已经有了六七个人，说说笑笑好不热闹。林珊也分不清主客，大家见了都热情拥抱。客厅南侧靠墙的地方摆了两张长条桌子，上面放了一些食物和各种酒，林珊把带来的春卷分装到两个盘子里，然后摆上去。于是这两盘春卷在各种比萨和蛋糕中独树一帜。几个人凑上来看看，谁都没吃过，不免动了好奇心，伸手拿起一个尝尝。开始的几口都小心翼翼地咬着，到后来竟大口大口地吃了起来，两盘春卷眨眼工夫就没了。

而林珊此时正和儿子尽情地享受着一个水果蛋糕。

几个女人围住林珊问春卷的做法，或者有人直接问到哪里去买。林珊自己也没做过，但想来也不会太难，答应她们哪天带着她们一起做一次，也告诉她们在亚洲超市里也可以买到。这边几个女人聊得热烈，那头罗伯特和几个男人已经喝光了三瓶威士忌，正在打开一瓶红酒。

这个聚会使每个人都很尽兴，就连丹尼尔也比往日迟睡了一个小时。当丹尼尔终于精神委靡地睡在林珊怀里的时候，她才看下时间，不得了了！已经十点半了，她赶紧走到罗伯特身边，拉了拉他说："我们该回去了，时间很晚了，我们明天还要赶飞机呢。"

罗伯特已经喝了不少酒，对林珊的打扰感到厌烦，旁边一个人说时间还早，罗伯特没理林珊，继续吃喝。林珊只得退到一旁，她开始心神不宁，一分一秒地挨过半个小时后，又去催着罗伯特回家："丹尼尔已经睡了，我们必须得回家了，罗伯特！"罗伯特眼神迷离地看着林珊，林珊心中一沉，她知道他又喝多了。

"让丹尼尔睡吧。"他说。

"不能睡在这里，会妨碍人家的。我们得回家。"

"没关系，"男主人说，"我们今晚不打算睡觉，要喝个通宵的。"

林珊听了感到一阵恐慌，直到罗伯特喝得不省人事的时候，几个人才张罗着送他们回家。林珊气得想哭,想骂人。

希腊没有去成。当他们要乘坐的飞机已经在空中翱翔的时候,罗伯特还在呼呼大睡。在这之前,向林珊几次想叫醒他都没有成功,罗伯特的睡梦密实得如同一块大石头,她使出了浑身的劲也推不动。

她为度假做了那么多的准备,那些美好的憧憬无法面对残酷的现实,林珊终于愤怒地带着儿子离开了这个充满了酒气的家。

中午之前,她带着儿子来到了位于市中心的"李记"中餐外卖店门前,推门进去,里面的女人马上迎了出来。

"哎哟,林珊啊。我还纳闷今天怎么有客人来得这么早呢。"

"阿珍,我跟你说点事儿。"向林珊将童车停好,对迎出来的阿珍说。

阿珍是林珊在教会里认识的一个好姐妹,和丈夫开了这家外卖店,带大了三个孩子。多年来店里只有她和丈夫两个人操持,从没雇过别人。阿珍很辛苦,四十多岁的年纪,看上去要比实际年龄老上许多,白了大半的头发,稀疏地,力不从心地维护住头皮。

"靓仔来了。说吧林珊,有什么事儿?"阿珍边逗着丹尼尔一边问道。

"阿珍,不好意思,可不可以打扰你们几天,让我和孩子住你家里?我和罗伯特这一次很可能要分手了,先让我住几天,我马上去找房子。"

"哎哟,怎么了你们?"

林珊把事情的经过说了一遍,阿珍听后便说:"这件事呀,其实说大不大,说小不小。不过,他这么好喝酒也真不是好事……你要住我家也可以,正好我大儿子出去住了,他的房间空着。""太感谢你了,阿珍。我不白住,付给你房租吧,你要多少?"

"看你说的,我们都是姐妹,我那房子也没打算租出去,你就住吧。"

"那我帮你们在厨房干点活儿吧。"

"不用,厨房里的活儿你也不会做,这样吧,你真要做点什么就帮我接电话吧,有订餐的客人打电话进来,需要什么你就记录下来,喏,这是菜单,你熟悉下菜名。"

"行,我能干,你放心吧。"

那天罗伯特醒来时坐在床上发了一会儿呆,猛地,他记起他错过了什么,"啊"地大叫一声,跳下床到处找林珊和丹尼尔,不见踪影。

向林珊每天负责给阿珍的外卖店接电话,以前听说有的同学打工就是干这个,她觉得也不难、不累,做起来感觉还不错。

这样一来,林珊更没心思去学培训课程了。每天从中午到晚上都在阿珍的外卖店里帮忙接电话,外卖店只开门到晚上十一点。通常十点钟以后就很少有电话打进来订餐了。林珊到厨房里跟着阿珍夫妇做点力所能及的活儿,比如给客人的饭菜打包,将一大箱炸好的虾片分装成小袋,作为赠品送给来取餐的客人等等。

阿珍的丈夫不太爱讲话,朴实勤恳。只要餐馆一开门,他就一直守在灶前不停地颠着炒勺、炒饭、炒菜、炒面、炸鸡腿、虾球、虾片……他和阿珍一样,看上去要比实际年龄老一些。阿珍做各种配菜,招呼客人。林珊来了之后,帮了他们忙,往年每逢节日假期,都要儿子来帮忙的,今年儿子搬出去住了,夫妻俩正琢磨着是不是要找个人临时帮忙,林珊便来了。

"林珊,真要谢谢你啊。"阿珍总是这样对林珊说。

林珊很希望在外卖店里干下去,以便自己能够住下来。可是,阿珍说了,过了圣诞节,他们的生意又要冷清下来了,林珊常常为今后的生活发愁。阿珍虽然热心,但在这件事情上无疑也帮不上什么忙。她有时和丈夫商量,看他的那些开餐馆的朋友中谁家需要人。阿珍的丈夫总是摇着头说:"我看林珊不是个肯付出辛苦的人,她最好的结局就是找个人嫁了,那个叫罗伯特的,她不该赌气放弃掉。"

"可是那个人酗酒啊。"

"酗酒又怎么样?不管怎么说他有正经的工作,固定的收入啊,而且对她也不错,这是她自己说的。我看是林珊自己不知足。"

阿珍轻叹一声,男人总是不理解女人。阿珍的丈夫瞥了她一眼,带着埋怨说:"你让她住下了,住到什么时候啊?你怎么开口让她走啊。"

"不要你管,我们都是姐妹,怎能不帮忙?"

"姐妹?!"阿珍丈夫最不爱听的就是这两个字,他将一碟切好的笋丝蘑菇倒进锅底发红的炒锅里,"刺啦"一声,锅里升腾起来的白烟掩住了他愤怒的脸。

阿珍知道丈夫不喜欢林珊住在这里，常常给她说起林珊的不是，她很奇怪丈夫这么几天的时间里就把林珊看得这么透，确实是这样，她自己有时也觉得林珊狠不下心来，吃不了苦，跌跌撞撞地一路走来就是总想找个靠山。可转念一想，女人如果还有别的指望，为什么要吃苦糟蹋自己呢？看看自己吧，人生过去了一半，她享受过什么吗？含辛茹苦在异国他乡站住了脚，养大了孩子们，然后就等着他们陆陆续续地离开这个家。一个人的时候，阿珍常为自己感到委屈，可委屈归委屈，她生活中的那份安全感是林珊体会不到的。

　　"林珊，你还是找个人结婚吧。"阿珍有一天也这样对林珊讲。

　　"和谁结婚？你能帮我介绍一个人吗？"林珊心里速速动了一下，但看到阿珍困惑的眼神立刻泄了气，"这样的人不好找吧？中国男人有哪个心甘情愿养别人的孩子呢？如果要找外国人，我现在带着孩子，行动都不自由，能接触到什么人呢？"

　　"那个罗伯特呢？真的就断掉了？"

　　林珊无言。自从离开家后，罗伯特打过一个电话给她，但是她赌气没接，之后，他就音讯皆无了，害得她夜深人静时孤枕难眠，叹自己可怜，为什么总是遇到薄情寡义之人。

　　圣诞和新年过后，外卖店的生意淡了下来。阿珍夫妇俩完全可以应付下来了，向林珊在这里显得有些多余。

　　每年的一二月份，是卡勒姆城最冷的时节，除了上班、上学的人们外，很少有人走出自己温暖的家。外面一片冷冷清清，向林珊每天下午才打开窗子，一股寒气透了进来。午后的日光依旧显得那么苍白，无力融化窗外草地上的白色冰霜。

　　丹尼尔打了一个喷嚏，向林珊忙关上了窗户。门外传来"咚咚"的下楼声，向林珊熟悉这是谁的脚步声，阿珍的丈夫下楼做营业的准备了。

　　这是一个勤劳的男人，可对向林珊的态度一直都很冷淡。阿珍总是从中尽可能地消除他们彼此间的误会。近来生意冷清，向林珊觉得自己不该住在这里了。她从小包里翻出罗伯特家的钥匙，不住在阿珍家她只能回那里去。罗伯特的假期该结束了，她暗暗责怪他没有找她。

向林珊决定再等两天就向阿珍辞行。可就在这两天里，阿珍喜滋滋地告诉向林珊，有人看上她了。

看上向林珊的是阿珍的老乡林景福。林景福在另一个城市里居住。刚出来时在他哥哥的餐馆里干活，后来因为和嫂子处不好关系，便离开了哥哥，自己四处打工，积攒下钱后，自己也开了一家外卖店，他因为来过阿珍家几次，便看上了暂住这里的向林珊。

"琳达，阿福现在有钱了，你嫁过去衣食无忧，而且，阿福长得一表人才，你见过的，怎么样，你愿意不愿意？"阿珍兴奋地说。

向林珊的心为之一振，不过又有些犹豫地说："可是……"

"可是什么？你还指望罗伯特能来找你？别梦想了，现在哪里都开工了，他也应该回来了，怎么一个电话都没有打给你？"

向林珊想说昨天晚上是有个电话，她的手机响了一声可惜就没电了。

"哎，没什么好犹豫的，今晚阿福还会来的，你多陪陪他。"

"可是他比我小吧？"

"小两岁不算什么呀，再说他自己都不在意的。"

向林珊心里蠢蠢欲动，也许这是个改变自己生活状态的好机会。

阿珍下楼后，丹尼尔摇摇晃晃地朝她走来，快到她身旁的时候突然加快了蹒跚的脚步，一、二、三，然后猛地将全身的重量压在她腿上。

"丹尼尔！"向林珊愉快地抱起儿子，脑子里却还想着阿珍的话。

没多时，楼下传来阿珍丈夫高声说话声，一阵笑声，还有另一个男人的声音。

"阿福来得好快哟！现在到我这里这么勤快了，少见哦！"

是林景福来了。

"来得好快！"向林珊有点跃跃欲试。她把丹尼尔放到地上，转身跑进浴室，快速将头发梳理整齐，又端详着镜子中的自己，感觉没什么不妥了才出来，抱着丹尼尔下楼。

阿珍家的外卖店门面很小，一个小厨房，外面一间只放了一张桌子，四把椅子的等待室。此时阿珍夫妇、林景福和向林珊都站在这间等待室里显得有些转不开身。

阿珍接了一个电话之后递给丈夫一张菜单:"有生意了,四十分钟后人家来取。"

阿珍随丈夫进厨房时,回过头对林景福和向林珊说:"你们聊吧,没时间陪你们了。"

向林珊环视着狭小的等候室,笑着对林景福说:"我们上楼去吧,免得站在这里影响他们的生意。"

向林珊的卧室本是阿珍儿子的房间,林景福进来时看到墙上的几幅明星海报,不由得笑了。

"你是住在海尔德城吧?"向林珊说着递给林景福一瓶矿泉水。

"是啊,你去过那里?"

"没有。"

"有机会带你去呀,比卡勒姆大,繁华。"

"哦,人多生意好做。"

"还可以,不错的,你小孩几岁了?"

"丹尼尔一岁多了。"

一阵沉默。

向林珊想找个话题,感觉到林景福的目光始终在自己身上逡巡,她迎住他的目光说:"听阿珍说你现在做得很成功。"

林景福谦虚地说:"哪里哪里。"

向林珊暗笑,她分明在他脸上看到了得意。

"阿珍有没有跟你说我的意思?我们做个朋友好不好?"

向林珊垂下眼睛低声答应:"好吧。"

林景福显得很兴奋,脸上泛起了光芒,高兴地大声说道:"我就知道你会答应的!"随后,他又热情地请向林珊出去玩。

向林珊吃惊地问:"这个时候出去?"

"他们现在忙生意,我们在这儿也没意思,出去看看,能去哪儿就去哪儿。"

"嗯,好吧。我给丹尼尔换件衣服,外面冷。"

林景福稍一迟疑,说:"好吧。"

向林珊母子收拾停当和林景福一起出去。向林珊和阿珍打招呼说他们出去转转，阿珍朝她挤了挤眼睛。

林景福的车缓缓地行驶在卡勒姆的街上，没有任何目的。

冬日的傍晚，确实没有什么好去处。寥落的几盏灯光从街边住户的窗子里透出，那是温暖的亮，只有家才有的温馨。

向林珊说："真清静，大概都在家里吃晚饭呢。"

林景福这才意识到现在是晚饭时间了，这都怪他自己的生活习惯不同常人。他通常在夜晚十一点左右，外卖店关门的时候才吃晚饭的。他偷偷瞥了一眼向林珊，又看了看车窗外。去餐馆吃饭实在太不划算了。于是灵机一动，车子悄悄提了速。

林景福说："我带你们去海尔德吧，你不是没去过嘛。"

"啊！这么晚不去了吧？"

"不晚不晚，很近的，四十分钟就开到了。"

向林珊对海尔德也有着一份好奇，但是这么晚了根本无法观光，想说改日再去，却见林景福一脸兴致勃勃，于是没有再阻拦。

其实林景福带向林珊去海尔德的目的就是吃晚饭而非观光。

在自己的餐馆里，林景福为向林珊准备了一份海鲜炒饭，为丹尼尔做了一碗芙蓉蛋羹。

向林珊边吃边打量林景福的店，她用未来女主人的心思来打量这个店，感到很满意——这个店比阿珍的店大了不少，而且，她看到有在这里打工的学生，林景福居然在这样的淡季里还雇人，可见他的实力不错。

林景福雇的是一名在海尔德上学的中国学生，他告诉向林珊这个学生很勤快，做饭也好，现在厨房里的活儿基本上都是这个学生在做，他落得清闲。不过林景福还有一句心里话，看着向林珊没有讲出来，他很想利用这段清闲找个老婆。

向林珊微笑地看着那个忙碌的学生身影。

向林珊美丽的容貌令林景福心旌摇荡，讨好地说："你的饭可是我亲自做的哦。"

向林珊温柔地笑着说："很好吃，谢谢你。"

客人的饭都准备好了，那个学生无事可做，便走过来逗丹尼尔玩。林景福这时候握住了向林珊的左手，向林珊有意向他靠了靠。

"小李，带丹尼尔上楼，呃，看看楼上有什么好玩的。"林景福激动得有些变调。

小李很识趣地抱着丹尼尔上楼。一瞬间向林珊突然想起了什么，起身叫住小李，说："不用上去了，我们该回去了。丹尼尔每天晚上睡得很早，阿福，送我们回去好吧？"

"这就走？"林景福想不到向林珊突然变卦。

向林珊从小李怀里接过孩子，给他穿上了外套。

林景福很是疑惑，目光在向林珊的脸上观察，她好像没生气，完全是为孩子着想。他放了心。

回去的路上林景福的话比来时多，他的饭吃进了林珊的肚子里，却为他长了不少底气。

向林珊听着他说话，心里不知怎的想起了罗伯特。自己的手机这一天又是安安静静的，罗伯特到底回来了没有？

快到家时，向林珊的心情低落得无法自拔。

向林珊回到阿珍家的时候，阿珍刚好收工，她打趣林珊说："回来得这么早啊？阿福怎么舍得这么快放你回来？"

向林珊勉强笑了笑。

阿珍见她神态不对，马上关切地问道："怎么？你们处得不好？琳达，阿福亲口跟我说的，他打算娶你，你可不要丢掉这个机会。"

向林珊心意沉沉。

"阿珍，我想回去了，谢谢你收留我这么久。"

"回哪儿？罗伯特那里？他找过你了？没有！那你还回去干什么！他有什么好，那么穷，还酗酒，琳达，你可要想清楚了。"

向林珊没说什么上楼去了，她也说不清自己的心情，罗伯特酗酒让她心痛不已。

阿珍不能理解向林珊的犹豫，林景福比罗伯特强了许多，嫁给他可以安稳过日子，这不正是她梦寐以求的吗？还犹豫什么呢？

不过阿珍也有所不知，林景福愿意娶向林珊是有条件的。

又过去了几天，向林珊还是没有接到罗伯特的电话，她感到心灰意冷，不再对他抱任何希望。

林景福经常来找向林珊，两个人的关系发展令人满意，尤其是阿珍，她特别希望向林珊能够有一个完满的归宿。

这天林景福看望了向林珊临，走时说有事情要和她商量，向林珊不知什么事。

林景福沉默片刻，严肃地说：“是丹尼尔的事，我们结婚后我不希望你带着他。”

向林珊一震，惊问道：“我不带着他谁带他？”

"我的意思是，看看有没有当地白人愿意收养他，白人心善，能收养他他也不会受什么罪，这对他也是好事。"

向林珊的泪水夺眶而出，她使劲向门外推了一把林景福，林景福后退一步，又紧跟着迈向前，对林珊说：“这是件大事，你好好想想，我不愿意养别人的孩子。”

"你走！"向林珊大叫一声，再也说不出别的话，她怎么可能丢下自己的孩子呢！

赶走了林景福，向林珊失声痛哭。

丹尼尔是个苦孩子。当初生下他确实为了利用他拿到身份，这是向林珊最觉得对不起他的地方。

她不再犹豫，默默地收拾了自己和丹尼尔的衣物。只等天亮，她就带着丹尼尔回到罗伯特的小屋去，不管罗伯特在不在，她都要抚养丹尼尔长大。

阿珍对向林珊放弃林景福感到无限惋惜，可是向林珊不后悔，她走得很坚决，很坦然。

向林珊一路兴致勃勃，轻轻打开罗伯特小屋的门时不由得惊呆了——罗伯特正坐在屋子里。

罗伯特见是向林珊和丹尼尔，激动得冲了过来，紧紧拥抱了向林珊："琳达，你们去哪里了？"他喃喃说着。又将丹尼尔从车里抱出来："小宝贝儿！"他亲着丹尼尔，丹尼尔高兴得咯咯笑。

向林珊回过神来，惊喜地抱住罗伯特，语无伦次地说："你回来了？怎么没去上班？你什么时候回来的？"

她有一堆的问题，等到三个人都从相逢的喜悦中平静下来，向林珊才知道了原委。

罗伯特已经回来一个星期了。

"为什么不找我们？"向林珊感到很失望。

"我没有手机了，下火车的时候弯腰提行李，手机掉了下去。"罗伯特说着耸耸肩，手机掉到了站台下面，他可不敢去捡。

"我看到你和丹尼尔的东西还在家里，我知道你们会回来的，我就在家里等着。"

"那你这个假期去哪儿了？一个人去玩了？"

罗伯特摇摇头。

整个假期他都在波兰的家中。没能去成希腊，他决定回家过圣诞节。那天给向林珊打电话时，他正在火车站，他到处找不到林珊和丹尼尔，他不知道他们去了哪里，起初他以为他们去了希腊，继而发现准备带去希腊的东西一样都没带走。到火车站买票的时候，仍想碰碰运气，如果找到林珊他们就带着他们一起回波兰，可是林珊没有接他的电话，他只好一个人闷闷地上路了。

华沙城里的拥挤和热闹让罗伯特倍感亲切。他忽然有些不理解自己当初为什么要远离家乡，如今回来后的那种归属感浸润得身心舒泰，他甚至不想再离开了。

和父母、哥哥一家过完圣诞节后，罗伯特回到了自己的家里。这是一栋临街的两层红砖小楼，这种房子在欧洲很常见。久没有人居住显得破旧。当晚罗伯特躺在床上的时候，他想起了向林珊，不知这样一栋房子是否让她满意，他环视四周，决定明天要把房子收拾一下。

向林珊不肯接他的电话显然是生了他的气，这个女人！他拿出手机在手里玩弄着，百无聊赖地按着各种功能键。手机里存着几张照片，都是他们三个的，有合影，有单照，反复地看着，脑中突然灵光一现，他拨通了向林珊的手机。

向林珊被一声手机的铃响惊醒了，抓过来一看，已经关机，原来手机没电了，不知道是谁打来的电话，她感到万分懊恼，要知道现在每一个电话对她来说都有可能是一个走出困境的希望。

罗伯特笑着对向林珊说："你的破手机总是没电，不如我们一起买个新的吧，还没送你圣诞礼物呢。"

"好啊，你给我买一个，我也给你买一个。"

两个人都笑了，觉得这是个好玩的游戏。

"给丹尼尔什么礼物呢？"向林珊问。

罗伯特走过去打开行李箱，拿出一个四四方方的漂亮的纸盒子。

"什么东西？"林珊跑过来看。

罗伯特抱过丹尼尔，和他一起打开盒子，是六辆样式不一的公共汽车。"这是欧洲六个国家不同的公共汽车。"罗伯特说着，拿起一辆打开了开关，汽车稳稳地向前行驶，丹尼尔高兴地在后面追，向林珊看得哈哈大笑。

三个人度过了愉快的一天，晚上丹尼尔睡后，罗伯特拉起坐在小床边上的向林珊，林珊以为他想亲热，翻身抱住了他的腰。罗伯特却认真地说："琳达，我要和你商量一件事。"

向林珊抬起头望着他的眼睛。

他说道："我已经辞掉工作了，我想回波兰去，你愿不愿意和我回波兰？"

……

"琳达，我希望你和我回去，我愿意和你、和丹尼尔生活在一起，我们回华沙，我哥哥的公司里需要我。琳达，我想我们在华沙生活会很快乐，我有自己的房子，就是你希望的那样，不过，有点旧，可是我们不需要向任何人交房租，我们也可以重新装饰一下，我本来用手机拍了照片想给你看的，可是……"

他们又想起了那个倒霉的手机，不禁相视一笑。

"和我去华沙吧，好不好，琳达？"

向林珊有些不敢相信自己的耳朵，她压抑住兴奋的心小心地问："那，我们结婚吗？"

"当然！我这次回来就是要和你结婚，然后带你们回华沙。"

向林珊的心要笑出声儿来了，这一天她盼了多少年啊。可是，她又有些不放心，对罗伯特说："我要在这里完成结婚手续。"

"好的，都听你的。"罗伯特的计划完满完成，心活跃了起来，向林珊一下抓住他不老实的手，板着脸说："我也有一件事，你答应了我我才和你回华沙。"

"什么事？快说。"

向林珊推开他凑上来的嘴唇说："你以后不许酗酒。如果再酗酒就永远也别想碰我。"

"知道，我保证不再酗酒。"罗伯特急于想碰她，毫不犹豫地答应了。

向林珊非常满意，被罗伯特抱上床后尽情地舒展着身体，将罗伯特撩拨得欲火焚身，久别重逢的欢娱，令两人激情四溢。

在尽情的欢娱后，向林珊感到身体在消融，一个微弱的意识提醒着她，明天去找阿珍。

阿珍是被向林珊从梦中叫起来的，起床后抱怨向林珊来得太早了。

向林珊满面春风，叽叽喳喳，含笑带怨地怪阿珍懒惰。

阿珍委屈地申辩："我难得睡一次懒觉，你又不是不知道。"

向林珊抓着阿珍的手臂笑着说："我知道我知道。我有件事情要跟你说呀。"

向林珊把要和罗伯特结婚的消息告诉了阿珍。阿珍听后笑着说："怪不得，原来有喜事。要我做什么呀？"

"请你帮个忙，我们打算找一家中餐馆办酒席，你认识的人中谁家餐馆大一点的，我需要四个桌子，罗伯特的朋友多。"

"这个好办，我马上就能给你定下来，你们计划哪天用？"

向林珊说下星期一就用。阿珍打了几个电话，把事情安排好，向林珊离开阿珍家，着手做结婚的准备。

向林珊对婚礼的形式要求不高，她看中的是结婚的各种手续，这种法律上的东西，是她未来生活的保障。两个人买了结婚戒指，带齐了各种证件，在卡勒姆的市政厅注册结婚了，向林珊成了罗伯特·穆德林斯基的太太。

向林珊的心中终于一块石头落地，罗伯特对她好，对丹尼尔好，她别无他求。

在中餐馆里举办的婚礼，请来的人大都是外国人，而且大都没吃过中餐，大家对食物的兴趣和对尝试使用筷子的兴趣胜过对一对新人的兴趣，阿珍感到有些滑稽，但是向林珊并不在意，她在后来给家里的信中说婚礼很隆重、很圆满，她和罗伯特准备明年下半年回中国探亲。

随后的几天里，向林珊对华沙的向往，支撑着她对未来的信心。她不厌其烦地让罗伯特讲他在华沙的房子，还有华沙的生活。罗伯特也乐于做这件事。他告诉向林珊，华沙才是他真正的家，家人们都在那里，大家互相帮助，相亲相爱。

他们怀着一颗热情洋溢的心，谈论着华沙和华沙的家。罗伯特对华沙的热情深深感染了向林珊，心里无限憧憬，她觉得她即将开始的新生活，也可以直接地称为婚姻生活，是玛丽安缺少关爱的家庭不能比拟的，也是阿珍的终日辛苦操劳不能比拟的。透过罗伯特的描述，她为自己在远方的家、在远方的生活勾勒出了一幅鲜活的画面：

红色的两层砖质小楼里，有足够的房间供他们夫妇、丹尼尔，以及他们以后的孩子住，她将在这里带大孩子们，每天做各式饭菜，擦拭家具，接待朋友，像许许多多欧洲女人一样，忙碌并且快乐地生活着。

她爱自己的家，有走上去吱吱作响的木楼梯，宽敞的厨房，洁净的灶台和铮亮的烤箱……

罗伯特说，维斯瓦河就在他家不远处，他兴致勃勃地给向林珊讲维斯瓦河，讲被称为"维斯瓦河的奇迹"的二战时期著名战役——华沙战役。

向林珊很少见到罗伯特这般神采奕奕的时候，她觉得他不该穿那身脏兮兮的建筑工人的制服，于是问道："你预备在你哥哥的公司做什么？"

"这个，还没有具体讲。"

"你为什么不和你哥哥说清楚？跟他说你要做管理工作，知道吗？"

罗伯特定睛注视着向林珊说："这件事由我哥哥决定。"

向林珊不再说话，他们是亲兄弟，罗伯特的哥哥自然不会亏待他的，他的收入肯定要比现在做建筑工人的收入要高。向林珊想得心满意足。这段时间里她一直是这样想的，可是就在出发的前两天，向林珊已经将行李整理得差不多了，罗伯特出去了小半天的时间，买了几件礼物和四五盒巧克力准备送给家里人，要向林珊装好。

向林珊看着眼前的东西却坐在一旁发起呆来：她这次去华沙，要面对罗伯特的一家人，她是孤单的，罗伯特的家人会如何对待她？不像现在，只他们两个人相处，是个平衡的局面。她忽然忐忑不安起来，罗伯特一向不善于察言观色，此时根本没有注意到向林珊的神情，抱起丹尼尔准备出去玩。

向林珊看着他们出门，又跑到窗前向外看。罗伯特和丹尼尔来到了大街上，罗伯特把他放在了地上，弯腰牵着他的小手，迁就着他的蹒跚的脚步，缓慢地朝前走去。

向林珊想，她未来的生活该不会差吧？